Claudia Seidel
Helgas Weg

TINTE & FEDER

Das Buch

Lüneburg 1964: Als die lebensfrohe Helga ihre Arbeit im Rathaus zu verlieren droht, nimmt sie all ihren Mut zusammen und beschließt, sich ihren Traum vom eigenen Café zu erfüllen. Dank der dynamischen Konditorin Elke, die in ihrer eigenen Schokoladenmanufaktur himmlische Kreationen zaubert, soll es dort die köstlichsten Pralinés und Tartes geben.
Gut, dass Helgas beste Freundin Eva inzwischen die Saline führt, denn die ungenutzte Schmiede bietet den idealen Raum für ihr Café. Doch ausgerechnet jetzt plagen Eva eigene Schwierigkeiten: Ihr Erzfeind Rainer von Seefeldt intrigiert auf höchster Ebene gegen die Saline. Und auch die Kluft zwischen ihr und ihrem Ehemann Lothar wird immer größer. Als der dann vorschlägt, ausgerechnet seinen Cousin und Evas alte große Liebe Ulrich um anwaltlichen Rat zu bitten, weiß Eva nicht, ob sie dem Druck noch standhalten kann.
Doch auch Helga bekommt bei den Vorbereitungen für die Eröffnung ihres Cafés tatkräftige Unterstützung. Elkes Bruder Hans steht ihr bei der Renovierung der alten Schmiede beherzt zur Seite. Kann sie sich den Traum vom Café Salüne erfüllen und ihr persönliches Glück finden?

Die Autorin

Claudia Seidel hat nach einer Bankausbildung die Richtung gewechselt und Soziologie und Komparatistik in Hamburg und Berlin studiert. Nach vielen Jahren in Führungspositionen im Verlagswesen ist sie jetzt als Autorin und Autorencoach selbstständig. Wenn sie nicht am Schreibtisch sitzt, genießt sie das Wendland oder übt Achtsamkeit auf der Yogamatte. Sie lebt mit ihrer Tochter in Hamburg.

Claudia
Seidel

Helgas Weg

Das Aroma des Salzes

Roman

TINTE & FEDER

Deutsche Erstveröffentlichung bei
Tinte & Feder, Amazon Media EU S.à r.l.
38, avenue John F. Kennedy, L-1855 Luxembourg
Mai 2024

Umschlaggestaltung: bürosüd[0] München, www.buerosued.de
Umschlagmotiv: © KOBE611 © Lukasz Szwaj © Sina Ettmer Photography
© Tartila © pitsch22 © revers / Shutterstock; © Lauren Rautenbach / ArcAngel
1. Lektorat: Kanut Kirches
2. Lektorat und Korrektorat: VLG Verlag & Agentur, Haar bei München, www.vlg.de
Gedruckt durch:
Amazon Distribution GmbH, Amazonstraße 1, 04347 Leipzig /
Canon Deutschland Business Services GmbH, Ferdinand-Jühlke-Straße 7, 99095 Erfurt /
CPI books GmbH, Birkstraße 10, 25917 Leck

ISBN 978-2-49671-398-5
e-ISBN 978-2-49671-399-2

www.tinte-feder.de

1.

Lüneburg, April 1964

Helga drehte sich in ihren weißen Riemchenpumps vor dem hohen Wandspiegel im Flur hin und her. Den rosafarbenen Anzug aus leicht gechintzter Baumwolle hatte sie sich erst letztes Jahr im Sommer für ein kleines Vermögen geleistet. Hundertzwanzig Mark hatte sie dafür im Modehaus Dettmer – in Bekleidungsfragen das neue erste Haus am Platz – gelassen. Sie zog das Jackett ein wenig zur Seite und betrachtete die runde Wölbung ihres Bauches, über dem sich der Reißverschluss der Hose bedrohlich spannte. Auch bei dem Knopf konnte sie nicht sicher sein, dass er noch lange halten würde.

Helga seufzte. Sicher, sie würde nie die Figur einer Gazelle haben, so wie ihre beste Freundin Eva, bei der inzwischen die Schulterknochen so weit hervorstachen, dass es nicht mehr gesund wirkte. Das wollte sie ja auch gar nicht. Sie mochte ihren weichen Körper mit all seinen Rundungen. Aber dass sie bei jedem Stück Kuchen oder jedem Keks, den sie nur anschaute, gleich wieder hundert Gramm mehr auf die Waage brachte, verstand sie einfach nicht. Als ob allein der Gedanke an Essen ihrem Gehirn vorgaukelte, dass sie die Kalorien bereits zu sich genommen hatte. Wie oft hatte sie es schon versucht, ein wenig disziplinierter zu sein? Sie konnte die Anläufe nicht mehr zählen. Sie schaffte es auch immer, zwei, drei Tage auf Schokolade und anderen Süßkram zu verzichten. Aber spätestens an Tag vier überkam sie dann der Heißhunger und sie verputzte eine ganze Tafel auf einmal.

In einer Illustrierten hatte sie neulich von einem neuen Abnehmprogramm in Amerika gelesen. Weight Watchers nannte sich die Gemeinschaft, bei der sich Menschen mit Gewichtsproblemen einmal wöchentlich trafen, ihre Erfahrungen austauschten und natürlich einen Ernährungsplan bekamen. Die Fortschritte wurden dann fein säuberlich in eine Art Diättagebuch eingetragen. So was sollten die hier in Deutschland auch mal einführen, dachte Helga, um dann aber zu beschließen, dass es fürs Erste auch reichte, den Knopf zu versetzen. Denn wenn sie ehrlich war, hatte sie wenig Lust, ihren Frischkäse auf einer Küchenwaage abzumessen und ihn dann auf eine halbe Scheibe Knäckebrot zu kratzen. Und seit sie Bruno den Laufpass gegeben hatte und Curt, Evas jüngerer Bruder, der vor sechs Jahren einen schlimmen Unfall im Salzbergwerk Grasleben zum Glück überlebt hatte, ebenfalls für sie verloren war, weil er nur noch Augen für seinen Pierre hatte, gab es erst mal keinen Grund, krampfhaft auf ihre Figur zu achten.

»Bist du fertig? Wir müssen los«, hörte sie von unten aus der Diele ihre Mutter rufen.

»Sofort!«, rief sie zurück und holte sich aus ihrem Zimmer den hellen Seidenschal, den sie sicher brauchen würde. In diesem Jahr war es noch recht kühl am Ostersonntag, neben Weihnachten der einzige kirchliche Feiertag, an dem Helga bereit war, einem Gottesdienst beizuwohnen. Sie ging die alte, in der Mitte bereits ausgetretene Holztreppe hinunter, die – wie so vieles in diesem Haus – dringend einer Generalüberholung bedurft hätte. So oft hatte sie ihrer Mutter schon ins Gewissen geredet, den alten Kasten, der seit dem Tod ihres Vaters noch größer und verwaister schien, zu verkaufen und dafür eine von den schicken neuen Eigentumswohnungen mit Einbauküche zu erstehen, die in den Baugebieten nördlich des Kurparks oder auch östlich des Kreidebergsees entstanden. Doch ihre Mutter wollte davon nichts wissen. Noch einmal ein neues Leben zu beginnen, hätte sie vermutlich als Verrat an ihrem Mann empfunden. Helga aber beobachtete mit Sorge, wie die Trauer um den Verlust und die Sorge um die stets schmale Haushaltskasse ihre Mutter aufzufressen drohte – und sie selbst von dem Schritt abhielt, sich eine eigene kleine Zweizimmerwohnung zu nehmen und auf eigenen Füßen zu stehen. Das Geld hätte sie gehabt. Sie verdiente ganz anständig im Rathaus und war ja auch schon seit dessen Amtsantritt 1955 Sekretärin des Oberstadtdirektors Werner Siemers. Aber ihre Mutter allein- und damit sich selbst zu überlassen, kam für Helga nicht infrage. Also wurde das Thema Woche für Woche, Monat für Monat, Jahr für Jahr auf später verschoben.

»Hübsch siehst du aus«, sagte ihre Mutter, als sie ihre Tochter in dem leuchtend bunten Kostüm herunterkommen sah. »Die Farbe passt so schön zu deinem dunklen Haar.«

»Ich danke dir«, erwiderte Helga, kaschierte ihren Bauch mit dem Schal und betrachtete heimlich das von ersten grauen Strähnen durchzogene Haar ihrer Mutter. Sie wirkte älter, als sie mit ihren achtundvierzig Jahren war. »Hast du das Osterkörbchen für Bine eingesteckt?«

Lächelnd öffnete Inge Lackner ihre Tasche, und Helga schaute kurz auf das geflochtene Nest mit dem grünen Kunstgras und den gelben und roten Ostereiern. Bine, eigentlich Sabine, war das Kind von Eva und Lothar und ihre Patentochter. Zuweilen scherzte Eva, dass Helga die Vierjährige mehr verwöhnen und umsorgen würde als sie selbst, und vielleicht hatte sie sogar recht damit. Helga liebte dieses kluge, aufmerksame und nachdenkliche Mädchen abgöttisch. Es kam so entschieden mehr nach seinem leiblichen Vater, Ulrich Wolf, Lothars Cousin und Evas großer Liebe, über die aber seit fast sechs Jahren geschwiegen wurde, sodass Helga sich manchmal fragte, ob Evas gewisse Reserviertheit der Tochter gegenüber genau daran lag, dass auch sie die Ähnlichkeit sah und sie kaum ertrug. »Das ist aber wirklich schön geworden. Da wird sie sich freuen.«

Gemeinsam machten sich Mutter und Tochter auf zur St. Johanniskirche – der ältesten und für Helga auch schönsten evangelischen Kirche Lüneburgs, die mit ihren gotischen Ornamenten und dem lang gezogenen spitzen Turm vielleicht das eigentliche Wahrzeichen der Stadt darstellte.

Vor dem Eingang wartete die junge Familie Möreke bereits auf sie, Eva, Lothar und Sabine, und als das Mädchen sie erkannte, kam es in seinen langen weißen Strumpfhosen und einem roten Mantel, in dem sie fast wie Rotkäppchen aussah, sofort auf sie zugerannt. Mit offenen Armen nahm Helga das Mädchen auf und wirbelte es im Kreis. »Na, meine Süße, hast du heute schon fleißig Ostereier gesammelt?«

»Ja, und Mama hat gesagt, der Osterhase hat sie nicht gut versteckt, weil ich sie alle gefunden habe, aber soll ich dir was sagen?«

Das Mädchen kam näher und Helga ging in die Hocke, um ihr ein Ohr hinzuhalten. »Na?«

»Den Osterhasen gibt's gar nicht«, flüsterte Bine und legte sich ihren kleinen Finger auf den Mund. »Aber psst, sonst ist Mama enttäuscht.«

Helga zwinkerte ihr zu und strich über ihre Lippen, als schlösse sie einen Reißverschluss. »Alles klar!«

Sie stand wieder auf und ging auf Eva und Lothar zu, die für Helga spürbar ein wenig zu weit auseinanderstanden. Und auch wenn Eva sie nun anlachte und sie ebenfalls in den Arm nahm, erreichte das Strahlen Evas Augen nicht. Wie lange lag der letzte Abend nur zu zweit inzwischen eigentlich zurück? Bestimmt auch schon wieder über vier Wochen, ging es Helga durch den Kopf. Sie sollten das schleunigst ändern. Eva wirkte blass und zu dünn.

Natürlich hatte die Freundin alle Hände voll zu tun: mit der Saline, deren Leitung sie seit der Demenzerkrankung ihres Vaters Heiner nun offiziell übernommen hatte, mit der Verantwortung, die das mit sich brachte, da er nur in Teilzeit von der langjährigen Haushaltshilfe Milena versorgt wurde, und der immer noch recht aufmüpfigen achtzehnjährigen Schwester Karla, die im Herbst 1961 bei Dettmer eine Lehre zur Verkäuferin begonnen hatte. Ganz zu schweigen von ihrer eigenen Familie, die ebenfalls unter dem Dach von Evas Elternhaus am Lambertiplatz ihr Heim gefunden hatte. Auch das, so wusste Helga, sorgte immer wieder für Spannungen, denn Lothar, dem stolzen Sohn des Privatbankiers Möreke, schmeckte es überhaupt nicht, dass er seinen Lieben nicht ein echtes eigenes Zuhause bieten konnte und dass er stattdessen bei seiner Frau hatte einziehen müssen. Aber im Moment ging es nun mal nicht anders. Hätte Lothars Vater damals mit den Nazis nicht diese krummen Geschäfte gemacht … Ach! Helga wischte die Erinnerungen an den ganzen Ärger vor fünf Jahren weg wie eine lästige Fliege.

»Hör auf, du erdrückst mich ja!«, rief Eva lachend und befreite sich aus der Umarmung. »Guten Morgen, Frau Lackner, frohe Ostern!«, wandte sie sich dann an Helgas Mutter. »Geht es Ihnen gut?«

»Muss ja, Kindchen«, erwiderte diese.

Helga strich ihrer Mutter kurz über den Rücken. »Dir auch frohe Ostern, meine Süße«, sagte sie an Eva gewandt. »Konnte dein Vater heute nicht mitkommen?«

Eva schüttelte müde den Kopf. »Er ist mal wieder die halbe Nacht durchs Haus gegeistert und schläft jetzt. Da wollte ich ihn nicht wecken.«

Helga nickte verständnisvoll. Vermutlich wäre er langsam in einem Heim besser untergebracht gewesen, aber wer wollte so eine schwere Entscheidung treffen? »Wir sehen uns später«, sagte sie und dann, an Evas Mann gewandt: »Dir natürlich auch frohe Ostern, Lothar! Ich habe dich gestern im Lüneburger Anzeiger gesehen. Wie schön, dass du dich der Initiative zur Sanierung der Altstadt angeschlossen hast. Ich bin sicher, da muss nun auch die Stadtverwaltung langsam Position beziehen.«

»Ja, frohe Ostern, Helga«, erwiderte Lothar mit warmem Unterton. »Ob mein Einfluss wirklich so positiv ist, wird sich wohl erst zeigen müssen, aber du redest ja auch schon wie eine echte Politikerin. Vielleicht solltest du dir überlegen, mal die Seiten zu wechseln? Im Mai wird ja der neue Stadtrat gewählt.« Augenzwinkernd sah er sie an.

Helga hatte die dunkle Wolke, die sich vorübergehend auf Lothars Gesicht gelegt hatte, durchaus bemerkt. Sein Vater, der dem Privatbankhaus lange Jahre vorgestanden hatte, hatte im vergangenen Dezember dann doch seinen Hut als Vorstand nehmen müssen. Die Geschichte mit den Zwangsenteignungen hatte ihn letztlich auf ganzer Linie eingeholt. Noch blieb Lothar offenbar unberührt davon. Sie ging nicht darauf ein. »Um Himmels willen, niemals! Aber ich würde mich für unsere Stadt freuen, das schon.« Sie drückte ihm etwas länger die Hand, als nötig gewesen wäre. Schon immer hatte sie gedacht, dass Lothar ein Mensch war, der sich für alle opferte und zu wenig an sich selbst dachte. Selbst bei seiner Eheschließung war es ja so gewesen. Und Helga konnte nicht verhehlen, dass die ganze

Sache damals doch einen Kratzer in der Freundschaft zwischen ihr und Eva hinterlassen hatte. Helgas Ansicht nach hatte Eva nicht ganz fair gespielt – auch wenn sie ihre Entscheidungen trotzdem verstehen konnte.

»Na, Karlchen. Du wirst aber auch immer fescher«, sagte Helga schließlich an Evas Schwester gewandt, die nur kurz das Gesicht verzog – was auch immer das zu bedeuten hatte.

»Bis später dann!« Auf dem Weg in das Innere der Kirche winkte sie noch Curt und Pierre zu, die sich etwas weiter hinten in die Schlange der Besucher eingereiht hatten. Von Weitem sah man Curt seine Verletzungen kaum an. Gut, er humpelte leicht, aber die Narben im Gesicht waren kaum noch wahrnehmbar und den Arm hatte er unter einem langärmligen Hemd versteckt. Bei dem Unfall in Grasleben 1958 hatte er sich linksseitig schwere Verbrennungen zugezogen, die zu guten Teilen durch diverse Hauttransplantationen mit gesundem Gewebe ausgeheilt werden konnten. Ironie des Schicksals, dass er ausgerechnet während einer Rehabilitationsmaßnahme in Bad Bevensen Pierre, den jungen Masseur aus Angola, kennen und lieben gelernt hatte. Am Anfang hatte es Helga etwas gekostet, sich einzugestehen, dass ihre Schwärmerei für Curt wohl immer genau das bleiben würde: eine Schwärmerei. Aber wenn sie ehrlich war, dann hatte sie auch vorher schon gewusst, dass der feinsinnige, gern Gedichte rezitierende und malende Curt ihrer zupackenden, pragmatischen Art gar nicht entsprach.

Blieb allein die Frage, *wer* ihr denn entsprechen konnte. Mit ihren sechsundzwanzig Jahren war sie vielleicht noch keine alte Schachtel, aber jung war sie ganz sicher auch nicht mehr.

»Na, worüber zerbrichst du dir grad schon wieder den Kopf, mein Schatz?«, fragte ihre Mutter neben ihr, die offenbar bemerkt hatte, dass Helga in Grübeleien versunken war.

Helga atmete etwas tiefer ein. »Ach, nichts, Mutsch. Ich dachte grad nur, wie schnell doch die Zeit vergeht. Komm, lass uns diese Bankreihe nehmen. Der Chor hat schon angefangen zu singen. Das höre ich so gern.«

»Hallelujah, Jesus lebt?«, fragte Inge Lackner skeptisch. Sie wusste ja, dass ihre Tochter nicht unbedingt an den »lieben Gott« glaubte.

Helga lachte. »Ich höre einfach gern den Chor.«

* * *

Das Osterfrühstück im Hotel Wellenkamp hatte Tradition in Lüneburg. Karten für die etwa einhundertzwanzig begehrten Plätze waren gern schon im Januar ausverkauft. Sie hatte ihre und die ihrer Mutter tatsächlich von ihrem Chef spendiert bekommen – eine Geste, die Helga sehr zu schätzen wusste. Den Tisch teilten sie sich mit der gesamten Familie Benningsen/Möreke, und beim Anblick all der aufgefahrenen Speisen lief Helga das Wasser im Munde zusammen. Wie sollte man allein bei all den Torten, saftigen Kuchen und Pralinen je einen Diätplan einhalten können? Nun denn, sie hatte zum Glück ja eh keinen, und so stellte sich Helga zunächst in die Schlange mit den warmen Gerichten. Bœuf Stroganoff, Coq au Vin sowie Rotbarschfilets standen neben Kartoffelgratin und Herzoginkartoffeln oder Reis zur Auswahl. Helga nahm sich gerade eine große Kelle von dem Huhn, als sie hinter sich eine bekannte Stimme hörte: »Na so was, ist das nicht das Fräulein Lackner? Täusche ich mich, oder sehe ich Sie hier zum ersten Mal?« Helga musste sich nicht umdrehen, um zu wissen, zu wem dieser unangenehme Bariton gehörte. Sie zwang sich, mit dem Auffüllen ihres Tellers fortzufahren. »Vielleicht haben Sie bislang nie genau hingeschaut, Herr von Seefeldt.« Nun wandte sie sich doch zu ihm um. »Oder hatten nur Augen für *die Eine*.« Auf die letzten beiden Worte hatte sie eine besondere Betonung gelegt, und an von Seefeldts verhärteter Miene erkannte sie, dass der Seitenhieb angekommen war.

Rainer von Seefeldt war als Geschäftsführer der Kali und Salz in Kassel der ärgste Konkurrent der Lüneburger Saline. Vor sechs Jahren hatte er sie mit einem geplanten Brunnenbauprojekt sogar gezielt torpediert. Wäre das Projekt bewilligt worden, hätte sich der Grundwasserspiegel schnell merklich gesenkt, was natürlich Konsequenzen für die Soleförderung gehabt hätte. Zum Glück war er damit nicht durchgekommen, aber es war allen Beteiligten klar, dass er einen erneuten Angriff starten würde, sobald sich eine Gelegenheit bot. Und das eben nicht allein, weil ihm die Saline ein Dorn im Auge war, sondern vielmehr, weil er mit Eva Benningsen seinen persönlichen Kleinkrieg führte.

Rainer von Seefeldt war kein Mann, der gern verlor. Er war es gewohnt, sich zu nehmen, was er begehrte. Geschäftlich. Und bei den Frauen. Und vor Jahren hatte er Eva haben wollen – und sie nicht bekommen. Mit Glück hatte er für einen höchst bedrängenden Annäherungsversuch damals keine Anzeige kassiert. Dafür war Eva noch zu schüchtern und verunsichert gewesen. Aber von Seefeldt hatte das nicht vergessen. Und sann, so konnte man sich denken, seither auf Rache.

Mit klopfendem Herzen ging Helga zurück zu ihrem Tisch.

»Hast du gesehen, wer auch mal wieder da ist?«, raunte sie dann auch direkt Eva zu, als sie Platz genommen und ihren Teller abgestellt hatte.

»Ist nicht zu übersehen«, flüsterte diese mit gerunzelter Stirn zurück. »Er treibt sich derzeit wieder häufig in Lüneburg rum. Und Lothar meinte, dass er vergangene Woche mit Ansorge eine Unterredung unter vier Augen hatte.«

Dr. Simon Ansorge war der neue Bankdirektor, der Lothars Vater im Dezember abgelöst hatte. Lothar schätzte ihn und war dankbar, dass er seine Kompetenz als Leiter der Kreditabteilung nicht infrage stellte. Grund dazu hätte er durchaus gehabt, denn immerhin liefen auch alle Kredite der Saline über Lothars Schreibtisch. Es wäre für Ansorge ein Leichtes gewesen, ihn wegen Befangenheit aufs Abstellgleis zu schieben.

»Hat er eine Idee, worum es gegangen sein könnte?«, wollte Helga wissen.

»Leider nein.« Eva seufzte. »Aber genug davon. Lass dir lieber dein Essen schmecken. Sieht gut aus.«

Helga pikste ein Stück Huhn auf ihre Gabel und schob es sich genüsslich in den Mund. »Sieht nicht nur so aus. Hol dir auch was. Du hast ja bald gar nichts mehr auf den Rippen.«

»Hm«, machte Eva nur und griff über den Tisch nach der Hand ihrer jüngeren Schwester. »Na komm, Karlchen, dann lass uns auch mal das Büfett stürmen.«

»Wie oft habe ich dir schon gesagt, dass du mich nicht Karlchen nennen sollst«, erwiderte diese unwirsch, um dann aber mit einem süßen Lächeln in den Raum zu grüßen. Helga folgte Karlas Blick, vermochte jedoch niemandem zu entdecken, dem diese Geste gegolten haben konnte. Hatte Karla einen heimlichen Verehrer? Schlecht wäre es nicht gewesen, wenn sie mal einen Freund gehabt hätte, der ihr ihre Allüren nicht immer durchgehen ließ und sie auch mal auf den Pott setzte. Das Mädchen war einfach zu verwöhnt. Und daran war Eva nicht ganz unbeteiligt. Ihrer beider Mutter war bei Karlas Geburt gestorben, und Evas schlechtes Gewissen darüber, dass sie Karla insgeheim eine Mitschuld daran gab, hatte immer wieder dazu geführt, dass sie, die seitdem in die Mutterrolle geschlüpft war, ihr zu viel durchgehen ließ.

Helga war schließlich beim Dessert und damit bei den fantastischen Pralinés angekommen, die bei dem Lüneburger Chocolatier »Schokolüne« hergestellt wurden und wahrlich auf der Zunge zergingen, als ihr Chef, der Oberstadtdirektor Dr. Siemers, zu ihr an den Tisch kam. Schnell und mit hochrotem Kopf versuchte Helga, die champagnerweiße Schokoladenmousse-Kreation am Gaumen zu zerdrücken und hinunterzuschlucken, was zu einem leichten Hustenanfall führte. »Entschuldigung … Entschuldigen Sie, das war jetzt wohl etwas zu schnell«, stammelte Helga und wischte sich eine Träne aus dem Auge.

»Nichts für ungut, Fräulein Lackner. Ich wollte Sie nicht erschrecken.« Er sah kurz zu Helgas Mutter und beugte sich dann ein wenig zu ihr herunter. »Können Sie am Montag in drei Wochen nach meinem Urlaub direkt früh um kurz vor neun zu mir ins Büro kommen? Ich würde gern etwas mit Ihnen besprechen.« Seine Miene war undurchdringlich und Helga wusste nicht, was sie davon zu halten hatte. Normalerweise war ihr Verhältnis freundlich-distanziert, aber Siemers war kein Geheimniskrämer. »Ist etwas passiert?«, fragte sie beunruhigt.

»Nein, nein«, wiegelte er sofort ab, doch es klang ein wenig halbherzig. »Ich will auch gar nicht lange stören. Kommen Sie einfach nach meinem Urlaub kurz zu mir, ja?«

Er zwinkerte Helgas Mutter zu und wartete Helgas Antwort gar nicht mehr ab, sondern ging direkt zurück zu einer Gruppe von Männern, die bei den ersten Zigarren zusammenstanden.

Helga sah ihm hinterher. Was er wohl wollte? Wenn es nach ihr ging, war eine Gehaltserhöhung längst überfällig. Grinsend schob sie sich das letzte Praliné in den Mund.

2.

Eva hatte die Tür zum Büro im ersten Stock der Saline absichtlich offen gelassen. Sie mochte den Geruch nach schwerem Heizöl, der von unten aus dem Siedehaus durch Decken und Wände zu ihr nach oben drang, die leicht erdige Note, die ihm beigemischt war und aus der sie das Aroma von Salz herauszuschmecken glaubte. Und sie mochte das beruhigende schabende Geräusch, wenn die Männer mit ihren Rakeln durch die in den Pfannen austrocknende Sole fuhren.

Wenn sie in der Saline war, hatte sie immer das Gefühl, in einen großen Schiffsbauch abzutauchen, der sie mit seiner Wärme und seiner Beständigkeit beschützend umfing. Allein, sie war die Kapitänin dieses Schiffes, und sie hatte ihren Platz oben auf der Brücke, wo der eisige Wind sie umtoste und sie den behäbigen Kahn entschlossen quer zur See treiben musste, um Mannschaft und Ladung sicher abzuwettern. Und manchmal hatte Eva einfach Angst, dass das Ruder brach.

Sicher, sie hatte hart dafür gekämpft, die Saline auf einen frischeren, modernen Kurs zu geleiten – oft gegen den Widerstand ihres Vaters. Es war ihr vor Jahren gelungen, ein junges Kosmetikunternehmen aus Bispingen als Vertriebspartner zu gewinnen, mit dem sie ihren Umsatz direkt um elf Prozent hatten steigern können, und aus den anfänglichen 1 500 Tonnen Gewerbesalz monatlich waren inzwischen wackere 2 100 geworden. Auch hatten sie sich erfolgreich bemüht, ihre Speisesalze auf lokalen Märkten zu verkaufen. Aber das war echte Sisyphusarbeit und konnte die Lücke, die sich durch drastisch sinkende Preise auf dem Weltmarkt und die internationale Konkurrenz, vor allem aus Mittel- und Südamerika, aufgetan hatte, mittelfristig einfach nicht schließen. Wenn die Saline die Jahrtausendwende erleben sollte, musste sie nachhaltige und umsatzstarke Geschäftsmodelle entwickeln – und die Ideen dazu fehlten Eva schon länger. Mit ihrem Vater konnte sie sich nicht mehr beraten. Der lebte zunehmend in seiner eigenen Welt; er war ihr auch schon damals keine wirkliche Hilfe gewesen. Und der alte Gellersen, Siedemeister und die gute Seele der Saline, seit sie denken konnte, war vor zwei Jahren in den wohlverdienten Ruhestand gegangen.

Seufzend öffnete Eva die Unterschriftenmappe, die ihr Frau Gerstenberger wie jeden Abend vor Ostern noch auf den Tisch gelegt hatte. Wie so oft nur Rechnungen: Steuerberater, Müllabfuhr, Materialeinkauf, die monatliche Rechnung über die Pfannenreinigung, Auslieferungsgebühren.

Auf der letzten Seite fand Eva dann noch einen Brief von Jürgen Kettler, dem Geschäftsführer von KosmoPharm aus Bispingen.

> *Sehr geehrte Frau Möreke*, stand dort geschrieben,
> *diesen Brief zu diktieren, fällt mir außerordentlich schwer, verbindet uns doch eine vertrauensvolle Geschäftsbeziehung seit der ersten Stunde. Ich hoffe somit, dass diese Zeilen Sie erst nach Ostern erreichen werden.*
> *Wie Sie wissen, ist die KosmoPharm ein*

aufstrebendes florierendes Unternehmen, das ständig auf der Suche nach Innovationen und Optimierungsmöglichkeiten ist.

Nun haben sich in jüngster Zeit geschäftliche Allianzen ergeben, die möglicherweise auch einen Einfluss auf unsere Vertriebskooperation haben werden.

Gern möchte ich mit Ihnen die Situation ausführlich erörtern – und bin Ihnen das nach all den Jahren auch schuldig –, sodass ich Sie zeitnah um ein persönliches Gespräch bitte. Meine Sekretärin wird diesbezüglich auf Sie zukommen.

Hochachtungsvoll,
Jürgen Kettler

Intuitiv hatte sich Eva eine Hand an den Hals gelegt, während sie die Zeilen überflog, und nun spürte sie unter ihren Fingern das Blut pulsieren. *Geschäftliche Allianzen? Einfluss auf unsere Vertriebskooperation?* Was meinte Kettler damit? Es gab niemanden in ganz Deutschland, der so reines und qualitativ hochwertiges Salz produzierte wie die Lüneburger Saline. Und der Preis, den sie damals mit Kettler ausgehandelt hatte, war nach Evas Dafürhalten ebenfalls absolut konkurrenzfähig. Selbst wenn er womöglich meinte, auf dem Weltmarkt billiger einkaufen zu können, so würden die hohen Transportkosten diese Einsparung doch wieder zunichtemachen. Egal, in welche Richtung Eva dachte – sie kam auf keine plausible Erklärung. Am liebsten hätte sie direkt den Telefonhörer in die Hand genommen und bei Kettler angerufen. Aber sie wollte nicht den Eindruck erwecken, bedürftig oder gar panisch zu sein – was sie jedoch beides gerade war.

Eva versuchte, tief durchzuatmen, als es an der Tür klopfte. Auf ihr Rufen steckte Frau Gerstenberger den Kopf herein, und ihre Miene verhieß ebenfalls nichts Gutes.

»Na, Frau Gerstenberger, was gibt es denn?«

»Frau Möreke, die Pumpe ist schon wieder ausgefallen. Das ist nun schon das dritte Mal in diesem Monat.«

»Die Brunnenpumpe?«, fragte Eva nach, obwohl sie es doch genau wusste. »Haben Sie Rudolf schon Bescheid gesagt?« Rudolf war der Monteur, Techniker und Schmied in Personalunion. Wo immer eine Maschine nicht richtig lief, rief man nach Rudolf.

»Ja, er hat sich das angeschaut und gemeint, dass die Lager im Eimer sind und sich dadurch die Riemenscheibennaben abgenutzt haben. Dadurch schließt das Pumpgehäuse nicht mehr ab, sagt er.«

Eva stand auf und stützte die Finger auf die Schreibtischplatte. »Und das heißt jetzt was?« Bevor ihre Sekretärin antworten konnte, winkte Eva ab. »Schon gut, ich weiß, was das heißt. Ich komme mit runter.«

Eva griff nach ihrem Jackett. Das Brunnenhaus lag im Garten hinter der Saline und war das Herzstück der Anlage. Im klassizistischen Stil erbaut, schützte es seit 1832 den eigentlichen Brunnen, in dessen Tiefen kurze unterirdische Stollen die einzelnen Solequellen verbanden und zusammenlaufen ließen, sodass die Sole zentral nach oben gepumpt werden konnte. Der leichte Nieselregen passte zu Evas gedrückter Stimmung. Sie ahnte schon, worauf die Unterredung mit Rudolf hinauslaufen würde.

»Tut mir leid, Fräulein Be… Frau Möreke«, sagte Rudolf, sobald sie an dem Häuschen angekommen war. Erstaunlicherweise war der Monteur nicht der Einzige, der sie immer noch mit Fräulein Benningsen ansprechen wollte. Obwohl sie schon seit fünf Jahren verheiratet war, schien der

Name Möreke für ihre Mitarbeiter nicht mit dem Umfeld der Saline vereinbar zu sein. Sie sah es ihm nach und fragte sich dennoch manchmal insgeheim, ob das eine tiefere Bedeutung haben könnte. Ob sie selbst sich auch nicht als eine Möreke sah … »Aber die is nu wirklich hinüber.« Beinahe liebevoll tätschelte er das zerkratzte blaue Metall.

»Gar nichts mehr zu machen?«, fragte Eva mit gerunzelter Stirn.

»Nüscht.«

Eva schaute nach oben an die Decke, als ob sie dort eine Antwort fände. Sie hatte schon vor vier Wochen gewusst, dass es die alte Pumpe nicht mehr lange machen würde, und hatte doch keine neue in Auftrag gegeben. Das war nicht besonders weitsichtig gewesen. »Wie lange brauchen Sie, um eine neue zu besorgen?«

»Kommt drauf an, ob Hartmann eine auf Lager hat. Wenn ja, kann die morgen schon angeschlossen werden. Wenn nein, dauert es wohl eher zwei Wochen.«

»Zwei Wochen?«, rief Eva aus und strich sich beunruhigt über eine Augenbraue. »Aber Sie wissen doch, dass wir mit unseren Beständen maximal fünf Tage überbrücken können, vielleicht sieben. Wie sollen wir denn dann unsere Aufträge abarbeiten? Haben wir nicht noch eine alte Pumpe irgendwo rumliegen? Oder können Sie anderweitig improvisieren?«

Ratlos sah der Monteur sie an. Ratlos und ein wenig vorwurfsvoll. Womit er ja recht hatte. Es war nicht seine Aufgabe, vorauszudenken und die entsprechenden Entscheidungen zu treffen. Das war ihre. Und an Tagen wie diesen hasste sie diese Verantwortung. Und noch mehr hasste sie es, sie mit niemandem teilen zu können. Lothar konnte sie damit nicht belasten, auch wenn er selbst immer das Gegenteil behauptete. Aber sie sah ja, wie sehr ihm die Bank mit dem neuen Direktor, der Kummer seines degradierten Vaters und die – vielleicht unbegründete, vielleicht aber auch doch berechtigte – Sorge um seine eigene Position zu schaffen machten. Lothar war ein so ernsthafter, beflissener Mann, der sich die Dinge trotz seines souveränen Auftretens nach außen ziemlich zu Herzen nahm. Das hatte sie erst erkannt, seit sie mit ihm verheiratet war.

Ulrich war da anders gewesen, dachte Eva und zuckte bei dem Gedanken gleichzeitig zusammen. Sie durfte die beiden Männer nicht vergleichen, ertappte sich aber in letzter Zeit häufiger dabei, dass sie es doch tat. Allein dass Lothar sein Ei köpfte und nicht aufklopfte wie sein Cousin, konnte Eva zunehmend auf die Palme bringen. Ulrich hätte in so einer Situation wie jetzt mit der Pumpe verspielter reagiert. Er hätte ihr die Sorgen weggelacht oder weggeküsst und ihr das Gefühl gegeben, dass eine Brunnenpumpe für eine Saline ein vollkommen überschätztes Accessoire war, auf das man immer und jederzeit auch gut verzichten konnte. Auch wenn beide wussten, dass das natürlich nicht stimmte, hätte es die Lage entspannt. Ulrich hatte ihr immer vermittelt, dass wirklich nichts auf der Welt so schlimm war – es sei denn Krankheit und Tod –, dass man es nicht irgendwie beheben konnte. »Sorgen sind sinnlos« – dieser Satz hätte gut und gern von Ulrich kommen können. Für Lothar waren sie eher der Antrieb.

»Lassen Sie mich mal direkt zu Hartmann fahren. Vielleicht haben wir Glück. Und wenn nicht«, Rudolf kratzte sich an der Stirn, »dann guck ich, ob ich wenigstens ein neues Lager auftreiben kann und im Materialschuppen vielleicht noch ein Gehäuse zu finden ist. Oder ich schweiß uns was zusammen. Irgendwie wird's schon werden«, sagte er mit einem schwachen Lächeln.

Eva nickte. »Danke, Rudolf. Haben Sie eine Idee, was uns das etwa kosten wird?«

Rudolf legte den Kopf schief. »So um die dreihundert, schätze ich.«

»Ist gut. Dann versuchen Sie Ihr Glück. Und vielen Dank.«

Schweren Herzens ging Eva zurück über die Wiese. Mit ihren hellblauen Pumps versank sie fast in dem noch etwas feuchten, schweren Boden. Es hatte viel geregnet in letzter Zeit, und auch wenn die Magnolien, Kirschbäume und Haselnusssträucher schon austrieben und die Landschaft in ein dezentes Meer aus weißen, roséfarbenen und hellgrünen Knospen tauchten, war die Luft eher frisch wie im Februar.

Eva beschloss, nicht direkt durch den Hintereingang zurück in ihr Büro zu gehen, sondern einmal die Runde durch das Siedehaus und die Näherei zu machen. Wenn sie auf eines wirklich Wert legte, dann war es der Kontakt zu ihren knapp dreißig Mitarbeitern. Wie unschätzbar hilfreich dieser sein konnte, hatte sie begriffen, als sie einmal selbst für eine Woche in der Näherei ausgeholfen hatte. Ohne die Pausengespräche hätte sie vielleicht nie von Edda Böhms schwer kranker Tochter Lotte erfahren, die nach einer zu spät erkannten Diphterie fast gestorben wäre und nun aber zum Glück wieder ein halbwegs normales Leben führen konnte. Aber sie hätte auch nie von dem relativ lukrativen Geschäft mit den Salzabfällen gehört, die ihr Vater schlicht als Müll abgetan und der jungen Näherin Regina und ihrem Freund überlassen hatte. Selbst wenn in dem salzhaltigen Geröll nicht viel Umsatz steckte, so hatte der Verkauf ihr doch wichtige Kontakte in die regionale Land- und Forstwirtschaft gebracht und das Lecksteingeschäft angekurbelt.

Eva klopfte sich die Schuhe ab und betrat die Saline durch den Vordereingang. Die Wärme, die ihr sofort erneut entgegenschlug, tat ihr gut, und ohne einen Blick nach links auf den Ofen zu werfen, an dem nun schon so lange kein Heizer mehr stehen musste, um Kohlen nachzulegen, schritt sie den Gang entlang der sechs riesigen rechteckigen Eisenpfannen ab, die jede für sich genommen die Grundfläche eines Schrebergartenhäuschens einnahmen. Sie nickte den Männern zu, die in festen Arbeitsschuhen und mit nacktem Oberkörper in den Pfannen die Sole rakelten, damit sie gleichmäßig trocknete. Auch nach all den Jahren berührte dieser archaische und wie aus der Zeit gefallene Anblick Eva immer noch in der Seele. Seit Jahrhunderten gewannen sie so ihr Lüneburger weißes Gold, das an Reinheit und Körnung nicht zu überbieten war. Umso widersinniger eigentlich, dass ihre Saline dennoch ums Überleben kämpfen musste. Während der deutsche Bundeskanzler Ludwig Erhard nicht müde wurde, die Vollbeschäftigung und den ungebrochenen Aufschwung in der jungen Republik zu beschwören, so sehr, dass nun aus der Türkei und Italien schon Gastarbeiter ins Land geholt wurden, musste sie sich überlegen, wie sie den wertvollsten Rohstoff überhaupt an den Mann bringen konnte. Das war doch absurd!

Evas Stimmung hellte sich schlagartig auf, als sie die Näherei betrat und das muntere Geplapper der drei Näherinnen, die sie noch beschäftigte, vernahm. Seit sie damals selbst ausgeholfen hatte, verstummten die Gespräche nicht mehr automatisch, sobald sie den Raum betrat. Neben dem Respekt hatte sich so etwas wie ein Vertrauensverhältnis gebildet, das Eva sehr zu schätzen wusste.

»Und nach dem Krieg waren wir gut genug, um in den Fabriken mit anzupacken und am Fließband zu stehen. Aber jetzt sollen wir wieder zurück an den Herd, und stattdessen holen sie die Spaghettis ins Land«, empörte sich Martha König, die Älteste in der Runde, gerade. »Das verstehe mal einer.«

»Nu mach mal halblang, Martha«, hielt Christa Kadenbach entgegen. »Ich hätte keine Lust, mich zwischen irgendwelchen giftigen Dämpfen den ganzen Tag im Stehen krumm zu schuften. Und die Löhne der Männer sind doch so hoch, dass sie ihre Familien ernähren können.«

»Na, liebe Christa«, mischte sich nun auch Eva ein. »Was sind denn das für Töne? Ich hoffe, du redest nicht von dir.«

»Nie im Leben, Frau Möreke«, wiegelte die Näherin sofort ab. »Ich würd ja verrückt werden, wenn ich den ganzen Tag nur mit Einkaufen und Putzen beschäftigt wäre. Und dann dem Heinz abends die Füße kraulen. Ne, ne. Ich bleib schön, wo ich bin – solange Sie uns noch lassen«, fügte sie etwas bedächtiger hinzu.

»Da macht euch mal keine Sorgen«, erwiderte Eva betont gelassen. »Wenn ihr das wollt, dann könnt ihr hier bis zur Rente Salzsäcke nähen.«

»Dann ist an den Gerüchten also nichts dran?«, fragte nun Edda Böhm, die Mutter der inzwischen vierzehnjährigen Lotte.

»An welchen Gerüchten?«

Die drei Näherinnen sahen sich an. »Dass die Kali und Salz die Saline kaufen will. Der Günther hat so was aufgeschnappt«, platzte Edda Böhm schließlich heraus.

»Wie bitte?« Bestürzt fasste Eva sich an den Hals. Wer setzte solche Unwahrheiten in die Welt? »Von wem hat er denn diesen Unsinn? Die Saline wird überhaupt nicht verkauft. An niemanden. Und wenn schon, dann ganz sicher zuallerletzt an die Kali und Salz. Ihr wisst doch, wie ich zu Rainer von Seefeldt stehe. Das wäre wirklich das Allerletzte!«

Erleichtert atmete Edda Böhm auf. »Ja, gewundert hat's mich auch. Vielleicht setzt der von Seefeldt das selbst in Umlauf. Um Sie zu schwächen.«

Mit sorgenvoller Miene rieb Eva sich das Kinn. An dem Gedanken konnte etwas dran sein. Das wäre zwar ein hundsgemeiner Schachzug gewesen, aber genau diese Charaktereigenschaft zeichnete von Seefeldt ja aus. Was, wenn er sie wirklich in Misskredit zu bringen versuchte? Eva dachte an den Brief von Jürgen Kettler. Eine dunkle Ahnung beschlich sie. Was, wenn Seefeldt auch hinter den »geschäftlichen Allianzen« steckte, von denen Kettler gesprochen hatte? Eilig verabschiedete sie sich von den Näherinnen und ging schnellen Schrittes hoch in ihr Büro. Sie musste mit Kettler reden. Sofort.

3.

Wie benommen lief Helga durch die Straßen der Lüneburger Innenstadt, ohne die Geschäfte mit ihren Auslagen und die Passanten, die ihr begegneten, auch nur wahrzunehmen. Das Brot, das sie sich für die Mittagspause geschmiert hatte, hielt sie ausgewickelt, aber unangetastet in der Hand. Während in der einen Sekunde die Gedanken wild durch ihren Kopf purzelten, hatte sie in der nächsten das Gefühl von beinahe lähmender Leere. Sie war doch stets eine gute Mitarbeiterin gewesen. Eine sehr gute sogar, immer zuverlässig, fast nie krank, loyal und hilfsbereit. Das hatte Siemers auch immer wieder betont. Er hatte betont, dass es nicht an ihr liege, wenn es passieren sollte. So sei das eben, wenn man in der Politik arbeite, hatte er gesagt. Da gehe es nicht um Eignung oder Leistung oder was man bereits alles verdient habe. Da gehe es um das richtige Parteibuch, die richtige Gesinnung – und wenn es nun in Lüneburg bei der nächsten Wahl im Mai so käme, wie er vermute, dann könne es sein, dass sie das nicht habe. Wenn er selbst nicht noch einmal für eine dritte Amtszeit zum Oberstadtdirektor gewählt werde – und unter vier Augen und bitte vertraulich müsse er diese Möglichkeit in Betracht ziehen –, dann halte er es für wahrscheinlich, dass auch sie nicht länger als Vorzimmerdame beschäftigt werde.

»Ich sage Ihnen das heute, damit Sie genügend Zeit haben, sich nach einer neuen Arbeitsstelle umzusehen«, hatte er gesagt und dabei den Blick abgewendet.

Wie Kanonendonner hallte dieser Satz in ihrem Kopf wider. Sie sollte sich nach einer neuen Stelle umsehen. Obwohl sie keinen Fehler gemacht hatte, obwohl er ihre Arbeit über alle Maßen schätzte und sie jederzeit weiterempfehlen würde, sollte sie sich nach einer anderen Stelle umsehen!

Aber nach was für einer denn? Nach der Realschule hatte sie im Rathaus selbst eine Lehre zum Bürogehilfen gemacht und war zwei Jahre später von Siemers als Sekretärin eingestellt worden. Das Rathaus war ihr zur zweiten Heimat geworden. Sie liebte es, die mit rotem Teppich ausgelegte Treppe emporzusteigen, umgeben von Gemälden, die das geschäftige Treiben der Kaufleute im Mittelalter, historische Grundrisse der Stadt oder die Ahnengalerie der Stadtväter zeigten. Selbst der Geruch in diesem Gebäude schien Tradition, Beständigkeit und Wahrhaftigkeit zu verströmen. Und jetzt sollte sie sich »nach einer neuen Stelle« umsehen? Je länger sie lief, desto entschlossener wurden Helgas Schritte. Die Lähmung wich langsam einer unbändigen Wut, die sich in ihr zusammenbraute wie flüssiges Magma im Innern eines Vulkans. Wie kam es eigentlich, dass jeder Mensch in ihrem Umfeld meinte, sich ihrer bedienen zu können, wie er es gerade brauchte? Und noch besser: Wieso ließ sie es geschehen, warum begehrte sie nie auf, gab selten Widerworte, sondern zeigte stattdessen meist noch Verständnis? Wie zum Beispiel bei ihrer Mutter. Ja, Helga konnte nachvollziehen, dass sie das große Haus nicht aufgeben wollte, dass sie immer noch der Liebe zu ihrem verstorbenen Mann nachhing und sich außerstande sah, die Kraft und den Mut für ein eigenes Leben zu sammeln. Aber die Einschränkungen, die das für sie selbst bedeutete, konnte sie das auch verstehen und vor allem akzeptieren? Warum gab sie sich selbst auf, nur weil jemand anderes das für sich tat?

Und jetzt Siemers. Sie war eine erstklassige Mitarbeiterin und sollte sich vorsichtshalber schon mal einen neuen Job suchen. Das klang nicht nur falsch, sondern auch zynisch!

Ohne es bewusst angesteuert zu haben, fand sich Helga plötzlich vor dem Bankhaus Möreke wieder. Im Fenster hingen der Bebauungsplan und Informationen über drei Musterwohnungen für das »Quartier Kreidebergsee«, wie es genannt wurde. Offenbar lief der Vertrieb nicht nur über die Sparkasse. Helga blieb davor stehen und betrachtete die Zeichnungen mit dem Beschreibungstext. Verträumt besah sie sich die großen Fensterfronten mit den Terrassen oder Balkonen, die alle nach Südsüdwest ausgerichtet waren. Sogar Zweifach-Isolierglas wurde verbaut. Also kein lästiges Schwitzen der Scheiben mehr und zugige Feuchte, die sich in den Holzrahmen fraß. Der Wohn- und der Essbereich waren durch eine Durchreiche miteinander verbunden und insgesamt sehr geräumig. Dafür fiel das Schlafzimmer mit zwölf Quadratmetern eher klein aus, aber Platz für einen sechstürigen Kleiderschrank war vorgesehen, und das reichte dann ja völlig. Helga konnte sich kaum sattsehen an dem einladenden und sehr modernen Projekt – allein für die Küche mit den Bauknecht-Elektrogeräten hätte sie schon dahinschmelzen können. Im Haus gab es sogar einen Fahrstuhl. Und eine Gemeinschaftsdachterrasse. Von dort aus hatte man bestimmt einen atemberaubenden Blick über ganz Lüneburg.

»Na, für welche Wohnung hast du dich entschieden?«, hörte sie plötzlich Lothars warme, dunkle Stimme neben sich. Erschrocken zuckte Helga zusammen. Sie war wirklich so versunken gewesen, dass sie ihn nicht hatte kommen hören. Hastig packte sie ihr Brot notdürftig in Alufolie und steckte es in die Tasche.

»Also, die kleine da im dritten Stock, die würde mir schon gefallen«, antwortete sie, ohne sich abzuwenden. »Und für meine Mutter die im Erdgeschoss«, fügte sie seufzend hinzu. »Das Leben könnte so einfach sein, oder?« Nun erst drehte sie sich zu Lothar um, der ebenfalls nicht den Eindruck machte, dass dies sein bester Tag war.

»Vielleicht machen wir es uns schwerer als nötig«, sagte er. »Komm doch auf einen Sprung mit rein und wir reden bei einer Tasse Kaffee weiter.«

Helga sah auf die Uhr, aber wenn sie ehrlich war, hatte sie nur noch wenig Lust, sich von ihrem Pflichtbewusstsein zur Eile treiben zu lassen. Sie schaute auf die Übersicht mit den Preisen. Zwischen 14 000 und 17 000 DM sollten die kleinen Wohnungen kosten. Bei ihrem Monatsgehalt von 550 Mark ein Ding der Unmöglichkeit. Aber Lothar war schließlich der Experte. Sie konnte sich wenigstens einmal anhören, was er ihr zu sagen hatte. Sollte Siemers seine Briefe doch auf das Diktaphon sprechen. »Warum nicht?«, meinte sie also achselzuckend und folgte dem Mann ihrer Freundin in die Bank hinein. Sie nahm von hinten seine leicht nach vorn gezogenen Schultern und die etwas gebeugte Haltung wahr. Das war nicht typisch für den an sich so stattlichen, knapp 1,90 m großen Mann. Was ihn wohl bedrückte? Hatte er berufliche Sorgen? Oder war es doch eher die Ehe mit Eva, die ihm Kummer bereitete? Zwischen ihr und ihrer Freundin war dieses Thema tabu. Eva wusste, dass Helga es nicht gutgeheißen hatte, Ulrich nichts von ihrer Schwangerschaft zu erzählen. Sicher, sie hatte Ulrichs Karriere in Berlin nicht gefährden wollen, hatte nicht gewollt, dass er aus Mitleid oder Pflichtgefühl nach Lüneburg zurückkehrte, wo er zuvor in Schimpf und Schande von seinem Onkel Georg Möreke vom Hof gejagt worden war. Schließlich war

Ulrich es gewesen, der dafür gesorgt hatte, dass die Mörekes ihr Haus an den rechtmäßigen Eigentümer, Arno Blumberg, der 1944 vor den Nazis in die USA geflohen war, zurückgeben mussten. Dass sie dann aber eine Vernunftehe ausgerechnet mit Ulrichs Cousin Lothar eingegangen war, weil es sich so anbot und für beide Seiten sicher auch Vorteile brachte, hatte sich für Helga nicht richtig angefühlt. Vielleicht war sie eine unverbesserliche Romantikerin, aber zu einer Ehe gehörte für sie vor allem eins: Liebe. Und die vermisste sie bei den beiden.

Nachdem Lothars Sekretärin ihnen zwei Tassen, ein Kännchen Kaffee, Zucker und Sahne auf den runden Tisch in Lothars Besprechungszimmer gestellt und die Tür hinter sich geschlossen hatte, ergriff Lothar das Wort. »Na, und wie ist es nun? War es Zufall, dass ich dich vor dem Aushang entdeckt habe, oder spielst du ernsthaft mit dem Gedanken, eine Wohnung zu kaufen?«

Helga zog ihre Handtasche enger auf ihren Schoß. Zur Feier des Tages, dachte sie, hatte sie sich für ein hübsches Kostüm in Blau und Weiß entschieden. Wenn sie gewusst hätte, was es »zu feiern« gab, hätte es ein Lumpensack auch getan. Jetzt aber, hier im Haus des Geldes, war sie doch froh, halbwegs adrett auszusehen.

Helga blickte zur Decke und merkte, wie sich ihre Augen mit Tränen füllten. Jetzt nicht losheulen, sagte sie sich, bitte das nicht! Sie blinzelte zweimal und hoffte, dass das reichte. »Ich weiß nicht, was ich darauf antworten soll«, sagte sie schließlich. Aufmerksam sah Lothar sie an. Seine Augen waren von einem silbrig schimmernden Grau, die Iris durchzogen von feinen, dunklen Linien. Sie wirkten tief und ernst. Das war ihr noch nie aufgefallen. »Ich kann mir die sowieso nicht leisten«, sagte sie, holte ein Stofftuch aus ihrer Handtasche und wischte sich damit die Nase ab. »Geschweige denn zwei, für meine Mutter und für mich.« Helga machte eine Pause. »Aber ich habe heute wohl auf die harte Tour begriffen, dass ich an meinem Leben etwas ändern muss, wenn ich nicht versauern will wie eine alte Jungfer …«

»Na, na, was sind denn das für Töne?«, fragte Lothar besorgt. »So kenne ich die immer strahlende und gut gelaunte Helga ja gar nicht. Was ist denn passiert?«

In diesem Moment brachen bei Helga doch die Dämme. Schluchzend berichtete sie von ihrer Unterredung mit dem Oberstadtdirektor, von ihrem Leben, dem es an Perspektive fehlte, von dem viel zu großen Haus, in dem sie nur noch wohnte, um ihre Mutter nicht allein zu lassen, und von ihrer Sehnsucht, das alles hinter sich zu lassen. »Findest du mich egoistisch?«, fragte sie schließlich schniefend, aber doch ein wenig erleichtert. Lothar hatte ihr die ganze Zeit geduldig zugehört. Allein das hatte sie schon beruhigt.

»Nein, ich finde das überhaupt nicht egoistisch. Wir sind nicht hier auf dieser Welt, um uns ständig für andere zu opfern.«

»Das sagt aber der Richtige«, entfuhr es Helga.

Lothar lächelte schief. »Ich meine es ernst. Lass es uns doch einfach mal durchspielen. Angenommen, deine Mutter würde dem Verkauf des Hauses zustimmen …«

»Das wird sie nie.«

»Nur mal angenommen. Ihr wohnt doch im Köppelweg, oder?« Helga nickte. »Und welches Haus ist es noch mal?«

»Das weiße mit den grünen Läden und der großen Magnolie im Vorgarten.«

Lothar pfiff durch die Zähne. »Etwa das mit dem Mansarddach?«

Helga nickte erneut. »Aber freu dich nicht zu früh. In dem Ding zieht es wie auf dem Bahnhof, die Heizung müsste dringend erneuert werden, dasselbe gilt für die Treppe. Von den vergilbten Tapeten mal ganz zu schweigen.«

»Möglich, aber dazu gehört doch auch ein ziemlich großes Grundstück, oder täusche ich mich?«

»Genau, ein Gärtner hätte seine wahre Freude daran. Hinten bei den Obstbäumen mähe ich den Rasen schon gar nicht mehr.«

»Das heißt, ihr habt im Grunde zwei Grundstücke, also mindestens 1 400 Quadratmeter.« Lothar hatte begonnen, sich Notizen zu machen.

»Kann sein, ich weiß es nicht genau.«

Lothar klopfte nun mit dem Stift auf seinen Block. »Also, ich bin natürlich kein Sachverständiger, aber mit Immobilien kenne ich mich schon ein bisschen aus. Und mal so aus der Lamäng würde ich sagen, dass ihr für das Haus und das Grundstück mindestens 50 000 bis 60 000 Mark bekommen könntet. Es ist voll unterkellert, oder?«

Fassungslos starrte Helga ihn an. »50 000 bis 60 000 Mark? Du machst Witze! Für den alten Kasten?«

Lothar lachte kurz auf. »Der ›alte Kasten‹, wie du sagst, hat vermutlich eine bessere Bausubstanz als alles, was jetzt nach dem Krieg gebaut wurde. Und die Lage ist erstklassig. Plus das große Grundstück. Ja, ich würde sagen, das ist realistisch.«

Nachdenklich pulte Helga einen kleinen Fleck von ihrer Lacktasche. »Aber selbst wenn du recht hast, meine Mutter wäre mit einem Verkauf nie einverstanden. Und ihr gehört das Haus.«

Lothar stand auf und ging zu seinem Schreibtisch. Aus einer der Schubladen holte er einen Prospekt hervor. »Nimm den doch mal mit. Vielleicht ändert sie ihre Meinung, wenn du ihr das alles mal etwas genauer erklärst. Sie will doch sicher auch nicht, dass du dich für sie opferst. Womöglich weiß sie gar nicht, wie es in dir aussieht?«

Helga nahm die Hochglanzbroschüre und strich mit ihren Fingern darüber. Ausgeschlossen war das nicht. Von dieser Warte hatte Helga das noch nie betrachtet.

»Du solltest nur nicht allzu lange überlegen. Die Nachfrage ist ziemlich groß.«

Dankbar sah Helga Lothar an. Sie konnte sich nicht erinnern, je ein so privates Gespräch mit ihm geführt zu haben. Es hatte ja auch kaum Berührungspunkte zwischen ihnen gegeben. Zuerst war er nur der Sohn des unangenehmen Privatbankiers Georg Möreke und Ulrichs Cousin gewesen. Und jetzt war er der Ehemann ihrer besten Freundin. Trotzdem traute Helga sich, die folgende Frage zu stellen: »Wie geht es dir denn, wo wir hier schon so vertraut beieinandersitzen und den Kaffee kalt werden lassen?«

Lothar lachte auf und nahm einen Schluck, um die Tasse direkt wieder abzustellen. »Stimmt, der ist kalt«, sagte er und schüttelte sich, um dann die Beine übereinanderzuschlagen und sich in seinem Sessel ein wenig zurückzulehnen. »Welche Version möchtest du denn hören?«

»Wenn möglich, die aufrichtige«, erwiderte sie. »Augenwischerei hatte ich heute schon genug.«

Lothar nickte kurz und nahm seine Brille ab. »Es versteht sich, dass dieses Gespräch vertraulich ist und auch nicht an eine beste Freundin weitergegeben wird?«

»Das versteht sich so von selbst, dass du es nicht extra hättest erwähnen müssen«, erwiderte Helga und meinte jedes Wort ernst.

»Gut«, entgegnete Lothar, nahm ein Taschentuch aus seiner Hose und rieb damit über die runden Gläser der Brille. »Wenn ich ehrlich bin, weiß ich noch nicht mal, wo ich anfangen soll. Alles scheint so ineinander verzahnt und … kompliziert.« Er räusperte sich. »Allein heute Morgen … Evas alter Herr ist heute Nacht wieder zwei Stunden orientierungslos durchs Haus getapert, weswegen zumindest Eva und ich kaum Schlaf bekommen haben. Sabine hat nun eine Mittelohrentzündung und kann nicht in den Kindergarten. Jetzt hat Eva sie für zwei Stunden allein gelassen, aber das ist ja auch kein Zustand. Entsprechend angespannt war die Stimmung, und Karlas Gemecker hat da auch nicht geholfen.«

Helga verzog den Mund. Es stimmte: Karla hatte sich wirklich nicht zu ihrem Vorteil verändert in den vergangenen Jahren.

Das hatte sie ja Ostern schon gedacht. Ein kleines verzogenes Gör, dem man mal ordentlich den Marsch hätte blasen müssen.

»Aber das ist mal das eine – die Familie, unsere Wohnsituation. Alles nicht so optimal. Was Eva jedoch noch nicht weiß: Herr Ansorge wollte von mir letzte Woche sämtliche Kreditunterlagen zur Saline. Angeblich ›nur zur Information‹, doch über die Brücke gehe ich nicht. Die Saline ist einer unserer größten Kunden und nicht unser kleinstes Sorgenkind. Ich weiß nicht, was genau da hinter den Kulissen passiert, aber irgendwas ist im Busch, das spüre ich.«

Bei diesen Worten blickte Helga erschrocken auf. Noch mehr Ärger mit der Saline wäre wirklich das Letzte gewesen, was Eva und Lothar jetzt gebrauchen konnten. »Denkst du, das hat vielleicht auch was mit der Wahl nächsten Monat zu tun?«

Lothar schüttelte den Kopf. »Das kann ich mir nicht vorstellen. Aber heutzutage weiß man ja nie.«

»Da hast du wohl recht«, meinte Helga seufzend. Einen Moment herrschte Stille zwischen ihnen, nur von draußen drang leise das Geklapper einer Schreibmaschine. »Ich geh dann wohl mal besser wieder.« Helga stand auf und auch Lothar erhob sich. »War schön, mit dir zu sprechen.« Sie hielt kurz den Prospekt in die Höhe. »Und darüber denke ich nach.«

»Ich fands auch schön. Komm gern wieder vorbei, wenn dir danach ist.«

»Sag das mal nicht zu laut. Womöglich hab ich demnächst nämlich ganz viel Freizeit.«

»Dir wird schon was einfallen, Helga. Daran habe ich keinen Zweifel.«

Deutlich schwungvoller, als sie hereingekommen war, verließ sie das Büro nun wieder. Irgendwie fühlte sich in Lothars Gegenwart alles viel leichter an. Sie überlegte, ob sie direkt zurück ins Rathaus sollte, entschied sich aber dagegen. An einem Tag wie heute war der Besuch in der Schokolüne ein Muss.

4.

»Dann richten Sie ihm einen schönen Gruß aus. Wir sehen uns am Freitag.« Eva war nicht ganz sicher, ob Kettler wirklich in einer Besprechung war oder sich eher verleugnen ließ, aber wenn sie ehrlich war, hatte auch sie wenig Lust auf die nächste Hiobsbotschaft und war entsprechend froh, ein paar Tage Aufschub zu erhalten und persönlich in Bispingen vorstellig zu werden.

Außerdem war sie ohnehin spät dran. Wenn Binchens Mittelohrentzündung sich verschlimmerte, musste sie doch noch mal mit ihr zum Arzt, um ihr ein Antibiotikum verschreiben zu lassen. Sie hoffte, die Zwiebelsäckchen, die sie ihr am Morgen noch gemacht hatte, würden die Entzündung auch so rausziehen.

Auf dem Weg nach draußen bat sie Frau Gerstenberger noch, ihr Bescheid zu geben, wenn Rudolf wegen der Pumpe etwas erreicht hatte, und eilte dann die wenigen Meter zu ihrem Haus am Lambertiplatz.

Wie so oft in den letzten Monaten schloss Eva die Haustür mit einer gewissen Hab-Acht-Haltung auf, da sie nie wusste, was sie erwartete, wenn sie den Flur betrat. Heute aber war zum Glück alles ruhig. Demnach schlief Sabine, und ihr Vater war im Wohnzimmer über seiner Zeitung eingenickt. Auf dem Weg in die Küche erhaschte sie noch einen schnellen Blick auf ihr Profil. Es stimmte, sie war schon immer schlank gewesen, aber inzwischen schlackerten selbst die taillierten Blusen um ihren Körper, und die Hosen saßen eher in der Mitte der Hüfte als obenauf. Sie hatte mindestens drei Kilo abgenommen in den vergangenen Wochen.

Erst kürzlich hatte sie über die körperlichen Beschwerden gelesen, die sich einstellten, wenn die Seele nicht zu ihrem Recht kam. So richtig vorstellen konnte sie es sich nicht. Wieso sollte sie Magenschmerzen bekommen oder unter Appetitlosigkeit leiden, wenn sich ihre Gedanken in ihrem Kopf überschlugen und sie nachts schlaflos im Bett lag? Es gab jetzt sogar Ärzte, die sich in psychotherapeutischen Behandlungsmethoden ausbilden ließen, wenn für die körperlichen Symptome keine medizinischen Ursachen zu finden waren. Natürlich konnten Sorgen einem das Leben schwer machen. Dafür brauchte sie nun wirklich keinen Doktor. Aber sie würde doch niemals wegen ein bisschen Trübsal zu einem Seelenklempner gehen. Was sollten denn die Männer und Frauen sagen, die im Krieg ihre Heimat, ihre Lieben und oft auch ihre Würde verloren hatten? Die hätten wirklich einen Grund gehabt, sich den Kummer mal von der Seele zu reden. Aber sie? Sie hatte ein Dach über dem Kopf, eine verantwortungsvolle Arbeit, eine wunderbare Tochter und einen lieben Mann … Was wollte sie denn mehr?

Eva ging in die Küche und hob den Deckel von dem Topf mit der erst gestern frisch gekochten Hühnersuppe, um ihn naserümpfend sofort wieder zu schließen. Sie roch nicht schlecht, nach Sellerie, Petersilie, Karotten und frischem Huhn, und trotzdem zog sich Evas Magen zusammen. Hunger hatte sie schon, nur eben keinen Appetit. Sie konnte nur hoffen, dass sie nicht doch in anderen Umständen war, was aber ihrer

Rechnung nach nicht sein konnte. Überhaupt kamen Lothar und sie sich nur sehr selten auf die bewusste Art nah.

Missmutig stieg Eva die Treppe hoch in ihr Zimmer, nahm ihr Tuch ab und legte es in ihre Kommodenschublade. Als sie es ein wenig fester hineinstopfte, damit es noch passte und sie die Lade schließen konnte, stieß sie auf etwas Hartes, Knisterndes. Sie griff danach und hätte das mit einem Band zugeschnürte Bündel fast fallen lassen. Normalerweise benutzte sie diese Schublade gar nicht. Warum sie es heute getan hatte, vermochte sie selbst nicht zu sagen, denn diese Briefe von Ulrich lagen sicher schon seit sechs Jahren dort im hintersten Winkel verborgen, gesammelt in einer Zeit, als die beiden sich ewige Freundschaft geschworen und nach einem Weg gesucht hatten, vielleicht doch eines Tages ein gemeinsames Leben aufzubauen. Die ersten datierten vom Jahr 1954. Da war Eva gerade siebzehn gewesen und ihre Verbindung noch eine heimliche, unschuldige. Entsprechend unbeholfen romantisch, und doch so zart waren seine Worte gewesen. Sie nahm das erste Blatt aus dem leicht vergilbten Umschlag heraus.

Meine liebste Eva,
wenn du vor mir im Gras liegst, die Augen geschlossen, und die Sonne einen Kranz um dein Haar legt, der an flüssiges Gold erinnert, dann spüre ich eine Ruhe und eine Kraft in mir, die alles möglich erscheinen lassen. Du bist so nah und gleichzeitig so unantastbar für mich. Deine Schönheit. Deine Reinheit. Ich hoffe, ich werde dich nie enttäuschen.
Ulrich

Dann der nächste, ein knappes Jahr später.

Eva,
ich weiß, dass du mich immer zur Besonnenheit ermahnst, aber ich weiß nicht, ob ich die Tugendhaftigkeit aufbringe, die dir zu eigen ist. Die Hingabe, mit der du alles pflegst und nährst, was liebend an deiner Seite steht – ich fürchte, sie ist mir nicht gegeben. In deiner Nähe umgibt mich dein wärmender Glanz, aber sobald du weg bist, wird es dunkel um mich und der Zorn kommt zurück. Ich hoffe, du wirst mir verzeihen können.
Dein dich liebender Ulrich

Mit gerunzelter Stirn betrachtete Eva die Zeilen. Das musste mal wieder nach einem Streit mit seinem Onkel gewesen sein. Aus einem Grund, den weder Eva noch Ulrich je verstanden hatten, hatte Georg Möreke, Ulrichs Onkel, den Jungen seit dem Tag, als er 1945 im Alter von neun Jahren verwaist aus dem zerbombten Berlin zu ihnen nach Lüneburg gekommen war, gedemütigt und wie einen räudigen Hund behandelt. Einen Teil von Ulrichs späterer Radikalisierung hatte Eva auch darauf geschoben. Nun war Georg ja sogar ihr Schwiegervater geworden, und Eva war froh, dass er weder in ihrem noch in Lothars Leben eine größere Rolle spielte. Georg Möreke hatte seine Strafe für die Geschäfte mit den Nazis in gewisser Weise bekommen.

Und so waren die Briefe, die Ulrich ihr schließlich aus Berlin schrieb, wo er 1958 seine Ausbildung zum Anwaltsgehilfen abgeschlossen und dann Jura studiert hatte, auch schon bedeutend kühler und politischer gewesen. Vielleicht war er ohne sie wirklich dunkler und zorniger, hatte seine eigene innere Flamme weniger Strahlkraft.

Und vielleicht hatte sie mit ihrer schicksalhaften Entscheidung, Ulrich nichts von ihrer Schwangerschaft zu sagen und stattdessen seinen Cousin zu heiraten, diese Flamme sogar zum Erlöschen gebracht.

Eva schluckte schwer. Sowohl davor als auch all die Jahre danach hatte sie immer wieder überlegt, ob sie einen Fehler begangen hatte, ob es recht war, dass sie Sabine ihren wahren Vater vorenthielt und Ulrich keine Ahnung hatte, dass er eine süße, aufmerksame und kluge Tochter hatte. Doch egal, wie sie es drehte und wendete, sie kam stets zu dem gleichen Schluss: Ulrich hätte sein Studium und den Beginn seiner Karriere nur in Berlin schaffen können, und beides brauchte er für seine Freiheit und Unabhängigkeit. Eva aber wäre es unmöglich gewesen, ebenfalls in die geteilte Stadt zu ziehen, noch dazu mit einem Baby. Niemals hätte sie ihren Vater, ihre Schwester und die Saline alleinlassen können. Und konnte das auch jetzt nicht. Jetzt sowieso nicht, angesichts des geistigen Verfalls ihres Vaters.

Also *war* es richtig gewesen.

Aber so oft fühlte es sich falsch an, und wenn Eva ehrlich war, mochte an diesem ganzen Seelenhumbug vielleicht doch etwas dran sein, denn womöglich fraßen ihr Kummer und ihre Sehnsucht sie einfach von innen auf. Und wenn sie dann in Bines Augen schaute, in denen sie den wachen und belustigten Blick Ulrichs erkannte, und dann in Lothars, der ihre Zurückhaltung genau zu spüren schien, war sie schon im nächsten Käfig gefangen. Enttäuschte sie hier nicht gerade erneut zwei Menschen? Weil ihr Leben auf einer Lüge basierte? Auf einem Verrat, der auch mit viel gutem Willen nicht zu heilen war? Manchmal, wenn es dunkel war und sie allein in ihrem Bett lag, während von draußen die Zweige gegen ihr Fenster schlugen, ging ihr durch den Kopf, dass sie allen, die sie liebten, immer nur Unglück brachte.

Und das war kein tröstlicher Gedanke.

Sie packte die Briefe wieder zusammen, überlegte kurz und stopfte sie dann doch zurück in die Lade. Von unten hörte sie, wie ein Schlüssel in der Haustür gedreht wurde. War das Karlchen? Oder sogar schon Lothar? Dann wäre er aber früh dran gewesen. Es war ja erst kurz nach drei.

Sie stand auf, strich sich den Stoff ihrer Bluse und Hose glatt, prüfte kurz im Spiegel, ob sie im Gesicht halbwegs ordentlich aussah und machte dann ein paar Grimassen, damit ihr Lächeln nicht zu künstlich wirkte. »Schatz, bist du es?«, rief sie betont leichtmütig nach unten und trat in den Flur.

Als sie keine Antwort bekam, begann ihr Herz schneller zu klopfen und sie nahm zwei Stufen auf einmal. Lothar saß in der Küche und hatte sich gerade einen Apfelkorn eingeschenkt. Er sah nicht nur blass, sondern grau aus im Gesicht. Eva hielt sich am Türrahmen fest.

»Ist was passiert?«

»Das kann man wohl sagen.«

5.

Helga schob sich bereits die dritte glatte und weiche runde Kugel in den Mund und verdrehte genüsslich die Augen. »Das ist einfach ein Traum«, sagte sie, »und ich kann allein deswegen nicht aufhören, weil ich mich nicht entscheiden kann, welche die beste ist. Was meinst du, Elke? Whiskeycremekugel oder doch eher Marzipan-Nugat-Konfekt? Oder Himbeer-Kokos-Trüffel? Köstlich!«

Elke lachte und füllte dabei jeweils fünf kleine Florentiner in einen Zellophanbeutel. »Ich werde einen Teufel tun und meine eigenen Produkte bewerten. Sie sind alle himmlisch. Da entscheidet allein deine Vorliebe.« Elke hatte vor sechs Jahren den Schritt in die Selbstständigkeit gewagt und im Herzen Lüneburgs ihre eigene kleine Schokoladenmanufaktur eröffnet. Sie hatte die Liebe zum Kakao und zu den edlen süßen Kugeln während ihrer Konditorlehre entdeckt. Damals hatten sie viele für verrückt erklärt und gemeint, dass sich eine so exklusive und teure Nascherei in einer gutbürgerlichen Stadt wie Lüneburg doch niemand leisten könne. Aber das genaue Gegenteil war der Fall gewesen. Nicht nur die Lüneburger rissen ihr das edle Konfekt, das Elke zudem noch hübsch verpackt und nicht in diesen traditionellen Kartons mit goldenem Presspapier anbot, förmlich aus den Händen. Für die Touristen war es ein wunderbares Mitbringsel für zu Hause. Und selbst die Hamburger kamen eigens für Elkes Konfiserie aus der Metropole angereist und kauften oftmals dazu passend gleich noch eine Etagere aus Porzellan oder Silber.

»Ich sag's dir«, bestätigte Helga und schob die Holzschale mit den restlichen Konfektstückchen zur Seite. »Und ich verstehe überhaupt nicht, wie du noch so gertenschlank sein kannst, bei dem, was du den ganzen Tag machst.«

Elke lachte. »Das ist wie bei den Köchen: Sie essen ja auch nichts von dem, was sie zubereiten. Sie sind schon vom Kochen satt.«

»Na, dann zeig mir mal einen schlanken Koch.«

»Das liegt aber eher am Wein als am Essen.« Elke nahm das nächste Tütchen in die Hand und legte den Kopf schief.

»Ich würd die Marzipanschneckchen nehmen.«

»Sehr gute Wahl«, bestätigte Elke. »Aber sag mal, was machst du eigentlich um diese Uhrzeit hier? Es ist noch nicht mal vier. Und was ist das für ein Prospekt?« Sie zeigte auf das Faltblatt mit dem Kreidebergsee.

»Ach das«, sagte Helga und versuchte, den Prospekt zu verstecken. Aber da war nichts, wohin sie ihn hätte tun können. »Nicht so wichtig. Ist so schön bunt«, meinte Helga mit einem schiefen Lächeln, aber offenbar konnte sie Elke nichts vormachen. Die sah sie nämlich skeptisch an.

»Also, jetzt wird es aber erst richtig interessant. Ich wiederhole meine Fragen mal: Was machst du um diese Uhrzeit hier, noch dazu mit einem Immobilienangebot in der Hand? Das beides zusammen kann doch wohl kein Zufall sein.«

Helga seufzte. »Na ja, irgendwie doch. Ich habe heute Vormittag erfahren, dass ich mir besser einen neuen Job suchen soll. Nächsten Monat ist Wahl, und Siemers meinte, wenn es einen neuen Oberstadtdirektor gibt, dann hätte man für mich … keine Verwendung mehr.«

Aus weit aufgerissenen Augen sah Elke sie an. »Wie bitte? Das hat er gesagt? So kaltschnäuzig will er dich abservieren? Das kann ich gar nicht glauben! Ihr habt euch doch gut verstanden.«

»Ja, das dachte ich auch immer. Und er hat mich ja auch sehr gelobt. Das fällt wohl in die Rubrik Politik. So jedenfalls hat Lothar mir das dann erklärt.«

»Welcher Lothar?«

»Lothar Möreke, vom Bankhaus Möreke, Evas Mann«, antwortete Helga und merkte, dass sie rot wurde, was ihr höchst unangenehm war, denn Elke hatte nicht nur die Fähigkeit, die Seele einer Trüffel sinnlich erfahrbar zu machen, sondern auch die des Menschen zu durchschauen. »Ich habe ihn zufällig vor der Bank getroffen«, erklärte sie hastig und wurde noch roter.

»Aha!«, sagte Elke mit hochgezogenen Augenbrauen. »Und wo dir gerade eröffnet wurde, dass du möglicherweise in zwei Monaten arbeitslos bist, hast du dir gedacht, kaufe ich doch mal eine Wohnung.«

Helga musste kichern. So betrachtet, klang das wirklich absurd. »Zwei!«, korrigierte sie und gluckste.

»Ja, in zwei Monaten«, wiederholte Elke verständnislos.

»Nein, ich habe mir gedacht, kaufe ich doch gleich *zwei* Wohnungen.« Helga spürte, wie ihr sowohl die Idee als auch das Sprechen darüber so gut gefielen, dass ihre Laune immer besser wurde. Schon schielte sie zu dem Teller mit den Pralinés.

Elke tippte sich an die Stirn. »Helga Lackner, du spinnst!«

»Na, da bin ich aber in bester Gesellschaft! Das haben sie von dir auch alle gesagt, als du vor Jahren deine Schokolüne eröffnet hast. Und guck dich jetzt mal an!« Dennoch wechselte Helgas Gesichtsausdruck von heiter zu sorgenvoll. »Aber recht hast du trotzdem. Selbst wenn ich es ernst meinte mit den Wohnungen – meine Mutter würde dem Verkauf unseres Hauses nie zustimmen. Und das wäre die Voraussetzung.«

»Hast du denn schon mit ihr gesprochen? Es wäre nicht das erste Mal, dass man vorauseilend etwas gar nicht erst versucht, weil man glaubt, damit sowieso zu scheitern.«

Helga schob den Prospekt mit einem Finger auf dem Tresen hin und her. »Doch, das habe ich. Aber natürlich eher allgemein. Sie hängt halt an dem alten Kasten, weil sie ihn mit meinem Vater verbindet. Ich bin mir sicher, dass sie kein Wort davon hören will. Und vom Umzug in so einen modernen Schuhkarton sicher erst recht nicht.« Helga lachte kurz auf. »Und jetzt, wo ich vielleicht wirklich auf Arbeitssuche gehen muss und Erhard die Frauen alle an den Herd schicken will, wäre das wohl auch kaum der beste Zeitpunkt.«

Mitfühlend nahm Elke nun Helgas Hand. »Weißt du, Helga, für die wirklich wichtigen Dinge im Leben gibt es nie den richtigen Zeitpunkt. Entweder man macht sie irgendwann einfach, oder der Zug fährt ohne uns ab. Willst du das? Dass der Zug deines Lebens ohne dich über die Gleise ruckelt?«

Helga spürte, wie sich Tränen in ihren Augen bildeten und ihre Sicht zu verschwimmen drohte. »Ach, Elke, du hast immer so schöne Bilder für alles.« Sie stibitzte sich doch noch eine Trüffel und schob sie sich in den Mund. Sofort durchströmte sie eine warme Welle süßer Energie. »Ich fürchte jedoch, die Realität sieht ein bisschen anders aus. Das Leben ist kein Wunschkonzert. So heißt es doch, oder?« Helga war erstaunt, wie offen sie hier mit Elke sprach. Solche Unterhaltungen hatte sie normalerweise nur mit Eva. Und sicher, sie hatte die bestimmt zehn Jahre ältere Elke schon vom ersten Tag an gemocht, als sie sie vor sechs Jahren kennengelernt hatte, aber so vertraut hatten sie dann doch noch nie gesprochen. Was gewiss auch daran lag, dass Helga nicht der Typ war, der seine Probleme an die große Glocke hängte. Probleme, die sie normalerweise nicht hatte. Die dunkle Wolke hatte sich langsam und beinahe unbemerkt in ihr Leben geschlichen, durch kleine und größere Schicksalsschläge wie den Tod ihres Vaters vor vier Jahren, die gewalttätige Seite von Bruno, die sie kennenlernen musste, und vielleicht auch die stille Melancholie ihrer Mutter. Und seither hing sie über ihr, und Helga hatte das Gefühl, sie verdichtete sich immer weiter zu einer inzwischen schon dunkelgrauen schweren Glocke über ihr. »Schau dich an. Du schuftest hier Tag und Nacht in deiner kleinen Manufaktur, in der kaum Platz für diesen Tisch ist, auf dem du deine Waren anbietest.« Helga zeigte auf das kleine halbovale Möbelstück mit schwarzer Glasoberfläche und goldenen Streifen. »Geschweige denn, dass es einen vernünftigen Verkaufsraum gäbe. Und deine Verkäuferin glänzt auch nicht gerade durch Zuverlässigkeit.« Helga sah sich in dem etwa zwölf Quadratmeter großen Raum um, an den sich hinten die »Zauberküche«, wie Elke sie nannte, anschloss. »Wo ist sie überhaupt?«

Elke zuckte nur resigniert mit den Achseln. »Ihre kleine Tochter hat Magen-Darm-Probleme und sie hat sich für heute freigenommen.«

»Siehst du, das meine ich. Du wolltest immer ein Café haben. Du wolltest Pralinen herstellen und sie den Menschen mit Tee und Kaffee servieren, ein Schwätzchen halten.« Helga machte eine Pause und war von ihrer eigenen Ernsthaftigkeit überrascht. »Auf welchem Gleis fährt denn dein Zug?«

Kaum hatte sie die Frage ausgesprochen, da schlug Elke so vehement auf den Tisch, dass eine Praline von der Etagere sprang und ein paar Zentimeter zur Seite rollte. Wenn Helga sich nicht täuschte, war das eine Pistazien-Trüffel mit weißer Schokolade.

»Das ist es!«, rief Elke aus.

»Das ist was?«

Wie von der Tarantel gestochen sprang Elke auf, umrundete den Tisch und umarmte Helga, als gäbe es kein Morgen mehr. »Wir beide eröffnen ein Café. Also, du eröffnest es, und es gibt meine Pralinen. Dazu jeden Tag noch zwei frische Tartes. Die backen sich ja fast von allein. Apfel-Limette zum Beispiel, so schön fruchtig. Oder im Herbst Maronentarte. Oder eine Baisertarte mit Vanillecremefüllung. Oder …«

»Sekunde mal«, unterbrach Helga die Freundin, die sich vor Begeisterung kaum noch halten konnte. »Wie, bitte schön, kommst du darauf, dass ich ein Café eröffnen wollte?«

Elke sah sie an, als hätte Helga sie gerade gefragt, warum der Mensch einen Kopf, zwei Arme und zwei Beine hatte – vollkommen verständnislos. »Na, weil es absolut naheliegend ist. Du liebst diese Pralinen; wenn du über sie sprichst, könnte man meinen, du handelst mit Diamanten. Du bist kommunikativ, hast eine absolut magische, lebensfrohe Ausstrahlung. Die Menschen werden *dich* lieben, wenn sie in dein Café kommen. Du musst dich nicht mehr länger von irgendwelchen Politikern herumschikanieren lassen.«

»Siemers hat mich nie schikaniert …«

»Na, wie würdest du das denn bezeichnen, was er heute mit dir gemacht hat?«

»Fürsorglichen Pragmatismus.«

»Frauenfeindliche unsoziale Schikane«, konterte Elke. »Du wärst dein eigener Chef, könntest wirklich deine Leidenschaft zum Beruf machen. Mich erstaunt gerade viel mehr, dass wir nicht eher auf diese grandiose Idee gekommen sind. Dafür müssen wir Siemers fast noch dankbar sein. Das hat er immerhin bewirkt.«

Mit verzogenem Mund und gerunzelter Stirn hörte Helga der feurigen Rede zu. Sie war ein gelernter Bürogehilfe. Was sollte sie denn plötzlich mit einem Café? Andererseits … Sie konnte nicht verhehlen, dass Elkes glühende Rede eine gewisse Wirkung auf sie zeigte. Die Vorstellung, morgens um zehn Uhr die Tür zu ihrem eigenen Café aufzuschließen, in dem vielleicht ein Glöckchen bimmelte, wenn man es betrat, den Duft von Marzipan und Nugat in der Nase zu haben und sorgfältig zu prüfen, ob sie die kleinen Holztische am Vortag auch wirklich alle sauber hinterlassen hatte, die Stühle noch einmal gerade zu rücken, vielleicht selbst sogar noch ein Ingwer-Möhren-Süppchen zu kochen, das sie mittags als Imbiss reichen konnte … Und auf dem Kopf würde sie so eine französische Mütze tragen, etwas schief und keck aufgesetzt, unter der ihre dunklen Locken hervorquellen würden. Dazu roter Lippenstift. So ganz falsch fühlte sich das nicht an. Blieb allein die Frage … »Und wo, liebe Elke, hast du gedacht, dass wir dieses Café eröffnen? Denn du hast ja genau deswegen keins, weil du keinen Platz dafür hast.« Schwungvoll ließ sie ihren Arm durch den kleinen Raum kreisen.

»Hm?«, machte Elke.

»Der Raum. Wo ist der Raum für das Café?«

Elke tippte sich mit dem Finger gegen die Lippen. »Die Frage müssen wir noch klären. Ich kann ja nicht alles auf einmal aus dem Hut zaubern.«

Helga sah erneut auf den Prospekt mit den Wohnungen. Sie dachte an Lothar. Und an Eva. Plötzlich legte sich ein Strahlen auf ihr Gesicht und sie schlug leicht mit der Hand auf den Tisch.

»Was?«, fragte Elke.

»Ich glaub, ich hab's«, sagte Helga und grinste die Freundin breit an. »Die Saline! Wir bringen das Café in der Saline unter. Und wir nennen es ›Café Salüne‹ – damit ist der Bezug zu deiner Manufaktur hergestellt, ein bisschen jedenfalls.«

»In der Saline? Wie kommst du denn jetzt da drauf?«

Helga setzte ein altkluges Gesicht auf. »Na ja, meine Freundin Eva leitet die ja nun mal. Und wenn sie über etwas klagt, solange ich sie kenne, dann, dass sie neue Absatzwege braucht. Und so ein Café zieht Leute an. Wir bieten also Besichtigungstouren durch die Saline an, und danach wird sich bei einem Café crème und ein bisschen Konfekt entspannt. Wir verkaufen dort regionale Produkte und auch die Salzsäckchen, mit denen wir ja schon auf den Märkten sind. Das müsste eigentlich auch Eva gefallen.«

»Du sagst übrigens schon wir, merkst du das?«

Nein, das hatte Helga nicht bemerkt, aber dass sie sich mit Eva und damit auch mit der Saline verbunden fühlte, war durchaus normal. Dass sie selbst aber nun sogar ein Teil davon werden konnte, das hatte wirklich seinen Reiz.

»Gibt es denn dort einen Raum, den man nutzen könnte?«

Vor ihrem inneren Auge ging Helga die einzelnen Räume der Saline durch. Allenfalls in der Abpackstation konnte man vielleicht ein Eckchen entbehren, aber das wäre fensterlos und insgesamt sehr ungemütlich. Was jedoch schon länger leer stand, war der sogenannte Eselstall, ein kleines Fachwerkhaus westlich des Hauptgebäudes, in dem vor zweihundert Jahren Rohstoffe für die chemische Fabrik gelagert worden waren, so glaubte Helga, sich zu erinnern. Natürlich musste man das vernünftig herrichten, aber mit den Holzbalken und dem Gefach hatte es eigentlich schon den richtigen urigen Charakter. Sie erzählte Elke davon. »Das Problem ist nur, dass man wirklich investieren müsste. Im Moment stehen ja faktisch nur die Grundmauern. Da wäre schon noch einiges zu tun.«

»Och, ich denke, da würde ich schon eine Lösung finden«, sagte Elke im Brustton der Überzeugung. »Wie wir ja schon festgestellt haben, ist die Schokolüne eine kleine Goldgrube. Da sehe ich jetzt nicht das ganz große Problem.«

Fassungslos starrte Helga die Konditorin an. Da war sie vor einer Stunde frustriert hier hereinmarschiert, um sich ein wenig zu trösten, weil ihr alles zu entgleiten drohte, und jetzt ging sie mit einer Geschäftsidee und einer völlig neuen Zukunftsperspektive wieder raus? »Also, ich glaube, ich muss das erst mal sacken lassen. Das überfordert mich grad alles ein wenig.«

»Ist dir nicht zu verdenken, aber gib zu, dass die Idee genial ist.« Elke drückte ihr ein Tütchen mit Florentinern in die Hand.

»Ich gebe zu, dass ich die Idee bedenkenswert finde.« Sie steckte den Beutel in ihre Tasche, stand kurz mit gesenktem Blick im Raum und sah dann zu Elke auf. »Ich danke dir. Für alles.«

»Gern geschehen. Ich wollte schon immer expandieren!«

Beschwingt tippelte Helga über das Kopfsteinpflaster der Innenstadt in Richtung Köppelweg. Sie hatte jetzt einiges, worüber sie nachdenken musste. Lächelnd drückte sie den Prospekt enger an ihre Brust.

6.

»Möchtest du auch einen?«, fragte Lothar und zeigte auf die Flasche mit dem gelben Schnaps.

Eva schüttelte den Kopf. »Sag mir lieber gleich, was los ist. Vielleicht brauche ich ihn danach dringender.«

»Püppi«, hörte sie nun auch noch ihren Vater schnarrend aus dem Wohnzimmer rufen. »Könntest du mir mal die Schuhe bringen? Deine Mutter und ich gehen heute wieder tanzen. Es ist Dienstag.«

Eva erhob sich seufzend. »Ich bin gleich zurück«, sagte sie zu Lothar. Die Momente, in denen Heiner Benningsen in den strahlenden Palast seiner Erinnerungen abdriftete, hatten in den vergangenen Monaten deutlich zugenommen. Vor allem wenn sein Gehirn noch im Halbdämmer des Schlafes seinen Weg ins Bewusstsein suchte, fand er nur langsam den Weg zurück in die Realität. Evas Mutter, Heiners Frau, war ja längst gestorben, und die Tanzabende am Dienstag hatten vermutlich auch bereits vor ihrer eigenen Geburt stattgefunden. Dr. Lübke, ihr Hausarzt, hatte ihr geraten, die Scheinwelt, in der ihr Vater sich bewegte, möglichst unkommentiert zu akzeptieren und ihn nicht zu korrigieren oder zu verbessern. Die Forschung sei noch nicht besonders weit, hatte er ihr erklärt, aber die Krankheit, die mit »Vergesslichkeit« völlig unzureichend beschrieben wurde, beruhe auf der sukzessiven Zerstörung von Gehirnzellen durch Plaquebildung und könne sich – je nach geschädigtem Bereich – sehr unterschiedlich bemerkbar machen. Da ihr Vater bereits in recht jungen Jahren erste Symptome gezeigt hatte, ging er von der sogenannten Alzheimerkrankheit aus, die in den ersten Stadien zum Verlust des Kurzzeitgedächtnisses führte. In der Progression kamen dann Kontrollverlust und das Unvermögen, den Alltag noch zu bewältigen, hinzu. Eva musste keine Expertin sein, um zu begreifen, dass ihr Vater sich zumindest an der Schwelle zu einem Zustand befand, in dem sie nicht mehr lange für ihn sorgen können würde. Bislang jedoch hatte sie dieses Problem immer wieder zur Seite geschoben.

Sie ging zu dem Sessel, kniete sich vor ihren Vater und nahm seine Hand. »Du möchtest tanzen, Papa? Ich kann dir eine Schallplatte auflegen.«

»Ach, Christalein. Du bist heute wieder schön wie eine Königin. Warum hast du nicht das grüne Kleid angezogen? Das steht dir doch so gut.«

Auch das erlebte Eva nicht zum ersten Mal. Dass ihr Vater sie für ihre Mutter hielt. »Komm, Papa, ich mache das Radio an.« Sie stand auf, ging zu dem braunen Grundig-Gerät und drückte den weißen FM-Knopf, sodass es einmal laut knackte. Sie drehte so lange an dem Rad, bis endlich statt der schnarrenden Stimme eines Sprechers Musik aus dem Lautsprecher kam.

»Das ist schön, Christa, das kannst du lassen. Ich warte hier auf dich.«

Auf leisen Sohlen ging Eva zurück in die Küche.

»Konntest du ihn beruhigen?«

»Ich hoffe es. Fürs Erste zumindest«, erwiderte sie.

»Das geht auch nicht ewig so weiter, Eva.«

Düster sah Eva ihren Mann an. Als ob sie das nicht selbst gewusst hätte! Aber einen guten Ratschlag hatte er auch nicht.

Wie auch? »Also, nun sag schon, was ist passiert?«, fragte sie geradeheraus.

»Ansorge hat sich kürzlich alle Kreditunterlagen der Saline geben lassen.«

Bestürzt sah Eva ihn an. »Wie bitte? Warum?«

»Das habe ich mich auch gefragt. Und heute Nachmittag hat er mich dann in sein Büro gerufen.« Lothar räusperte sich. »Du weißt, dass im Juni zwei Kredite fällig werden. Der eine noch vom Ofen, der andere für die Instandsetzungsarbeiten vor drei Jahren.«

»Ja, das weiß ich, aber die können wir doch verlängern, wie immer. Wir haben die Raten stets pünktlich gezahlt. Und die Zinssätze sind sogar leicht gesunken. Wo ist das Problem?«

Lothar wischte sich mit der Hand über das Gesicht. Wieder fielen Eva seine langen, schmalen Finger auf, die prädestiniert gewesen wären, über die Tasten eines Klaviers zu fliegen. Tatsächlich aber schrieben sie mit spitzem Bleistift Zahlenkolonnen. »Wo *genau* das Problem liegt, kann ich dir nicht sagen. Aber Ansorge argumentiert mit Liquiditätsengpässen.«

»Wie bitte? Und was haben wir damit zu tun?«

Lothar setzte sich nun aufrecht hin und atmete tief durch. »Du weißt ja von dem Prozess gegen meinen Vater und von den Entschädigungszahlungen beziehungsweise Immobilienrückführungen, die in diesem Zusammenhang getätigt werden mussten.«

Eva nickte. Natürlich wusste sie davon. Schließlich hatte Ulrich, *ihr* Ulrich und Lothars Cousin, das alles vor nunmehr fünf Jahren in Gang gesetzt. Damit war das schon lange her. Und der letzte Akt, der in diesem Drama in der Entlassung Georg Mörekes im Dezember gipfelte, hatte fast nur noch symbolischen Charakter.

»In der Summe hat das die Bank relativ viel Geld gekostet. Kredite mussten abgeschrieben werden, weil die neuen

Eigentümer die Häuser verlassen mussten und damit natürlich auch keine Zahlungen mehr leisten wollten. Warum auch? Die Verträge waren juristisch null und nichtig. Gleichzeitig steigt der Kapitalbedarf immer weiter. Die Wirtschaft floriert und boomt. Die Banken brauchen liquide Mittel, um neue Darlehen vergeben zu können.«

Eva hörte aufmerksam zu. Sie bekam langsam eine Ahnung, woher der Wind wehte. »Und unsere offenen Schulden von … lass mich kurz überschlagen … 13 000 Mark sollen es jetzt rausreißen?«

Lothar wiegte mit gequältem Gesichtsausdruck den Kopf hin und her. »Liquide Einlagen können dreifach beliehen werden. Also sind wir schon bei einem Kreditrahmen von knapp 50 000 Mark. Das sind etwa vier Eigentumswohnungen, wie sie gerade am Kreidebergsee angeboten werden. Und ja, so in etwa.«

Eva war aufgesprungen und lief nun hektisch in der Küche auf und ab. Ihr Hals fühlte sich trocken an, ihr Herz klopfte wild. Ihre Seele war wund. »Sag mal«, rief sie lauter als nötig, »merkst du denn nicht, wie sehr das alles zum Himmel stinkt? Erklär mir das doch nicht, als gäbe es dahinter noch irgendeine betriebswirtschaftliche Logik! Es ist doch vollkommen offensichtlich, dass das alles Schikane ist. Warum sollte eine Bank einem langjährigen beständigen und zahlungsfähigen Kunden, noch dazu ein alteingesessenes Gewerbe aus der Region, einfach so eine Weiterfinanzierung streichen? Außer, um ihn in den Bankrott zu treiben?« Eva hatte sich nun mit beiden Händen auf dem Tisch vor Lothar abgestützt und sah ihn aus ihren dunkelblauen, vor Zorn funkelnden Augen wütend an. »Merkst du das denn nicht, Lothar? Du bist Leiter der Kreditabteilung. Du musst deinem Vorstand doch Paroli bieten können, wenn der eine derart hanebüchene, wenn nicht gar verbrecherische

Entscheidung trifft. Das kannst du dir doch nicht bieten lassen!«, rief sie nun sehr laut.

»Was ist denn da los, Püppi?«, hörte Eva ihren Vater aus dem Wohnzimmer rufen. »Du sollst nicht streiten. Das Karlchen kann doch nichts dafür.«

Eva verdrehte die Augen und stampfte mit dem Fuß auf. Nie konnte irgendjemand etwas für irgendwas. Aber dauernd wollten alle, dass sie es geradebog. Aber dieses Mal nicht. Dieses Mal musste Lothar in die Bresche springen. Das war schließlich seine Aufgabe in der Bank. Nicht ihre.

»Eva!«, sagte Lothar gepresst, und man merkte, wie sehr er sich um Haltung und Respekt bemühte. »Ich gebe dir in allen Punkten recht. In einem jedoch muss ich dir leider widersprechen, auch wenn es mich zutiefst schmerzt und in gewisser Weise sogar demütigt: Es ist nicht an mir, Direktor Ansorge in seine Schranken zu weisen. Es ist nicht an mir, auf den Tisch zu hauen und die Zahlen für sich sprechen zu lassen. Die Sache, um die es hier geht, ist eine ausschließlich politisch-unternehmerische. Jeder weiß um die instabile wirtschaftliche Situation der Saline. Die Kredite mit Fälligkeit jetzt zurückzufordern, ist unter diesem Gesichtspunkt eine ausgesprochen kluge Entscheidung: Man gewinnt Liquidität und kann zwei Risikofinanzierungen von der Liste streichen. Aus Ansorges Sicht tut er das einzig Richtige. Wenn ich jetzt also daherkomme, den Finger hebe und sage: ›Aber hören Sie mal, das geht doch nicht!‹, dann bin ich ziemlich sicher, dass ich einen Vortrag darüber hören werde, dass ich die Zeichen der Zeit offenbar nicht richtig zu deuten weiß, verbunden mit der Aufforderung, meinen Hut zu nehmen. Und das, liebe Eva, können wir uns im Moment als Allerletztes leisten!«

Lothar sah seine Frau aus dunklen Augen an, mehr verzweifelt als zornig, aber dennoch war erkennbar, dass auch er sich von Eva nicht richtig verstanden fühlte.

Selten hatte Eva ihren Mann so an die Wand gedrängt gesehen, so hilflos und wütend. Alles Eigenschaften, die zu dem ansonsten stets besonnenen und freundlichen Menschen nicht recht passen wollten. Sie dachte an den Brief von Kettler und die Ankündigung der KosmoPharm. Im Licht der neuen Entwicklungen hielt sie es erst recht für keinen Zufall mehr. Es musste da im Hintergrund eine Allianz geben, die alles daransetzte, sie zu vernichten. Oder einen Strippenzieher, der diese Allianz schmiedete. Und sie ahnte auch schon, wer das sein konnte. Trotzdem entschied sich Eva, beides vorerst für sich zu behalten. »Und was gedenkst du nun zu tun?«, fragte sie stattdessen.

Lothar wirkte noch betroffener, als er nun einmal scharf die Luft einsog. Sie vermochte im Nachhinein nicht mehr zu sagen, ob es daran gelegen hatte, dass sein Vorschlag sie so quälen würde, oder eher ihn selbst. »Ich habe beschlossen, Ulrich um Hilfe zu bitten!«

In den Augenblicken, die auf diese Nachricht folgten, schien für Eva die Zeit stillzustehen. Reglos verharrte sie vor ihrem Ehemann und sah ihn fassungslos an. »Was sagst du da?«, hauchte sie und umklammerte die Lehne des Stuhls so fest, dass ihre Fingerknöchel weiß hervortraten. »Wiederhole das!«

»Ich werde Ulrich um Hilfe bitten«, sagte er mit fester Stimme. Doch die Niedergeschlagenheit war nicht zu überhören.

Eva setzte sich nun hin und goss sich ebenfalls einen Schnaps ein. »Ist dir klar, dass Ulrich dir, und damit jetzt auch mir, diese ganze Misere eingebrockt hat? Du willst also den Teufel mit dem Beelzebub austreiben?«

»Er ist es mir schuldig!«, erwiderte Lothar. »Uns. Gerade weil er das alles initiiert hat – und ich glaube ehrlich gesagt nicht, dass er damals die Konsequenzen, die das heute hat, abgesehen oder gar beabsichtigt hat –, nehme ich ihn in die Pflicht.

Er wird kein Interesse daran haben, seine Familie zugrunde gehen zu sehen.«

»Wir *sind nicht seine Familie*«, erwiderte Eva scharf.

»Doch! Das sind wir. Und Ulrich ist heute ein aufstrebender Fachanwalt für Wirtschaftsrecht. Ich bin sicher, dass, wenn uns jemand helfen kann, genau er derjenige ist.«

Eva kippte den Schnaps in einem Zug hinunter und verzog das Gesicht. Die Flüssigkeit brannte in ihrer Kehle und breitete sich dann warm in ihrem Innern aus. »Lothar, wach doch auf! Selbst wenn Ulrich dir zuhören würde und – was ich bezweifle – uns sogar helfen *wollte*, so gibt es in meinen Augen überhaupt keine juristische Grundlage, mit der man einen Gesetzesbruch anprangern könnte. Ansorge ist nicht verpflichtet, die Kredite der Saline zu verlängern. Wenn er plausibel darlegen kann, dass das wirtschaftliche Risiko zu hoch ist, dann kann ihn niemand zwingen. Auch der brillanteste Wirtschaftsfachanwalt nicht.«

Eva atmete tief aus und merkte erst jetzt, wie müde sie war. Dieser Tag und aus anderen, aber immer ähnlichen Gründen alle Tage zuvor ebenfalls waren anstrengend gewesen. Immer wieder gab es neue Hürden zu meistern. Und wenn man gerade mal einen Brocken aus dem Weg geräumt hatte, versperrte einem der nächste die Sicht. Hinzu kamen die Schwierigkeiten mit ihrem Vater und Karlas unberechenbare Launen. Eva hatte das Gefühl, nur noch gegen Wände zu laufen. Vielleicht wäre es sogar eine Erlösung gewesen, hätte die Saline zwangsschließen müssen. Erst mochte es sicher hart sein. All die Menschen, die sie dann ohne Arbeit auf die Straße setzen musste. Die Frage, wie es für sie selbst weitergehen würde. Aber irgendwie würde es das. Und vielleicht wäre das der Anfang eines neuen, eines besseren Lebens.

Bei all dem aber wagte Eva es nicht, sich einzugestehen, welche Wirkung allein die Nennung von Ulrichs Namen bei ihr hervorgerufen hatte. Das Zittern, der erhöhte Puls, die Schärfe ihres Tons – das lag nicht nur an der Sache selbst. Das lag vor allem an ihrer Angst, Ulrich wiederzusehen. Ihm erneut gegenüberzustehen. Und nicht zu wissen, was sie dann fühlen würde. Oder es insgeheim doch zu wissen. Und das war das Schlimmste.

»Da magst du recht haben, dass niemand Ansorge zwingen kann«, sprach Lothar nun weiter, und Eva musste die Worte erst wieder einordnen. »Aber möglicherweise gibt es keinen plausiblen Grund für die Kreditstreichung, sondern nur einen spekulativen. Und womöglich wären die Opportunitätskosten deutlich höher als die realen …«

»Die was?«

»Möglicherweise ist der Schaden, der in der Region entstünde, wenn man die Saline schließt, mit all den Konsequenzen, die das auf die lokale Wirtschaft hätte, höher zu beziffern als das eigentliche Risiko. Und wer weiß, ob man nicht ebenfalls so etwas wie eine Interessensverschleierung vermuten könnte.«

Eva hatte erneut aufmerksam zugehört und fragte sich, ob Lothar in eine ähnliche Richtung dachte wie sie zuvor. Sie erzählte nun doch von der vagen Andeutung Kettlers zu neuen »geschäftlichen Allianzen«, die zu diesem Zeitpunkt vielleicht kein Zufall waren. Zumindest passte das alles gerade gut ins Bild.

»Siehst du«, sagte Lothar und erhob sich nun, schon wieder ein wenig dynamischer. »Das meinte ich damit. Und da braucht es einen guten Anwalt. Den besten. Und der heißt für uns nun einmal Ulrich Wolf.«

»Ich weiß nicht«, erwiderte Eva, die den Gedanken trotz ihrer Gefühlslage inzwischen aber auch nicht mehr ganz von sich weisen konnte. Zumal, wenn hier wirklich eine Intrige in größerem Stil im Gange war. Das konnten sie ganz sicher nicht dulden. Aber gerade Ulrich ins Boot holen?

Als hätte sie Evas Überlegungen verstanden, meldete sich nun von oben Sabinchen mit heiserer Stimme wimmernd zu Wort.

»Ich gehe hoch und sehe nach ihr«, sagte Eva, der die Ablenkung zupasskam. Sie brauchte jetzt ein wenig Ruhe und das Alleinsein, um die Vorstellung, dass Ulrich eventuell erneut ein Teil ihres Lebens werden konnte, wenn auch nur ein beruflicher, sacken zu lassen.

Nachdem Eva ihre Tochter versorgt und sich sehr darüber gefreut hatte, dass sie nach dem zweiten noch einen dritten Teller Hühnersuppe verputzt hatte – gesunder Appetit und Schlaf waren einfach die besten Heilmittel –, beschloss sie, noch eine Runde durch den Park zu drehen und vor allem am Gradierwerk entlangzuschlendern. Sie liebte diesen sechzig Meter langen und sieben Meter hohen Wall, an dessen Schwarzdorngehölz unablässig das ganze Jahr über die gesättigte Sole hinabrann. Die feucht-kühle salzige Luft, die man hier einatmete, ließ einen nicht nur sofort freier atmen. Zumindest Eva hatte hier auch immer das Gefühl, fernab der Heimat an einem stillen Ort am Meer zu sein. Hier konnte sie ihre Gedanken fließen lassen, fand Ruhe und Klarheit, und nicht selten hatte sie die wichtigsten Gespräche mit ihrem Vater am Fuße des Walls geführt, die Haut und die Haare benetzt von dem feinen salzigen Film.

Der Zeitpunkt war ideal. Es war kurz nach sieben. Die blaue Stunde hatte soeben eingesetzt. Um acht würde es dunkel werden. Nach einem kühlen, aber zum Nachmittag hin aufgeklarten Tag war der Kurpark in ein gelbrosafarbenes Licht getaucht. Es waren kaum Spaziergänger unterwegs. Die Lüneburger waren bereits von der Arbeit nach Hause gekommen und saßen jetzt mit ihren Familien beim Abendessen oder hatten den Fernseher angeschaltet. Seit einem Jahr gab es dank Adenauer ja noch ein zweites Fernsehprogramm, das ZDF, in dem neben der politischen Berichterstattung vor allem Unterhaltungs- und Musiksendungen liefen. Als neulich die »Berlin-Melodie« ausgestrahlt worden war und die ganze Familie zu Hilde Knef, Curd Jürgens und Rex Gildo mitgesummt oder wie Karla mit dem Fuß gewippt hatte, während die Kamera sie durch die Vergnügungsviertel Berlins führte, hatte Eva das Wohnzimmer verlassen müssen. Sie hatte wenig Lust gehabt, sich vorzustellen, an einem der Tische in einer der musikalischen Spelunken plötzlich Ulrich mit einer Begleitung sitzen zu sehen. Als ihr das in den Sinn kam, fiel ihr auf, dass Karla zum Abendessen gar nicht zu Hause gewesen war. Eigentlich kam sie immer gegen halb sieben aus dem Warenhaus zurück.

Eva stieg die Stufen auf den Wall des Gradierwerkes hinauf, um einen besseren Blick über die Stadt und den Park zu haben. Sie beobachtete zwei Wildgänse, die kreischend ihren Landeanflug auf den Ententeich vorbereiteten. Sie umklammerte das Geländer, schloss für einen Moment die Augen und atmete tief die salzgeschwängerte frische Luft ein. Wie gut das tat!

Lothar hatte es mit keinem Wort kommentiert, als sie sich eben ihre dunkelblaue zweireihige Boucléjacke übergeworfen und Tasche und Schlüssel eingesteckt hatte. Sicher, er verstand ganz genau, dass sie einen Moment für sich allein sein musste nach den wirklich dramatischen Nachrichten, die er ihr eröffnet hatte. Aber gebot nicht die Tragweite der Situation, dass er sich ihr anschloss, um gemeinsam mit ihr an einer Lösung zu arbeiten? Gerade in harten Zeiten mussten Mann und Frau doch zusammenhalten.

Sei nicht ungerecht, ermahnte sich Eva. Du suchst ja förmlich das Haar in der Suppe. Wenn er dich begleitet hätte, wärst du erst recht ungehalten gewesen. Und überhaupt. Hat er dir nicht genau das mitgebracht: einen Lösungsvorschlag! Er mag dir nicht gefallen, aber dein Mann hat dir den seiner Meinung nach besten Weg aufgezeigt.

Eva öffnete die Augen wieder. Sie hatte Ulrich nun über fünf Jahre nicht gesehen. Und sicher hatte er sich in all der Zeit verändert. Er war nun ein gestandener Anwalt. Vermutlich hatte er sich einer politischen Partei angeschlossen. Damals hatte er mit den Sozialdemokraten geliebäugelt. Und bestimmt gehörte er bereits zur juristischen Elite der Stadt, ging in den Kunstsalons ein und aus und hatte bestimmt schon eins dieser bunten Bilder erstanden, die unter dem Namen Pop-Art gerade in aller Munde waren. Eva erinnerten sie an die Abziehbilder aus den Comics, und sie fand sie daher ziemlich langweilig.

Nun aber musste sie doch über sich selbst lachen und unterbrach damit ihren Gedankenkreisel. Ulrich hatte sein Examen seit höchstens einem Jahr in der Tasche. Da konnte er noch nicht ganz zur Elite gehören. Und ob er sich nach wie vor für Malerei interessierte, wusste sie ebenfalls nicht. Nachdenklich schaute sie über den Park, in dem die Schatten der Bäume langsam länger wurden.

Würde er kommen? Das war die Frage, die ihr durch den Kopf ging, seitdem Lothar diese Möglichkeit in den Raum gestellt hatte. Selbst wenn Eva die Erfolgsaussichten für verschwindend gering hielt, mussten sie zunächst abwarten, ob er überhaupt kommen würde, um ihnen zu helfen, seinem Cousin, der ihn immer wie einen jüngeren Bruder behandelt und geliebt hatte. Und seiner ehemaligen Verlobten, die ihre Beziehung in einem knappen Brief wie aus dem Nichts aufgekündigt hatte, um stattdessen genau diesen Cousin zu heiraten. Dem hitzköpfigen, aufbrausenden und verletzlichen Ulrich traute sie eine solche Geste der Vergebung eher nicht zu. Zumal Ulrich kurz vor seinem Weggang 1958 geschworen hatte, nie wieder einen Fuß in diese Stadt zu setzen. Andererseits würde es ihn möglicherweise auch mit Genugtuung erfüllen, wenn Cousin und Schwägerin *und* seine große Liebe ihn um Hilfe anbettelten. Aber noch größer konnte diese sein, wenn er danach ihren Wunsch bedauerlicherweise abschlagen musste. Es würde ihm ein Leichtes sein, einen Grund zu finden. Er brauchte noch nicht mal einen.

Aber da gab es ja auch noch diesen anderen Ulrich – oder hatte es gegeben. Den, dem es um Gerechtigkeit ging, der Intrigen und machtpolitische Scharaden nicht ertragen konnte, der stets wollte, dass das Gute siegte, und der ein großes Herz hatte für die, die er liebte. Dieser Ulrich konnte nur schockiert sein, wenn er von den Manövern Ansorges und Kettlers erfuhr. Und er würde die Messer wetzen, wenn er glauben musste, dass womöglich sogar Rainer von Seefeldt dahintersteckte. Wieweit er noch ein Interesse daran hatte, auch Eva und ihre Saline zu retten, sie eben nicht in die Insolvenz schlittern zu lassen, konnte sie nicht abschätzen.

Vielleicht würde die Neugier siegen. Die Neugier auf das, was sich in ihrem kleinen Lüneburg so zusammenbraute. Und was er vermutlich nicht gutheißen würde.

Eva sah geradeaus und schaute zu einem Paar, das juchzend eine Art Ringelreihen tanzte. Eva lächelte. Die blonden Locken der Frau hüpften auf und ab, während die beiden sich über Kreuz an den Händen hielten und im Kreis drehten. Der Mann war schlank und groß gewachsen, bestimmt anderthalb Köpfe größer als … *Moment mal!* Eva kniff die Augen zusammen, um so etwas besser sehen zu können. Die beiden waren etwa fünfzig Meter von ihr entfernt, aber die Bewegungen des Mädchens kamen ihr bekannt vor, und die lauernde Geschmeidigkeit, mit der sich der Mann drehte, ebenfalls. »Ich brauche eine Verschnaufpause!«, rief der Mann nun, und Eva gefror das Blut in den Adern. Sie stürzte bereits, zwei Treppen auf einmal nehmend, die Stufen des Gradierwerkes hinunter, als der Mann das Mädchen in seine Arme zog und sie neckisch ein Bein abknickte und die Ferse Richtung Po zog.

»Nicht!«, brüllte Eva nun durch den ansonsten menschenleeren Park. »Hören Sie sofort auf! Lassen Sie das Mädchen in Ruhe!«

Erschrocken ließ das Paar voneinander ab und sah in Evas Richtung. Als diese bei ihnen angekommen war, packte sie rasch Karlas Handgelenk und riss sie von dem Mann weg. »Das kannst du machen, sobald du 21 bist! Bis dahin tust du genau das, was ich dir sage.«

Ihre Schwester versuchte, sich dem festen Griff Evas zu entwinden, doch die ließ nicht locker. »Spionierst du mir etwa hinterher! Hau ab, du blöde Kuh! Ich brauche keinen Babysitter!«

Eva ignorierte Karla und wandte sich stattdessen mit eiskaltem Blick an den Mann. »Und Ihnen rate ich, meine Schwester fortan in Ruhe zu lassen. Ich habe einmal von einer Strafanzeige wegen sexueller Belästigung Minderjähriger abgesehen. Noch einmal werde ich das nicht tun, Herr von Seefeldt.«

7.

Lustlos tippte Helga die Briefe ab, die Siemers ihr auf das Band diktiert hatte. Seit der Oberstadtdirektor ihr am Montag eröffnet hatte, dass sie möglicherweise bald arbeitslos wurde, war ihr jegliche Motivation, sich ins Zeug zu legen, abhandengekommen. Selbst die Schachtel Konfekt, die er ihr am Morgen auf den Schreibtisch gelegt hatte, ohne ihr Fortbleiben am Vortag auch nur mit einem Wort zu erwähnen, hatte sie unbeachtet zur Seite geschoben. Sie ließ sich doch nicht bestechen oder mit ein paar Naschereien über eine in ihren Augen gemeine Ungerechtigkeit hinwegtrösten. *Pah! So weit kommt es noch.* Wenn er es wirklich aufrichtig gut mit ihr meinte, dann würde er alles daransetzen, ihr eine neue Arbeitsstelle zu besorgen. Selbst wenn er künftig nicht mehr die Geschicke der Stadt leitete, hatte er doch in acht Jahren genug Kontakte in die Verwaltung und den Handel der Stadt aufgebaut, um sie mit Leichtigkeit in einer ebenbürtigen Position unterzubringen. Aber die Idee war Siemers wohl nicht gekommen. Oder sie war es ihm am Ende doch nicht wert, den Aufwand dafür zu betreiben.

Während sie blind mit zehn Fingern tippte, träumte sie sich wie so oft in den vergangenen Tagen weg in ihre kleine Wohnung im Kreidebergseequartier, aus der sie morgens mit dem Aufzug hinunterfahren würde, um pünktlich um kurz vor zehn ihr kleines Café Salüne aufzuschließen. Sogar das Geschirr hatte sie schon »ausgesucht«. Ganz sicher sollte es keins dieser modernen werden. Die Formen und Muster waren ihr alle zu eckig und geometrisch. Sie dachte an etwas Verspielteres. Porzellanteller mit kleinem Rosettenrand und grünen Ranken drauf. Eher so in der Art. Etwas mit Tradition und doch ein wenig französisch. Versonnen lächelte Helga vor sich hin. Natürlich waren das im Moment alles noch Hirngespinste – und blieben es vielleicht auch. Sie hatte weder mit ihrer Mutter über das Haus noch mit sonst jemandem über die Pläne eines Salinencafés gesprochen. Aber heute Abend war sie zumindest mal mit Eva verabredet und hatte sich vorgenommen, ihr von der Idee zu berichten. Ihre Freundin hatte ja den Termin in Bispingen, und soweit Helga wusste, lag er Eva schwer im Magen. Genaueres würde sie vermutlich nachher erfahren. Ihre Finger flogen weiter über die Tastatur, während ihre Gedanken in nicht mehr ganz so sonnige Gefilde abdrifteten. Wieso schien es, dass mit jedem Jahr, das sie alle älter wurden, die Sorgen wuchsen und sich alles mühsamer anfühlte, anstatt leichter? Die Unbeschwertheit und Aufbruchstimmung der Jugend war weg, aber an ihre Stelle rückte nun nicht der freudvolle Alltag mit Familie, die geborgene Routine, die jährlichen Urlaube in Österreich oder Italien. Eva hatte das in gewisser Weise und schien doch mehr und mehr zu verwelken, obwohl auch sie erst fünfundzwanzig Jahre alt war und in voller Blüte hätte stehen müssen. Und sie? Sie war die alte Jungfer, der Backfisch, der ein zugiges, viel zu großes Haus mit einer melancholischen Mutter teilte.

Helga kannte diese Art von trübsinnigen Gedanken eigentlich nicht. Genau deswegen ärgerte sie sich auch umso mehr darüber, dass sie zuletzt häufiger von ihnen heimgesucht wurde.

Neulich hatte sie Bruno auf der Straße getroffen, ihren Bruno, mit dem sie vor fünf Jahren fast verlobt gewesen war und dem sie den Laufpass gegeben hatte, weil er ein Trunkenbold war und sie schlecht behandelt hatte. Er ging an der Seite seiner Frau Silke. Helga kannte sie noch von früher aus der Schule. Gemeinsam schoben sie den Kinderwagen durch die Lüneburger Innenstadt. Sie erzählte ihm gerade irgendetwas, woraufhin beide lachten und Bruno sich kurz und mit verliebtem Gesichtsausdruck zum Kinderwagen hinunterbeugte. Es wurde gemunkelt, er habe eine Entziehungskur gemacht und noch mal ganz von vorn angefangen. Tatsächlich sah er sehr gut aus in seinem teuren mittelblauen Anzug und den edlen Lederschuhen. Die Schlosserei, die er nun gemeinsam mit seinem Vater betrieb, schien zu florieren. Helga hätte die Frau an seiner Seite sein können. Aber nun war es Silke.

Bevor die beiden sie erkennen konnten, bog Helga mit gesenktem Blick schnell in die Zollstraße ab. Sie schämte sich.

Helga blickte auf die Uhr. Gleich vier. Einen Brief würde sie noch schaffen. Als sie Siemers' leicht schnarrende Stimme auf dem Band vernahm, hielt sie abrupt inne. »Sehr geehrter Herr von Seefeldt …«, hörte sie ihren Chef diktieren. *Was war das denn?* Helga drückte auf die Starttaste des Diktaphons, um sich diesen Brief erst einmal in Gänze anzuhören. *Was hatte von Seefeldt denn jetzt schon wieder angezettelt, worauf der Oberstadtdirektor reagierte?*

Sie ließ das Band laufen.

Haben Sie vielen Dank für das fundierte hydrogeologische Gutachten, das Sie freundlicherweise bei der Firma Beinlich & Partner in Auftrag gegeben und der Stadt Lüneburg zur Verfügung gestellt haben. Die Auswirkungen, die ich selbigem entnehme, sind in der Tat dramatischer, als wir bislang angenommen haben. Eine

Grundwasserabsenkung von – wie es heißt – sechzig Zentimetern allein in den vergangenen drei Jahren bei gleichzeitiger Bodenerosion vor allem im Bereich um die Quartiere rund um die Lüneburger Saline war uns in dieser Form nicht bekannt. Ebenfalls bislang nicht im Fokus der Betrachtungen und weitaus bedrohlicher ist die von Dr. Beinlich beschriebene drohende Absenkung der Lüneburger Altstadt rund um die Straßenzüge Am Sande und Bäckerstraße.

Dass uns ferner bereits erste Vorschläge Ihrerseits zur »Untermauerung« des historischen Stadtkerns mittels Stahlträgern vorliegen, weiß ich sehr zu schätzen. Ich werde Ihr Gutachten nebst Risikobewertung mit in die nächste Gemeinderatssitzung nehmen.

Bis dahin verbleibe ich hochachtungsvoll,
gez. Dr. Werner Siemers

Helga nahm die Kopfhörer ab, und einen Moment lang war in der Stille des Vorzimmers nur das Ticken der alten Wanduhr zu hören. Warum hatte Rainer von Seefeldt – dieser Teufelsbraten – ein Gutachten in Auftrag gegeben, mit dem er die dramatische Senkung des Grundwasserspiegels nachwies? Was sollte das? Helga konnte sich keinen Reim darauf machen. Sie packte ihre Sachen zusammen und legte das Diktaphon in ihr Ablagekörbchen. Dieser Brief musste nun bis morgen warten. Was Eva wohl dazu sagen würde? Sie hatten sich heute wirklich so einiges zu erzählen. Hoffentlich nicht nur Düsteres.

* * *

Wie in alten Zeiten hatten Eva und Helga sich in der urigen, ganz in dunklem Holz gehaltenen Kneipe Harlekin in der Innenstadt verabredet. Früher waren sie häufiger hier gewesen, aber seit Sabines Geburt waren die vertrauten Stunden zu zweit rar geworden. Helga saß bereits an einem der runden Tische, als Eva das Lokal betrat. Müde sah sie aus, abgespannt. Helga stand auf und nahm die Freundin zur Begrüßung fest in den Arm. Das konnten sie wahrscheinlich gerade beide gebrauchen. »Evchen, was habe ich mich auf diesen Abend gefreut. Endlich mal wieder nur wir zwei, nicht wahr?«, sagte Helga und gab sich Mühe, die Freundin dabei mit ihrem schönsten Lächeln anzustrahlen.

»Da sagst du was«, erwiderte Eva, setzte sich und holte einen kleinen Beutel aus ihrer Handtasche. »Ich hab dir auch etwas mitgebracht«, sagte sie und lächelte ebenfalls, doch es wirkte nicht ganz echt. »Gesichtscreme, eine Feuchtigkeitsmaske und Handcreme«, erklärte sie, während Helga einen Blick in den Beutel warf. »Ohne chemische Zusätze und angemischt mit dem reinsten Lüneburger Salz. Ist das nicht fantastisch?«

Fragend schaute Helga nun auf. »So, wie du es sagst, klingt es nicht ganz so berauschend. Wie war denn dein Termin heute?«

Eva lehnte sich in ihrem Stuhl zurück und bestellte bei der Bedienung eine Orangenbrause. Vor Helga stand bereits ein Alsterwasser. »Du meinst, neben den vielen ausgetauschten Nettigkeiten und Bekundungen gegenseitiger Wertschätzung?« Eva lachte kurz auf. Es klang freudlos. »Kettler hatte mir Anfang der Woche einen Brief geschrieben. In dem sprach er bereits von neuen Allianzen, die möglicherweise einen Einfluss auf unsere Geschäftsbeziehung hätten. Und heute hat er dann die Katze aus dem Sack gelassen.« Abwartend blickte Helga die Freundin an, während die Bedienung die Limonade vor Eva abstellte. Ihr schwante nichts Gutes. »Um es kurz zu machen: Kettler hat ein Angebot von einem anderen Salzlieferanten erhalten, das fünfzehn Prozent unter unserem Abgabepreis liegt. Und egal, wie ich es drehe und wende: Da kann ich nicht mithalten. Wir erlassen der KosmoPharm ja schon die Transportkosten, was sich bei steigenden Benzinpreisen langsam bemerkbar macht. Wenn ich dann noch mal mit dem Preis so weit runtergehen würde, bliebe bei uns kaum noch etwas hängen. Es geht einfach nicht.« Sorgenvoll sah Eva auf ihr Glas und drehte es auf dem Bierdeckel hin und her.

»Das klingt wirklich nicht besonders erbaulich. Hast du eine Idee, wer dieser andere Salzlieferant ist?«, fragte Helga, obwohl sie die Antwort bereits zu kennen glaubte, speziell nach dem, was sie heute erfahren hatte.

»Kettler kam nicht raus mit der Sprache, aber die einzige plausible Möglichkeit ist die Kali und Salz, wer sonst? Von Seefeldt setzt alles daran, uns in den Konkurs zu treiben, und hier hat er offenbar eine ideale Einflugschneise gefunden.« Eva sah auf und ihr Blick war verhangen. »Sechs Jahre liefern wir jetzt schon unser Salz an die KosmoPharm, sind mit dem jungen Unternehmen mitgewachsen, haben geholfen, es groß zu machen. Und das ist der Dank?« Betrübt schüttelte Eva den Kopf. »Es ist einfach ungerecht.«

»Ihr habt doch bestimmt Verträge geschlossen. Bis wann laufen die denn?«

»Das sind Dreijahresverträge, allerdings ›aus besonderem Grund‹ trotzdem mit einer Frist von drei Monaten kündbar. Wir liefern noch bis Ende September. Danach ist Schluss!«

»Na gut, aber das ist dann ja fast noch ein halbes Jahr, um sich etwas Neues auszudenken. Womöglich habe ich da sogar einen Vorschlag«, erklärte Helga und sah die Freundin verschmitzt an.

»Ach ja?« Nicht wirklich überzeugt wartete Eva ab.

»Ja! Elke und ich haben überlegt, ob es nicht eine grandiose Idee wäre, den Eselstall in ein Café umzubauen und dort Gäste und Besucher der Saline zu bewirten.«

»Ein Café? Aus dem Eselstall? Wer soll das denn bezahlen?«

»Wenn ich Elke richtig verstanden habe, hat sie ein bisschen was auf der hohen Kante, und sie träumt schon so lange von einem eigenen Café. Und weißt du, wer am Tresen steht und die Gäste bewirtet?« Helga hatte sich aufgerichtet, und jetzt, wo sie diese Idee zum ersten Mal seit dem Treffen mit Elke laut aussprach, fühlte sie sich noch viel besser an als am Montag. Helga war, als könnte das Projekt wirklich wahr werden. Es schien ihr schon jetzt regelrecht real. Obwohl faktisch ja noch nichts passiert war. »Ich!«

»Duuu?« Nun war Evas Interesse doch geweckt. »Wie stellst du dir das denn vor? Du hast doch deine Arbeit im Rathaus.«

Helga grinste die Freundin verschwörerisch an. »Offenbar nicht mehr lange.« Sie berichtete kurz, was Siemers ihr nahe gelegt hatte. »Und wenn ich ehrlich bin: Inzwischen habe ich gar keine Lust mehr, dort zu bleiben. Egal, wie die Wahl ausgeht. Vielleicht ist es an der Zeit, endlich etwas zu wagen und seine Träume wirklich zu leben.«

»Ach, Helga!« Gerührt legte Eva ihre Hand auf die der Freundin. »Es ist wirklich schön, dich so strahlen zu sehen. Nicht dass ich deine Pläne für besonders realistisch halte, aber zumindest trägst du sie mit Überzeugung vor.« Nun erhellte ein echtes Lächeln das Gesicht der Freundin.

»Wart's ab! Wenn du uns den Stall zur Verfügung stellst, wollen wir doch mal sehen, was wir daraus zaubern können. Und ein bisschen Umsatz ist es für dich auch. Mieteinnahmen und so …«

»Na«, meinte Eva, »da bin ich aber mal gespannt.« Jetzt schaute sie die Freundin verschwörerisch an. »Möglicherweise haben wir auch jemanden, der uns einen lupenreinen Vertrag aufsetzt.« Als sie Helgas verständnislosen Blick sah, fuhr sie fort: »Ulrich kommt nächste Woche für ein paar Tage nach Lüneburg.«

Bei dem Satz hatte Helga das Gefühl, alles Blut würde ihr direkt in die Füße sacken. »Wie bitte? Wie meinst du das?«

»So, wie ich es sage. KosmoPharm ist nämlich leider nicht unser einziges Problem. Der Saline sollen die Kredite entzogen werden. Lothar glaubt, dass hinter den Kulissen was im Busch ist. Und nun hat er Ulrich gebeten, uns juristischen Beistand zu leisten.«

Helga hatte ihre Sprache noch immer nicht wiedergefunden. Sie dachte an Siemers' Brief. Das nahm ja immer größere Ausmaße an. Konnte es sein, dass hinter allem wirklich dieser durchtriebene Rainer von Seefeldt steckte? Aber ausgerechnet Ulrich in dieser Sache um Hilfe zu bitten, machte die Angelegenheit in Helgas Augen nicht besser. Da konnten Gefühle aufgeweckt werden, an die man besser nicht rührte. Und genau diese Bedenken trug sie schließlich auch vor.

»Ich weiß, was du meinst«, erwiderte Eva, »und mir ist auch nicht ganz wohl bei der Sache. Aber in gewisser Weise hat Lothar schon recht: Wenn uns jemand helfen kann, dann sicherlich Ulrich. Mal ganz davon abgesehen, dass wir uns einen anderen Fachanwalt vermutlich nicht leisten könnten.«

»Und was ist mit Sabine?«

Eva schluckte trocken. »Was soll mit ihr sein?«

»Hast du dich schon mal gefragt, was passiert, wenn er womöglich erkennt, dass sie … Eine Mutter würde das tun. Sie würde es merken.«

Eva drehte sich eine einzelne Haarsträhne um ihren Finger. »Wenn er es merkt, dann ist es so. Vielleicht ist es an der Zeit, endlich mit den alten Lügen aufzuräumen.« Sie nahm einen Schluck von ihrer Brause und schaute dann nachdenklich in ihr Glas.

»Wenn Ulrich nächste Woche kommt, solltest du noch etwas wissen.« Ernst schaute Helga ihre Freundin an. Wie gern hätte sie Eva die nächste Nachricht erspart! Aber damit wäre ja auch nichts gewonnen gewesen. »Es gibt ein hydrogeologisches Gutachten für die Stadt Lüneburg, das von Seefeldt in Auftrag gegeben hat.«

Eva wurde kreidebleich. »Was sagst du da?«

»Ja, warum auch immer er das gemacht hat. Jedenfalls bietet er der Stadt seine Unterstützung bei der Befestigung der Fundamente der Häuser hier im Innenstadtkern an, die aufgrund des sinkenden Grundwasserspiegels nämlich schon bald noch weiter abzusacken drohen. So habe ich es verstanden. Habt ihr damit eigentlich auch Probleme? Wegen der Sole, meine ich.«

Angespannt hatte Eva der Freundin zugehört. Jetzt schüttelte sie den Kopf. »Ich verstehe das nicht. Was bezweckt er damit? Dass der Grundwasserspiegel kontinuierlich sinkt, ist doch hinlänglich bekannt.« Dann schaute sie auf. »Oder macht er die Saline dafür verantwortlich?« Nervös trommelte Eva mit den Fingern auf die Tischplatte. »Will er darauf hinaus?«

»Das konnte ich dem, was ich gehört habe, so nicht entnehmen«, sagte Helga betroffen. »Die Saline wird zwar erwähnt, aber nicht verantwortlich gemacht. Trotzdem sieht es ja so aus, als ob dieser Mistkerl gerade einen Krieg gegen euch anzetteln will.«

Eva kniff die Lippen zusammen und setzte sich kerzengerade auf. »Da soll er sich aber mal warm anziehen. Damit wird er nicht durchkommen. Niemals!« Und leiser fügte sie hinzu: »Und schon gar nicht über Karla.«

Auch Helga hatte sich aufgerichtet und zog ihre Kostümjacke gerade.

»Was hast du da gesagt? Was hat denn Karla damit zu tun?«

Eva schüttelte nur den Kopf. »Vergiss es!«, sagte sie. »Der bekommt ordentlich Gegenwind, meinte ich.«

»Genau, Evchen, so gefällst du mir! Es ist für uns beide an der Zeit, die Dinge mal wieder an den rechten Platz zu rücken. Ich kümmer mich um unser Café, und du sorgst dafür, dass von Seefeldt und Bankdirektor Ansorge mal ordentlich in ihre Schranken gewiesen werden. Prost!«

Sie nahm ihr Glas Alsterwasser und wartete, bis auch Eva ihre Limonade angehoben hatte, um dann miteinander anzustoßen.

8.

Als hätte sich auch das Wetter auf diesen Tag vorbereitet, war die Luft zum ersten Mal im ganzen Monat schon morgens angenehm lau und kein Wölkchen trübte den Himmel. Zweiundzwanzig Grad sollten es werden.

Eva hatte unruhig geschlafen, war bereits um sechs aufgestanden, hatte sich gewaschen, frisiert und dezent geschminkt. Lothar war ebenfalls seit halb sieben wach und ging noch einmal sämtliche Unterlagen durch, die er für seinen Cousin zusammengestellt hatte. Er hatte sich für die Mittagszeit angekündigt und sich für die zwei Nächte im Hotel Wellenkamp eingemietet, so hatte er sie wissen lassen.

Insgeheim war Eva ihm dankbar, dass es damit zur Frage der Übernachtung keine unangenehmen Diskussionen geben würde. Bei sich im Haus hatten sie langsam keinen Platz mehr – und die beste Idee wäre es auch nicht gewesen. Das neue Reihenhaus seines Onkels war viel zu klein und ohnehin tabu. So schien das Vier-Sterne-Hotel die beste Lösung. Sie selbst würde Ulrich erst beim gemeinsamen Abendessen sehen. Zum Glück war Sabine inzwischen wieder so weit auf dem Damm, dass sie in den Kindergarten gehen konnte, und auch Evas Vater war die letzten Tage klar und präsent gewesen. Das half bei ihren Plänen, denn sie selbst hatte heute in der Saline einiges vor. Nicht zuletzt auch eine erste Lagebesprechung mit Elke und Helga, auf die sich Eva regelrecht freute.

Sie setzte Sabine trotz der frühlingshaften Temperaturen eine Mütze auf und verabschiedete sich mit einem flüchtigen Kuss von Lothar. »Viel Glück!«, hauchte sie.

»Das wird schon«, erwiderte er, aber die Anspannung in seinem Gesicht war nicht zu übersehen.

Nachdem sie Sabine, die sich sofort freudestrahlend in die Arme ihrer Freundinnen Angelika und Petra schwang, in der evangelischen Kindertagesstätte abgegeben hatte, marschierte sie stramm weiter zur Saline. Seit der Unterredung mit Helga war sie sich fast sicher, dass hinter den Kulissen eine Intrige gegen sie gesponnen wurde. Auch wenn sie so viel Gemeinheit nicht fassen konnte – warum brachte jemand derart viel Energie auf, nur um anderen Schmerz zuzufügen? –, musste sie doch erkennen, dass alle Entwicklungen der jüngsten Zeit dafürsprachen. Also war es nun an ihr, selbst mögliche neue »geschäftliche Allianzen« zu schmieden, solange sie dies noch konnte. Und da hatte sie schon eine Idee.

So beschwingt es ihr möglich war, betrat sie das Siedehaus, in dem um diese Uhrzeit erst zwei Männer mit dem Rakeln beschäftigt waren, und beschloss, mit einem kleinen Schlenker, um nicht durch die Näherei zu müssen, in der Abpackstation vorbeizuschauen. Lange Förderbänder brachten das getrocknete Salz in den fensterlosen, fast hallenartigen Raum, in dem eine große Waage, unterschiedliche Säcke und natürlich die Fässer mit den fertigen Salzen in ihren unterschiedlichen Körnungen auf die Benutzung und Weiterverarbeitung warteten. In der Regel waren die sehr feinkörnigen Salze von null bis einem Millimeter Durchmesser die teureren. Sie wurden in erster Linie als Speisesalze genutzt. Eva selbst aber konnte den grobkörnigen Salzen mindestens ebenso viel abgewinnen, und sie eigneten sich besser für die Salzmühle, was den Effekt hatte, dass sie ihr ganzes Aroma erst direkt bei der Zubereitung von Speisen entfalteten.

»Na, Bernie, auch schon so früh auf den Beinen?«

Der Packer, der bereits seit sieben Jahren für die korrekte Abfüllung und pünktliche Auslieferung zuständig war und vor ein paar Wochen sein zweites Kind bekommen hatte, ein Mädchen, nickte ihr kurz zu. »War eine unruhige Nacht, Frau Möreke«, erwiderte er. »Das mit dem Stillen klappt einfach nicht so gut. Meine Frau hat zu wenig Milch, und nun hat die Kleine dauernd Hunger.«

Eva nickte. Dieses Problem hatte sie zum Glück nie gehabt. »Können Sie nicht zufüttern?«

»Doch, das machen wir, aber davon scheint sie Blähungen zu bekommen. Wir tüfteln noch an der richtigen Menge.«

»Was sagt denn der Kinderarzt?«

Der fast zwei Meter große Bernie stützte sich auf der Schaufel ab und grinste breit. »Der meint, es wär in diesen Zeiten noch kein Kind verhungert. Wir sollen etwas Geduld haben.«

Eva nickte und sah sich in dem Lagerraum um. Fässer und Regale waren gut gefüllt. So hatte Eva sich das vorgestellt. »Ich bin wirklich froh, dass die Pumpe nur einen Tag ausgefallen ist und Rudolf direkt eine neue bekommen hat. Da haben wir Glück gehabt.«

»Muss ja auch mal sein«, erwiderte Bernie und ging hinüber zu der großen Waage, auf der noch ein Sack für die heutige Bahlsen-Lieferung stand. Dienstag war Bahlsen-Tag. Daran hatte sich nichts geändert. Der Gebäckfabrikant war kein wirklich wichtiger Kunde für ihr grobkörniges Speisesalz mehr, aber für Eva hatte er einen hohen symbolischen Wert. Treue und Beständigkeit zeichneten ihre Geschäftsbeziehung seit

Jahren aus. Ein tröstlicher Gedanke. »Dann noch einen schönen Tag, Bernie.«

Der Packer tippte sich kurz an die Stirn, und Eva verließ die Abpackstation in Richtung der Treppe hoch zu ihrem Büro. Obwohl sie allein war, strich sie ihren Rock glatt, fasste sich an das hochgesteckte Haar und prüfte in einem Handspiegel, ob der Lippenstift noch frisch aussah.

Sie brauchte es für das, was sie nun vorhatte.

Mit Dr. Friedrich Bäumler verband Eva eine ebenso lange Geschäftsbeziehung wie mit Jürgen Kettler. Anders als Kettler aber gehörte Bäumler mit seinen inzwischen vierundsiebzig Jahren zur alten Schule. Eva hatte damals als junge Frau sein Vertrauen gewonnen, weil sie die Lieferung der sogenannten Afrikabeutel – nach Volumen abgerechnete Hundert-Liter-Säcke, befüllt mit Salz in allen Körnungen – deutlich steigern konnte. Damals war sie – noch gegen den Widerstand ihres Vaters – auf Plastiksäcke umgestiegen, die Bäumlers Reederei, die South Shipping, seit zwei Jahren sogar anlieferte. Damit konnten sie immense Kosten und Zeit sparen, weil die Fertigung der alten Leinensäcke viel aufwendiger war. Für ihren Vater war es ein Bruch mit der Tradition gewesen. Für sie eine lukrative Modernisierungsmaßnahme.

Bäumler war also so etwas wie ein väterlicher Mentor für Eva geworden. Und dessen Rat konnte sie jetzt gut gebrauchen. Eva wählte die Nummer des Hamburger Reeders – komfortablerweise verfügte sie bereits über einen Selbstwahlanschluss und musste sich nicht mehr verbinden lassen. Sie wusste, dass Bäumler trotz seines hohen Alters zumeist noch täglich ab acht Uhr im Büro war.

»Vorzimmer Dr. Bäumler, Hennwaldt«, meldete sich dann auch die Sekretärin Bäumlers nach dem zweiten Klingeln.

»Guten Morgen, Fräulein Hennwaldt. Eva Möreke hier. Ich würde gern mit Dr. Bäumler sprechen.«

»Einen Moment, bitte, ich verbinde«, sagte sie, ohne sich nach dem Anliegen zu erkundigen. Man kannte sich eben nach all den Jahren. Ein kurzes Knacken in der Leitung, dann vernahm sie Bäumlers tiefe, ruhige Stimme.

»Frau Möreke, das ist jetzt aber mal eine Überraschung. Geht es Ihnen gut? Dem Herrn Papa?«

»Vielen Dank, Herr Dr. Bäumler. Wir hangeln uns ein bisschen von Tag zu Tag, aber es geht schon. Und selbst?«

»Solange ich morgens noch meine Bahnen im Holthusenbad ziehen kann, will ich nicht klagen. Aber ich bin sicher, Sie haben einen gewichtigeren Grund für Ihren Anruf, als sich nach meinem Wohlbefinden zu erkundigen, nicht wahr?«

Eva sog ihre Wange ein. So kannte und schätzte sie den alten Reeder. Er kam gern direkt zur Sache. »Da haben Sie wohl recht, Herr Dr. Bäumler«, erwiderte sie ernst. »Ich darf doch im Vertrauen mit Ihnen sprechen?«

»Kindchen, Sie hätten nicht angerufen, wenn Sie das nicht wüssten.«

Eva lächelte leise in sich hinein. Das stimmte wohl. Sie war nicht ganz sicher, ob er ihr würde helfen können, aber einiges sprach dafür. Bäumler war seit Jahr und Tag im Salzgeschäft tätig. Zwar lag sein Schwerpunkt auf dem Export von Salzen in afrikanische Länder – so waren sie ja auch zusammengekommen und hatten gemeinsam einen stabilen monatlichen Umsatz von um die 11 000 Mark erreicht. Aber er kannte natürlich alle Salzproduzenten, speziell die in Norddeutschland. Also mit Sicherheit auch die Kali und Salz mit Sitz in Kassel und Stade.

In kurzen Sätzen umriss Eva das Geschehen in der Saline, die angekündigte Streichung der Kredite und vor allem die Kündigung des Liefervertrages mit KosmoPharm. Sie versuchte, sich so neutral wie möglich auszudrücken, kam am Ende aber doch auf ihren Verdacht zu sprechen. »Ich habe Grund zu der Annahme, dass die Kali und Salz im Moment alles daransetzt, uns zu ruinieren, entweder, weil sie uns einfach ausschalten will, oder weil sie uns kaufen möchte.« Eva atmete einmal schwer aus, als sie diesen Satz beendet hatte. Da Bäumler weiter schwieg, kam sie nun zu ihrem eigentlichen Anliegen. »Ihnen ist bekannt, dass die Margen der Saline noch immer recht schmal sind. Dafür ist die Qualität unstrittig. Sollte Ihnen also zu Ohren kommen, dass ein Händler einen neuen Lieferanten für Speise- oder Gewerbesalze sucht, dann wäre ich Ihnen dankbar, wenn Sie uns ins Spiel bringen könnten. Ob wir preislich mithalten können, werden wir dann sehen, aber Ihre Kontakte reichen bedeutend weiter als unsere.« Eva räusperte sich. Jetzt war es raus.

»Wie viel könnten Sie direkt liefern?«, fragte Bäumler nur, ohne auf ihre Ausführungen weiter einzugehen.

»Nun ja, KosmoPharm bezieht derzeit etwa eineinhalb Tonnen im Monat. Unsere Lager sind voll. Aus dem Stand würde ich sagen, zwei bis drei Tonnen monatlich könnten wir schaffen. Dann müssten wir die Belieferung der Bispinger allerdings sofort einstellen …«

»Was ja auch seinen Reiz hätte«, meine Bäumler schmunzelnd. »Mit einer Vertragsstrafe müssten Sie nach der Kündigung sicher nicht rechnen.«

Evas Miene hellte sich auf. Auch wenn Bäumler noch gar nichts Konkretes gesagt hatte, klang es doch so, als hätte er eine Idee.

»Geben Sie mir ein paar Tage Zeit, Frau Möreke. Ich melde mich im Laufe der nächsten Woche bei Ihnen. Versprechen kann ich nichts, aber ich könnte ein paar Strippen ziehen.«

Evas Herz schlug Purzelbaum in ihrer Brust. Warum war sie nicht viel früher auf diese Idee gekommen? »Herr Dr. Bäumler, ich danke Ihnen schon jetzt sehr. Diese Aussicht ist mehr als alles, was ich erwarten durfte.«

»Wie gesagt, ich kann nicht zaubern, aber sagen wir mal, ich kenne ein paar Leute, die sicher nichts dagegen hätten, einem Herrn von Seefeldt mal eine Breitseite zu verpassen, mich möglicherweise eingeschlossen.«

Dr. Bäumler beließ es dabei und Eva hakte auch nicht nach. Aber ganz sicher war es gut zu erfahren, dass sie nicht die Einzige war, die unter von Seefeldts Praktiken zu leiden schien. Beinahe vergnügt legte sie auf und beschloss, sich für den Rest des Vormittags noch mal mit den Posten aus dem Lebensmitteleinzelhandel zu beschäftigen. Ihrem Gefühl nach war hier auch noch mehr zu holen.

* * *

Als Eva sich um drei Uhr auf den Weg zum Lüneburger Hafen machte, wo auch die Schokolüne ihr Quartier bezogen hatte, merkte sie, dass sie zu warm angezogen war. Der cremefarbene Chiffonrock ging ja noch, aber das Oberteil mit den langen Ärmeln und dazu passend der dunkelbraune Bolero waren insgesamt zu viel des Guten. Trotzdem genoss sie die wärmenden Sonnenstrahlen, als sie sich in nördliche Richtung zu dem Treffpunkt mit den beiden Freundinnen aufmachte.

Zum ersten Mal seit Langem hatte Eva erstaunlicherweise wieder das Gefühl, ihre Geschicke doch ein wenig selbst steuern zu können und nicht immer nur auf andere reagieren zu müssen. Das Gespräch mit Bäumler hatte ihr gutgetan. Und auch die verrückte Idee, über ein Café neben der Saline nachzudenken, gefiel ihr.

Ob das Wissen, dass Ulrich jetzt sicher schon in der Stadt war, ebenfalls zu ihrer Zuversicht beitrug, vermochte sie nicht genau zu sagen. Zumindest war das latente Herzflattern nicht zu leugnen. Wofür sie sich ein wenig schämte. Um das Bankhaus machte sie einen großen Bogen – keinesfalls wollte sie zufällig in die beiden Männer hineinlaufen. Also ließ sie die Altstadt rechts liegen und ging hinter dem Rathaus noch ein Stück am Park Liebesgrund entlang, bevor sie nach links zum Hafen abbog.

Von draußen sah sie bereits Elke und Helga, die lachend in ein Gespräch vertieft waren. Die Chocolatière hatte ein Tuch um ihre ohnehin kurzen Haare gebunden – wahrscheinlich, um ihre flüssigen Kreationen zu schützen. Eva kannte Elke kaum, wusste nur, dass sie ihre Kindheit und Jugend in Frankreich verbracht hatte, bevor es sie vor ein paar Jahren zurück nach Deutschland verschlagen hatte. Tatsächlich aber war der Verkaufsraum, wenn man den von oben bis unten mit Pralinen und Konfekt und Geschirr vollgestellten Bereich vor dem Tresen so nennen konnte, wirklich winzig klein. Zu dritt würden sie ihn ausfüllen, und wenn die eine sich bewegen wollte, musste die andere bestimmt aufstehen, um Platz zu machen.

Eva öffnete die Tür und winkte lächelnd in die Runde. »Seid ihr schon bei den Rum-Bohnen angekommen, oder warum habt ihr so gute Laune?«, fragte sie zur Begrüßung.

»Eva, wie schön, komm her und sieh dir mal unsere architektonische Glanzleistung an«, sagte die zierliche Elke und zeigte auf ein Blatt Papier, das auf dem kleinen Bistrotisch lag.

Eva betrachtete das Gekritzel, hatte jedoch Mühe, sich ein Café darunter vorzustellen. Für sie sah es eher aus wie eine grobe Skizze zum »Schiffe versenken«.

»Guck her!«, rief dann aber Helga ganz begeistert und zeigte auf ein längeres schmales Rechteck etwa im hinteren Drittel. »Das hier ist der Tresenbereich, hinter dem sich eine kleine Küche anschließt. Hier vorn also ist die Fensterfront vom Eselstall. Erkennst du das? Die Kreuze hier, das sind die Tische. Wir dachten, bis maximal sechs Personen. Eher Vierertische und am Rand auch Zweier. Siehst du, hier?« Helga schaute zu Eva, die bemüht war, den Erklärungen zu folgen. »Wir haben gerechnet. Sechsundzwanzig Leute müsste man bedienen können. Mehr würde ich ja auch gar nicht schaffen.« Helga strahlte wirklich wie eine Hundert-Watt-Birne. »Hier links kommen die Toiletten hin. Elkes Bruder meint, das dürfte kein Problem sein.«

Jetzt stutzte Eva aber doch. »Wer ist denn Elkes Bruder?«

»Hans«, mischte sich nun Elke ein. »Er wohnt in Rosche und macht sich da gerade selbst ein altes Bauernhaus zurecht. Ich würde sagen, er kann so ziemlich alles: Sanitär, Elektrik, Holzbau …«

»Aha, und woher weiß er, dass es einen Wasseranschluss gibt?«

Helga nickte wissend. »Da der alte Stall früher auch eine Schmiedewerkstatt und eine Böttcherei beherbergt hat und man dafür Wasser braucht, meinte er nur, dann könne der Anschluss nicht zu weit entfernt liegen.«

»Interessant«, gab Eva zu, die zumindest wusste, dass es unter dem Stall eine Art Kanalisation gab. »Und *Hans*«, sie zog den Namen etwas in die Länge, »möchte euch ein bisschen unter die Arme greifen.«

»Sagen wir so: Ich hab noch etwas gut bei ihm. Als seine Frau vor knapp drei Jahren an einer Blutvergiftung starb, ging es ihm eine Weile wirklich schlecht. Da hab ich ihn als große Schwester ein bisschen aufgepäppelt. Er meinte immer, er würde sich eines Tages revanchieren. Und wir finden, das hier ist die passende Gelegenheit.«

»Oh«, machte Eva, »das tut mir leid zu hören.«

»Muss es nicht«, meinte Helga munter. »Heute geht es ihm ja wieder gut, und … na ja …« Sie druckste ein wenig herum.

»Helga meint, dass es zum Glück keine Kinder gibt, die nun ohne ihre Mutter aufwachsen müssen«, ergänzte Elke. »Wenn es dir recht ist, schauen wir nachher direkt zu dritt mal rüber. Er kommt später vorbei.«

Mit großen Augen sah Eva zu den beiden Frauen. Das ging ja alles flott! »Ich verstehe«, sagte sie dann, warf erneut einen Blick auf die Skizze und ging vor ihrem inneren Auge den echten Eselstall durch. Gut, er hatte Fenster, aber viel mehr gab es auch nicht. Innendrin war nichts als schiefer Betonboden. Es musste die komplette Elektrik neu gelegt werden, Waschräume installiert, Räume abgetrennt, Böden ausgeglichen und neu verfliest werden. Bei allem, was recht war, aber das war eine Grundsanierung. »Das ist ja alles schön und gut mit eurem Zauber-Hans«, meinte Eva dann. »Trotzdem kostet das eine ganze Stange Geld, allein die Materialien. Und mit nur einem Mann werdet ihr ewig brauchen. Wie habt ihr euch die finanzielle Seite vorgestellt?«

Elke grinste verschmitzt. »Das habe ich Helga auch schon gesagt: Wenn ihr beide euch einig seid und das Café wollt, dann kümmere ich mich um den Rest. In gewisser Weise ist es ja auch mein Traum!« Darauf reichte sie Eva einen Teller mit weißen und schwarzen Kugeln. »Möchtest du? Helga will nicht. Die ist seit drei Tagen auf Diät.«

Lachend suchte sich Eva eine Praline aus. Sie hatte schon wieder seit dem Frühstück nichts gegessen, merkte aber, wie ihr Appetit zurückkam. Sie hatte sich lange nicht so leicht gefühlt wie heute, nicht zuletzt dank des Treffens mit diesen beiden wunderbaren Frauen.

So konnte sie dann doch auch Ulrich gelassen gegenübertreten. Hoffte sie.

9.

Sie pfiff! Helga merkte es selbst erst, als sie einen Ton zu der Melodie von »Schuld war nur der Bossa Nova« nicht ganz traf. Das Lied war gerade der absolute Renner und machte Helga sofort gute Laune, sobald sie es hörte. Aus dem Keller hatte sie sich einen alten blauen Arbeitsanzug ihres Vaters geholt, der ihr natürlich drei Nummern zu groß war. Sie aber fand, mit den umgekrempelten Armen und Beinen und dazu einem rosé-blau-mint und schwarz gemusterten Tuch im Haar sah sie aus wie Liz Taylor in »Giganten«. Erst recht mit dem knallroten Lippenstift. Zugegeben, die schwarzen Plateaustiefeletten waren nicht ganz so passend, aber sie hatte nun mal keine Arbeitsschuhe, und Gummistiefel waren ihr dann doch zu derb. Sie wollte ja nicht über einen Misthaufen laufen. Sondern nur eine halbwegs professionelle Figur machen, wenn sie gleich mit Hans und Elke den Eselstall begutachtete. Und wenn sie ehrlich war, gefiel sie sich in den weiten Sachen, die ihre Figur anders zur Geltung brachten als die zwickenden Kostümchen, fast besser.

Die Vorfreude auf einen neuen Anfang oder zumindest ein kleines Abenteuer beflügelte Helga nun schon seit Tagen. Merkwürdig, wie sich in einem drin alles ändern konnte, obwohl doch äußerlich noch gar nichts passiert war.

Sie dachte an Eva. Wie es ihr jetzt wohl erging? Sie hatten ja nicht mehr darüber sprechen können, aber bestimmt war sie auch sehr nervös, was ihr Wiedersehen mit Ulrich anging. Obwohl sie vorher eigentlich ganz entspannt gewirkt hatte.

Sie prüfte noch einmal ihr Make-up im Spiegel – hoffentlich hatte sie nicht zu dick aufgetragen! – und machte sich dann auf den Weg nach unten.

»Nanu, wo willst du denn in dem Aufzug hin?«, fragte ihre Mutter überrascht, als sie ihre Tochter in voller Montur vor sich sah. »Und ist das Vatis Arbeitsoverall?«

Helga nickte. »Ich habe dir doch erzählt, dass ich mir mit Elke das kleine Fachwerkhaus neben der Saline anschaue. Für ein mögliches Café«, erklärte sie vage.

»Aber ist es in dem Lokal denn so schmutzig?«, fragte ihre Mutter verwundert nach.

»Mama, du kennst doch bestimmt den alten Eselstall, wo früher Laugen und Natrium gelagert wurden und irgendwann mal der Schmied für die Fuhrwerke der Saline seinen Sitz hatte.«

»Aber das ist ja bald zweihundert Jahre her.«

»Eben«, erwiderte Helga triumphierend. »Und in etwa so sieht es da jetzt auch aus.«

»Ich verstehe ehrlich gesagt nicht genau, was du da willst, aber es ist ja nett, wenn du deiner Freundin etwas zur Hand gehen möchtest.«

»So ist es«, entgegnete Helga und verschwieg, dass es eher umgekehrt war und die Freundin *ihr* zur Hand ging. »Warte nicht auf mich. Ich weiß nicht, wann ich zurück bin«, fügte sie hinzu, nahm ihren Schlüssel und pfiff beim Rausgehen erneut den Bossa Nova.

* * *

Selbst jetzt, um kurz nach sechs, war es noch lau und sonnig. Ein wirklich schöner Frühlingstag. Helga genoss das kurze Stück entlang der Ilmenau, bevor sie rechts zur Saline abbiegen musste.

Sie erkannte die beiden Gestalten, die vor dem kleinen Haus warteten, schon von Weitem. Zumindest erkannte sie Elke, weil sie ihr bereits winkte, als sie über den Salinenvorplatz lief. Dass der Mann neben ihr ihr Bruder sein sollte, hätte man jedoch auf den ersten Blick nicht vermutet. Während Elke klein, drahtig und zierlich war, war ihr Bruder eher ein kräftiger Hüne, der die »große Schwester« um gut anderthalb Köpfe überragte und seine lockigen schwarzen Haare fast schulterlang trug. Helga schluckte trocken. Wenn es ein personifiziertes »Mannsbild« gab, dann stand es ziemlich sicher gerade vor ihr.

Kaum war sie bei den beiden angekommen, streckte Hans ihr die Hand zur Begrüßung entgegen.

»Hallo«, sagte er, »ich bin Elkes Bruder Hans.« Er lächelte breit. Sein Händedruck war so fest, dass Helga Mühe hatte, nicht kurz aufzuschreien, als sich ihr Ring schmerzhaft in den Finger drückte.

»Schön, dich kennenzulernen«, erwiderte sie gepresst. »Ich bin Helga.«

»Hast du einen Schlüssel dabei?«, fragte Elke an Helga gewandt, und bevor diese antworten konnte, dass die Tür offen sei, kam Hans ihr zuvor. »Den brauchen wir nicht«, stellte er fest, nachdem er kräftig an der etwas windschiefen Holztür gezogen hatte, die sich quietschend öffnete, um sogleich direkt am unteren Scharnier auszubrechen. »Also, die muss schon mal neu«, meinte Hans trocken, bückte sich und besah sich den Schaden. »Und der Rahmen gleich mit. Das Zeug ist total morsch. Wann war hier eigentlich zum letzten Mal jemand drin?« Er sah hoch zu den beiden Frauen und deutete mit dem Finger in den alten Stall.

Helga begann in ihrem Anzug zu schwitzen. Sie zuckte mit den Achseln. »Keine Ahnung.«

Hans stand wieder auf. »Wollen wir?«

Er hielt den beiden die unten aus den Angeln gebrochene Tür auf und folgte ihnen dann hinein. Helga ging voran, die Schuhe schon jetzt ganz grau-weiß von dem vielen Mörtelstaub, der den Boden bedeckte. Der Geruch war nicht unangenehm, nach Beton, ein wenig nach Moder, aber auch noch nach etwas Scharfem, Säuerlichem und ein wenig nach »alter Zeit« – anders konnte Helga es nicht beschreiben. Staunend sah sie sich in dem etwa fünfzig Quadratmeter großen Raum um. Selbst wenn das alles Schrott war, wirkte es doch uriger und dekorativer, als sie je vermutet hätte. So hingen etwa an den Wänden alte Holzregale oder Metallleisten, an denen jeweils unterschiedliche Haken und Stemmeisen baumelten oder lagen. Helga war weder mit dem Werkzeug von Schmieden noch von Böttchern vertraut, aber vermutlich hatten sie damit gearbeitet. Hinten rechts in der Ecke musste die Schmiede selbst gewesen sein. Denn dort erkannte man eindeutig die Esse mit metallener Abzugshaube.

»Das ist ja völlig irre!«, rief Helga aus. »Ob man die noch nutzen kann?«

»Willst du jetzt wieder mit Kohle heizen, oder wie stellst du dir das vor?«, wandte Hans ein, worauf sich Helga direkt ein wenig dumm fühlte. Was hatte sie gedacht? Dass man auf einer alten, bröckeligen Feuerstelle Spiegeleier braten könnte? »Aber guckt mal hier«, sagte Hans und öffnete seine riesige rechte Hand, auf der mühelos vier unterschiedlich geformte eiserne Haken Platz gefunden hatten. »Walzeisen, Belageisen, Flacheisen und ein Handleisteneisen. Da ist aber wirklich jemand fleißig gewesen.«

»Das müssen wir unbedingt alles aufheben«, stellte Elke fest. »Was man da alles Schönes dranhängen könnte!«

»Was denn?«, fragte Helga.

»Salzsäckchen, Pralinensäckchen, Blumenampeln … alles Mögliche«, erwiderte Elke gut gelaunt.

»Mädels, ich freue mich ja sehr, dass ihr schon an die Dekoration denkt, aber ich fürchte, vorher stehen noch andere Dinge an.« Hans durchschritt den Raum, klopfte gegen die Wände und Holzbalken, schüttelte den Kopf, nickte konzentriert. Helga ertappte sich dabei, wie sie mehr Augen für Hans als für den Raum hatte. »Hast du eine Idee, wo wir hier einen Wasserzugang finden könnten?«

Suchend sah Helga sich in dem Raum um. Dabei fiel ihr Blick auf einen alten Holzbottich, dem der Boden fehlte. Er lehnte an der hinteren Rückwand neben einer kleinen Tür, unter der sich selbst sie mit ihren 1,67 Meter vermutlich würde bücken müssen. Sie ging darauf zu und drückte die alte Stallklinke hinunter. Dahinter öffnete sich ein verwildertes Grundstück, das früher vielleicht der Auslauf für die Esel gewesen war. Heute war es der perfekte Ort für ein Sommercafé draußen. Sogar die große Linde, um die herum man Bänke platzieren konnte, schien nur darauf zu warten. Das musste sie gleich Hans und Elke erzählen. Dann aber sah sie sich weiter um und stieß einen begeisterten Juchzer aus.

»Ich hab ihn«, rief sie und postierte sich vor einer rostigen, ehemals wohl grün gestrichenen Handpumpe direkt neben der Tür. »Hier ist er!«, jubelte sie und stemmte stolz die Hände in die Hüften.

»Wow! Nicht schlecht«, meinte Hans und versuchte sofort, den etwa einen Meter langen Hebel zu betätigen, der jedoch lediglich ein paar Zentimeter nachgab. »Macht nichts. Die müssen wir sowieso abbauen, um an das Rohr zu kommen.«

Helga und Elke warfen sich vielsagende Blicke zu, die Hans jedoch richtig zu deuten schien. »Mädels, das Ding ist total verrostet. Das sieht wirklich nirgendwo gut aus.«

»Sagst du«, erwiderte Elke.

Hans stöhnte leise auf. »Ich weiß jetzt auch wieder, warum auf dem Bau nur Männer arbeiten.«

»Wegen der Kraft?«, fragte Helga, scheinbar ehrlich interessiert.

»Nein, weil die Häuser dann auch fertig werden und halten. Ihr würdet wahrscheinlich die Ziegelsteine erst mal bemalen, bevor ihr sie verbaut.«

»Abgesehen davon, dass es auf jeden Fall hübscher wäre, kannst du dir deine frauenfeindlichen Sprüche gern sonst wohin schieben«, erwiderte Elke giftig. »Gerade du solltest vielleicht nicht ganz so laute Töne spucken.«

Irritiert sah Helga von einem zum anderen. So scharf hatte sie Elke noch nie erlebt.

»Schon gut, schon gut«, lenkte Hans ein und kam dann wieder auf die nötigen Maßnahmen zu sprechen. »Problematischer ist eher die Leitung zu dieser Pumpe. Ich vermute mal, das ist ein Bleirohr.«

»Ist das schlimm?« Helga meinte sich zu erinnern, dass ihr Vater seinerzeit im Scherz behauptet hatte, das Klopfen in den Leitungen, wenn der Boiler zum Baden angemacht wurde, komme von den Mäusen, die von dem vielen Blei Bauchschmerzen bekamen und rauswollten.

»Schlimm ist relativ. Sie sind noch in sehr vielen alten Häusern verbaut, aber inzwischen gelten sie allgemein als gesundheitsschädlich. Ich weiß nicht, wie gut mir dein Kaffee noch schmecken würde, wenn ich wüsste, dass das Wasser dazu durch eine Bleileitung geflossen ist.«

»Oh«, machte Helga. Das hatte sie nicht gewusst.

»Aber die gute Nachricht ist, dass es einen Zu- und Abfluss gibt. Das Material ist da erst mal zweitrangig.« Hans ging wieder rein, während Elke und Helga draußen noch ein wenig die Abendsonne genossen.

»Denkst du, was ich denke?«, fragte Elke sie dann, als sie sich in das hohe Gras gesetzt hatte.

Helga spürte, wie sie rot wurde. »Was genau meinst du denn?«

»Na, was wohl? Dass sich dieses Haus total gut anfühlt und dass ich fest davon überzeugt bin, dass wir das alle zusammen mit ein wenig Geduld und Spucke zu einem wunderschönen Ort machen werden, an dem sich die Lüneburger gern erholen möchten.«

Erleichtert atmete Helga auf. »Ach das! Ja, das habe ich auch schon gedacht. Ich fühle es im Herzen, wenn man so will.« Helga vergrub ihre Hände tief in den Taschen und lehnte sich an die Hauswand. »Aber trotzdem, Elke, wir haben immer noch nicht über Geld gesprochen. Wir tun hier gerade so, als würden wir drei als gleichberechtigte Partner …«

»Helga«, unterbrach Elke sie sanft. »Habe ich dir nicht schon mehrfach gesagt, dass du dir darum wirklich keine Gedanken machen musst? Zumindest was die Sanierung dieses Gebäudes betrifft. In welcher Form du später hier einsteigst, können wir dann ja immer noch besprechen.«

Unbehaglich scharrte Helga mit ihrem Schuh im Gras. »Ja schon, aber ist dir klar, dass du möglicherweise dabei bist, mir einen Lebenstraum zu erfüllen?«

Nun schlug Elke die Augen auf und erhob sich langsam. »Und ist dir klar, dass es auch *mein* Lebenstraum ist, der sich – *möglicherweise* – hier gerade erfüllt?« Elke schüttelte sich ein paar Halme von ihrer knielangen, bunt gestreiften Strickjacke. »Komm, lass uns reingehen und hören, was Hans überhaupt zu dem Thema zu sagen hat. Einen ersten Überblick sollte er inzwischen haben.«

Nachdenklich und ein wenig erleichtert folgte Helga der Chocolatière. Vielleicht hatte sie recht.

* * *

»Und weißt du noch, wie Maman sich dann eine Rippe gebrochen hat, weil sie Bertrand im letzten Moment davon abgehalten hat, in den noch leeren Swimming Pool zu springen, und der dicke Bertrand voll auf sie draufgeknallt ist?«

Elke und Hans lachten Tränen bei den Anekdoten, die sie abwechselnd aus ihrer Zeit in Südfrankreich zum Besten gaben. Helga verstand nicht immer alles, weil sie die Leute nicht kannte, aber das meiste klang lustig und irgendwie ein bisschen – verrückt. Der Einzige, der in diesen Geschichten immer fehlte, war der Vater von Elke und Hans. Helga traute sich jedoch nicht, nach ihm zu fragen. Und was Helga auch auffiel, war der Wohlstand, der offenbar im Hause Fournier geherrscht hatte. Zumindest vermutete sie, dass man mit einem Swimming Pool im Garten, einem Gärtner und einer »Gouvernante« wohl auch in der Provence nicht ganz arm sein konnte.

Nachdem sie mit der Stallbesichtigung fertig gewesen waren, hatte Elke vorgeschlagen, noch eine Kleinigkeit essen zu gehen, und sie waren schließlich in dem rustikalen, von Helga eher selten besuchten, aber für seine krossen Hähnchen bekannten Lokal Zum Blauen Hahn gelandet. Ein Grund für diese Wahl war auch gewesen, dass Helga dort in ihrem Blaumann kaum auffiel, da die Gaststätte gern von Handwerkern oder Mitgliedern des örtlichen Sportvereins für ein Bier und einen Korn besucht wurde. Sie hätte sich sonst nämlich lieber noch umgezogen. Aber davon wollten Elke und Hans nichts wissen.

»Hast du auch Geschwister?«, fragte Hans dann und riss Helga so aus ihren Gedanken.

»Ich? Nein.« Die Frage hatte sie kalt erwischt, denn nun dachte sie an ihr eigenes Zuhause, das so wenig von dem Glanz hatte, von dem die beiden berichteten.

»Wie schade!«, sagte Hans.

»Sei froh«, meinte Elke und boxte ihren Bruder kameradschaftlich in die Seite. »Aber bevor wir nur noch in alten Anekdoten schwelgen: Was denkst du, Bruderherz, von dem Schuppen da heute?«

Hans strich sich die langen Haare hinters Ohr. »Ausbaufähig, würde ich sagen.«

Elke verdrehte die Augen. »Ich fand deine Wortwitze früher schon nicht komisch.«

Helga schon. Sie senkte den Kopf, weil sie so grinsen musste.

»Im Ernst«, fuhr Elke fort und sog den Duft ihres Hähnchens mit Pommes frites ein. »Was, meinst du, muss gemacht werden?«

Helga bereute bereits, dass sie sich für einen gemischten Salat entschieden hatte. Der Blattsalat war von der süßen weißen Tunke schon ganz pappig. Aber sie machte nun mal gerade Diät.

Hans beugte sich ein wenig nach vorn, und da er so groß war, wirkten die Stühle und der Tisch im Vergleich fast ein wenig zwergenhaft. »Auch wenn ihr es nicht glaubt: Sooo viel ist es gar nicht. Es sieht, wie so oft, schlimmer aus, als es ist.«

»Echt?«, fragte Elke und zog die knusprige Haut von der Hühnerbrust.

»Die Bleileitungen sollte man wenigstens bis zur Küche durch Kupferrohre ersetzen, denke ich. Und wenn ich mich nicht täusche, sind das Gebälk und auch die Ziegel noch ganz gut in Schuss. Das müsste man sauber verputzen, vielleicht von innen auch eine Schicht Dämmplatten davor bauen, zur Isolierung. Der Boden ist ja schon fertig. Den könnte man spachteln und mit Ausgleichsmasse begradigen. Damit wäre der Raum schon mal fertig.«

»Und die Decken?«, fragte Helga. Ihr hatte es gut gefallen, dass man bis unter den Giebel gucken konnte und es einige frei liegende Holzbalken gab. Sie konnte sich aber vorstellen, dass es ziemlich zugig werden würde, wenn man nicht auch das Dach dämmte.

Hans zeigte anerkennend mit dem Finger in ihre Richtung. »Sehr gute Frage. Das ist etwas aufwendiger. Am einfachsten wäre es, wenn man eine Zwischendecke einzöge …«

»Kommt nicht infrage«, sagte Elke sofort. »Hässlich. Nimmt die Atmosphäre.«

»Das habe ich mir schon gedacht«, erwiderte Hans nickend. »Dann bräuchte man hier auch eine Dämmstoffwand. Das Problem ist aber … Wie ich euch kenne, wollt ihr, dass man die Balken noch sieht, aber die Spalten dazwischen gedämmt sind, richtig?«

Elke nickte. »So ist es.«

»Das macht nicht nur mehr Arbeit, es ist auch schwerer zu bewerkstelligen, weil ihr nicht einfach mit Platten vorn abschließen könnt. Und wo bleiben die elektrischen Leitungen?« Gespannt sahen die beiden Hans an. »Eben, da müsste man sich etwas einfallen lassen. Denn die müssen überall neu gemacht werden. Das ist vielleicht der teuerste Posten. Neben …« Hans spießte nun zwei Pommes auf seine dreizackige Plastikgabel. »Neben der Inneneinrichtung. Die kostet am meisten. Aber das ist eure Baustelle. Da bin ich raus.«

Erwartungsvoll sah Helga nun von einem zum anderen. Wieder einmal war sie verblüfft, wie aus einem windschiefen, verdreckten alten Schuppen in Gedanken so schnell ein schickes, gemütliches Café werden konnte. Offenbar war es gar nicht so überwältigend viel. Zumindest wirkten die Geschwister nicht im Geringsten beunruhigt.

»Okay«, sagte Elke. »Darum kümmern wir uns später. Beziehungsweise da würde ich dich bitten, Helga, mal herauszufinden, wo wir so etwas wie einen Schanktresen herbekommen, Tische, Stühle …«

Helga ließ den Blick durch die Gaststätte schweifen, betrachtete den massigen, lackierten Holztresen, überlegte einen Moment und sagte dann: »Ich könnte mir vorstellen, dass es günstiger und vor allem viel schöner wäre, einen Tresen nach unseren Entwürfen tischlern zu lassen. Handwerker gibt es hier im Umkreis ja genug. Und wenn ich mir so ein klobiges Ding in unserer ›Salüne‹ vorstelle …« Sie zeigte auf den Tresen und schüttelte energisch den Kopf. »In Bad Segeberg gibt es ein recht großes Möbelhaus, in dem wir mit Glück schöne Stühle und Tische finden. Das ist jedenfalls machbar und wäre auch nicht so weit. Das kann ich gern übernehmen. Vielleicht verschicken die sogar Kataloge.«

»Gute Idee«, stimmte Elke ihr zu. »Dann übernimm das doch. Einen Tischler kennst vielleicht du, Hans, oder?«

»Da muss ich passen. Ich habe zwar in Rosche einen, aber der hat bei mir noch eine Weile zu tun. Dennoch: Bis auf ein paar Kleinigkeiten klingt das doch alles schon sehr gut!«

»Bliebe einzig die Frage, wann wir anfangen können.«

»Du meinst, ich?« Hans gab seiner Schwester einen Nasenstüber, was Helga süß fand. »Also, ich lass für euch zwei Grazien jetzt nicht alles stehen und liegen, aber wir können ja abschnittsweise vorgehen: Entrümpeln, das macht ihr. Ich kümmere mich nächste Woche um den Boden, dann Elektrik und Wasser, WC-Anschlüsse, da brauche ich auf jeden Fall auch einen Klempner, und am Ende widme ich mich dann den Decken und Wänden. Immer so häppchenweise.« Hans sah auf die Uhr, als ob dort ein Datum stünde. »Wenn alles gut läuft, könnt ihr im Juni eröffnen.«

»Im Juni?« Helga hatte das so laut ausgerufen, dass ein paar der Gäste ihre Köpfe zu ihnen umdrehten. »O mein Gott! Das wäre ja der absolute Wahnsinn.« Und überwältigt von dem Gefühlsschwall, der sie überkam, legte sie Hans beide Arme um den Hals und drückte ihn kräftig an sich. Im gleichen Tempo ließ sie mit hochrotem Kopf auch wieder von ihm ab, obwohl sie seinen Duft gern noch länger in sich aufgesaugt hätte. »Das wäre wirklich unfassbar genial!«

Elke legte ihre rechte Hand mitten auf den Tisch. »Sind wir also im Geschäft?«, fragte sie und wartete darauf, dass Hans seine auf ihre legte.

»Sind wir«, sagte er.

Helga tat es ihnen gleich und rief: »Unbedingt!«, worauf Elke ihre zweite Hand obendrauf deponierte. Dann wieder

Hans, dann Helga, bis sie begannen, die Hände erst langsam, dann schnell, wegzuziehen und wieder oben auf den Stapel zu legen, bis sie nur noch durch die Luft wirbelten. Helga wollte sich schlapp lachen. Wie lange hatte sie dieses Spiel aus Kindertagen nicht mehr gespielt?

»Wunderbar!«, rief Elke zum Schluss aus. »Hans ist der Mann fürs Grobe. Helga kümmert sich um die schönen Dinge. Und ich bin die Finanzministerin. Sobald ihr also in etwa wisst, was die Dinge so kosten, gebt ihr das an mich weiter, okay?« Sie wandte sich nun direkt an Helga. »Okay?«

Helga schluckte und nickte nur. Noch einmal würde sie nicht nachbohren.

Eine gute Stunde später verließen die drei die Gastwirtschaft, und Helga machte sich beschwingt und trotz ihres Magenknurrens bester Dinge auf den Heimweg. Es war kurz nach neun, und sie fragte sich, wie es Eva jetzt wohl ging. Was das Wiedersehen mit Ulrich in ihr ausgelöst hatte, ob er ihnen wirklich helfen konnte bei ihren Problemen. Und wollte. Doch wenn sie ehrlich war, konnte sie diese Gedanken kaum festhalten. Andauernd schoben sich Bilder von ihrem Café Salüne dazwischen, wie es schon bald hell und freundlich erstrahlen würde, wie sie Bilder für die Wände aussuchen und die Tische hübsch gruppieren würde. Merkwürdigerweise schlich sich auch Hans andauernd in ihre Fantasien. Er bohrte ihr lachend Löcher in die Wand oder montierte die alten Eisen aus der Schmiede. Sie hätte ihn ja gern vertrieben, aber irgendwie ging das nicht. Er blieb einfach. Und das war das Einzige, was Helgas Herz hüpfen ließ und gleichzeitig beschwerte, denn wenn sie eins in ihrem Leben wirklich gelernt hatte, dann, dass eine Helga Lackner kein Abonnement auf das Glück in der Liebe hatte. Bisher zumindest hatten ihre Augen immer bei den Falschen gefunkelt. Und das würde bei Hans – einem Witwer noch dazu – nicht anders sein.

10.

Eva hatte mit Lothar verabredet, um sieben ins Hotel Wellenkamp zu kommen. Ihr Mann hatte sich einen Tag freigenommen, um sich in Hitzacker an der Elbe mit Ulrich zu treffen und erst mal unbeobachtet und in Ruhe reden zu können. In Lüneburg verbreiteten sich Gerüchte schnell.

Seit sechs war Eva zu Hause mehr oder minder im Kreis gelaufen, um ihrer Nervosität irgendwie Herr zu werden. Vom Wohnzimmer räumte sie die Zeitung in die Küche, stellte Teller in die Spüle, ohne sie abzuwaschen, brachte die Zeitung zurück ins Wohnzimmer, ging hoch ins Bad, um ihre Frisur zu prüfen und noch einen Tropfen Parfum aufzutragen, wieder hinunter, um nachzusehen, ob ihr Vater sein Glas Wasser in Reichweite hatte. Karla war noch nicht zu Hause, und Eva hoffte, dass sie sich nicht weiter mit ihrem Erzfeind traf. Darüber gesprochen hatten sie seit dem Vorfall im Kurpark nicht. Um ehrlich zu sein, hatten sie ohnehin nur das Nötigste besprochen. Dann sortierte sie die Jacken und Mäntel der Flurgarderobe, brachte zwei Winterjacken hoch in ihren Schlafzimmerschrank, gab Sabine einen Kuss, auf die Jadwiga – ihre treue Zugehfrau, die sie jetzt schon seit ein paar Jahren beschäftigte – an diesem Abend aufpassen würde. So ging das weiter, bis Eva sicher sein konnte, dass sie die geplanten zehn Minuten zu spät im Hotel eintreffen würde. Ihr schien es leichter, zu den beiden Männern zu stoßen, wenn diese bereits an ihrem Tisch saßen. Und so betrat Eva das Hotel um 19.10 Uhr mit klopfendem Herzen, trockener Kehle und ganz sicher ein paar hektischen roten Flecken am Hals, die sie vorsichtshalber mit einem Seidenschal zu überdecken versuchte. Ein Kellner führte sie zum Tisch und Eva brauchte keine Millisekunde, um Ulrich, der ihr zum Glück den Rücken zugedreht hatte, zu erkennen. Woran es lag, konnte sie gar nicht genau sagen, denn seine Schultern schienen breiter als vor sechs Jahren, und seine brünetten, leicht gewellten Haare waren nun auch nicht so außergewöhnlich, dass sie besonders hervorstachen. Es war einfach seine Aura, seine Präsenz, seine Ausstrahlung, sein ganzes Wesen, das Eva so oft und über so viele Jahre in sich aufgesaugt hatte, das sie umfangen und sich um sie gelegt hatte wie ein Schild, die sie sofort wahrnahm. Vermutlich hätte sie ihn selbst im schlimmsten Gedränge am Berliner Bahnhof Zoo sofort herausgespürt. Sie legte sich eine Hand auf die Brust und blieb kurz stehen.

»Ist alles in Ordnung?«, fragte der Kellner besorgt.

Jetzt nur nicht für Aufsehen sorgen, sagte sie sich. »Ja, mir geht es gut, vielen Dank.« Mit kleinen Schritten näherte sie sich dem Tisch, während ihr Bilder im Zeitraffer durch den Kopf wirbelten: Sie, eng an Ulrich geschmiegt, auf dem Kurfürstendamm. Ulrich und sie im Gras der Elbtalauen, wie er sie mit einem Halm kitzelte. Ulrich und sie an einem See im Wendland, wie sie den Zug der Kraniche beobachteten. Ulrich, der zornig und mit geballten Fäusten auf sie einredete, dass sie in Lüneburg keine Zukunft hätten. Ulrich, der sich resigniert und mit gebücktem Gang von ihr abwandte. Ulrich, der heute mit dem Rücken zu ihr in einem sandfarbenen Jackett mit roten Streifen vor ihr saß und den sie soeben auflachen hörte. Satt, dunkel, frei.

Eva überlegte kurz, ob sie direkt wieder umdrehen sollte, doch da hatte Lothar sie bereits entdeckt, winkte ihr, erhob sich, und genau in dem Moment wandte auch Ulrich sich zu ihr um, das Lachen noch im Gesicht, das sich augenblicklich in etwas anderes verwandelte. War es Schmerz?

Eva ging auf die beiden zu, ließ sich von ihrem Mann kurz in den Arm nehmen und flüchtig auf die Wange küssen. Dann wandte sie sich Ulrich zu. Sie wollte ihm die Hand entgegenstrecken, doch es gelang ihr nicht. Stattdessen sah sie in seine tiefblauen Augen, deren Iriden von dunklen Fäden durchzogen waren. Sabines Augen, dachte sie und spürte, wie ihre Knie nachzugeben drohten. Dass sie so ähnlich waren, hatte sie nicht in Erinnerung gehabt. Nur sein Blick war anders, tief, ruhig, unergründlich. »Hallo, Eva«, sagte er, und die Luft schien wie elektrisiert. Eva wagte es nicht, zu Lothar zu schauen. Unmöglich, dass er diese Aufladung nicht ebenfalls spürte.

»Hallo, Ulrich«, erwiderte sie rau. Keine Berührung, keine Geste. »Hattest du eine gute Anreise?«

»Eine gute Anreise und bereits beste Gesellschaft«, erwiderte er und klopfte seinem Cousin, der immer mehr ein Bruder gewesen war, kameradschaftlich auf die Schulter.

»Ich danke dir, dass du gekommen bist«, brachte Eva mühsam heraus und erntete wieder nur einen tiefgründigen Blick.

»Gut, dann lasst uns Platz nehmen und in die Karte schauen. Ich weiß nicht, wie es euch geht, aber ich habe einen Mordshunger«, meinte Lothar und rückte Eva den Stuhl hin, damit sie sich setzen konnte.

»Danke«, sagte Eva und zog den Stuhl selbst zu sich heran, ein wenig zu energisch vielleicht.

Nachdem alle drei schweigend in der Karte geblättert, von der Kellnerin die Menüempfehlung angehört und schließlich auch die Bestellung aufgegeben hatten, war es Ulrich, der als

Erster das Wort ergriff. »Ich denke, ich mache vielleicht den Anfang«, sagte er. »Schließlich war ich es, der gegangen ist, und auch ich, der nun wieder hier am Tisch sitzt.« Er sah sich kurz um. »Viel verändert hat sich ja nicht«, stellte er lächelnd fest.

Du dich schon, dachte Eva, behielt das jedoch für sich. Ulrich wirkte viel ruhiger, gereifter als vor sechs Jahren. Diese impulsive Rastlosigkeit schien zumindest im Moment wie weggeblasen. Was er wohl erlebt hatte? Und ob es schon eine Frau Wolf gab? Eva vermied es, den Blick zu heben.

»Lothar hat mir erzählt, worum es geht, und mir auch schon einige Details erläutert. Und dafür bin ich gekommen. Ich bin gekommen, um euch zu helfen, weil ihr mich darum gebeten habt …« Er machte eine kurze Pause. »Und das tue ich gern. Die Vergangenheit hat mit all dem nichts zu tun – und ich wünsche mir, dass es auch so bleibt. Sind wir uns da einig?«

Eva nickte stumm. Mit Lothar hatte er offenbar vorher schon zu dem Thema gesprochen.

Die Bedienung kam und zeigte Ulrich die bestellte Flasche Weißwein, der jedoch auf seinen Cousin verwies, um ihn probieren zu lassen. Der nickte und die Bedienung schenkte ihnen ein.

»Guter Tropfen«, lobte Ulrich, nachdem sie angestoßen hatten. »Was genau ist das für einer?«

»Wiltinger Braunfels Auslese«, erwiderte Lothar. »61er Jahrgang. Einer der besten, die du im Moment aus Deutschland bekommen kannst.«

Ulrich nickte anerkennend. »Um es kurz zu machen«, sagte er dann, an Eva gewandt. »Was deinen Kredit angeht, da würde ich mir nicht die größten Sorgen machen. Dein Mann hat zwar recht: Ihr könnt Ansorge nicht zwingen, euch das Geld weiter zu leihen, aber ich denke, dass, sobald ich einen anwaltlichen Brief an das Bankhaus schicke und freundlich nachfrage, mit welcher Begründung das Darlehen nicht verlängert werden soll, was doch ein Unding wäre angesichts des Schadens, den die Stadt und damit womöglich auch die Bank nehmen könnten, wenn bekannt würde, dass sie so ein Wahrzeichen Lüneburgs wie die Saline in den Bankrott treibt, sich das alles in Wohlgefallen auflösen wird.«

Ulrichs Blick ruhte auf Eva, die sich kaum rühren konnte. »Das klingt doch erst mal gut«, sagte sie leise.

»Ja, genau. Und sollten sie sich doch zu sehr zieren, was ich nicht vermute …« Ulrich wirkte, als wollte er noch etwas sagen, ließ es aber. »Jedenfalls gibt es auch noch andere Bankhäuser, etwa die Kreditanstalt für Wiederaufbau, die, wie der Name schon sagt, nach dem Krieg vom Bund gegründet wurde, um die Wirtschaft Deutschlands wieder anzukurbeln und unter anderem auch den Mittelstand zu fördern.«

Fragend sah Eva zu Lothar, der mit den Achseln zuckte. *Wieso war ihr Mann nicht daraufgekommen?* »Ich kenne die Bank natürlich, war aber der Meinung, dass sie eher infrastrukturelle Investitionen unterstützt oder den Wohnungsbau. Dass es auch eine Nische für bestehende Unternehmen gibt, war mir so nicht bewusst. Das hat Ulrich mir heute erläutert«, erklärte Lothar.

»Ich vermute aber, nach dem, was Lothar mir von der KosmoPharm erzählt hat, steckt da wirklich etwas anderes dahinter. Und darüber solltest du dir mehr Sorgen machen. Um das rauszufinden, muss ich jedoch ein bisschen recherchieren. Das dauert.«

Das Essen kam. Eva hatte eine Kartoffelsuppe mit Lachsstreifen bestellt. Lothar und Ulrich hatten sich für Leberpastete im Teigmantel entschieden.

»Was genau meinst du mit: Da steckt etwas anderes dahinter?« So langsam kehrte Evas Stimme zurück. Auch wurden ihre Hände wieder warm.

Ulrich drückte sich mit der Gabel ein Stück von der Pastete ab und schob sie sich in den Mund. »Na, das, was du auch schon vermutet hast. Von Seefeldt, denke ich. Ansorge hat keinen Grund, die Kredite nicht zu verlängern, jedenfalls keinen triftigen. Und dass Kettler plötzlich ein so unfassbar gutes Angebot bekommt, dass er eure Zusammenarbeit einfach drangibt, ist auch nicht wirklich … sagen wir mal ›sauber‹. Die Kali und Salz muss ein Angebot gemacht haben, über das hinter den Kulissen gesprochen wurde …«

»Ein Komplott?«

Ulrich lachte auf und nahm einen Schluck von seinem Wein. »Wirklich gut«, sagte er in Lothars Richtung. »Ein Komplott ist jetzt vielleicht doch ein zu hoch gehängter Begriff, aber zumindest denke ich, dass eine ›feindliche Absicht‹ hinter dem Ganzen steckt und von Seefeldt die Leute, die er braucht, einfach mit dem lockt, was ihnen gefällt: Einfluss, Geld, Macht. Wie immer eigentlich …«

Eva schob ihren Teller zur Seite. Sie würde gleich noch Ente à l'Orange bekommen, und die Unterhaltung schlug ihr auf den Magen.

»Aber wenn dem so ist«, sagte sie dann, »wie will man ihm Einhalt gebieten? Es ist ja nicht kriminell, was er da treibt; es ist unfein, aber nicht kriminell.«

»Das stimmt.« Ulrich nahm eine Serviette und tupfte sich den Mund ab. »Es sei denn, man kann ihm kriminelle Machenschaften nachweisen. Beziehungsweise nicht mit dem Grundgesetz vereinbare Absichten.«

Verwirrt sah Eva von Ulrich zu Lothar, der bereits süffisant vor sich hinlächelte. Offenbar wusste er schon, worauf sein Cousin hinauswollte. »Was meinst du?«

»Deine kluge Freundin Helga hat dir doch von dem Gutachten erzählt, oder?«

Eva nickte mit gerunzelter Stirn.

»Das brauchen wir. Denn wenn es so ist, wie ich vermute, könnte man behaupten, die Art und Weise, wie von Seefeldt das in Auftrag gegeben und dem Oberstadtdirektor – und mit Sicherheit nicht nur ihm allein – zugespielt hat, komme einer Bestechung gleich, oder anders formuliert, ist darauf ausgerichtet, die freiheitlich demokratische Grundordnung nach Artikel 21, Absatz 3 Grundgesetz zu unterwandern.«

Nun schüttelte Eva den Kopf. *Diese* Art, das ein wenig triumphierend Besserwisserische, hatte Ulrich wohl also nicht ganz abgelegt. »Findest du es nicht ein wenig überzogen, wegen eines geologischen Gutachtens die freiheitliche Grundordnung bedroht zu sehen?«

Nun lachte Ulrich auf. »Ja, verzeih. Das war mal wieder neunmalklug und wohl auch Kauderwelsch. In Wirklichkeit ist es aber so, dass derzeit heftig diskutiert wird, ob es nicht ein neues Parteiengesetz bräuchte, das den Umgang mit Spendengeldern und sonstigen materiellen oder immateriellen Zuwendungen regelt. Auch unsere Kanzlei ist in die Ausschussarbeit der Sozialdemokraten zu diesem Thema eingebunden. Das ist also ein ziemlich heißes Eisen. Und wenn sich herausstellt, dass von Seefeldt wirklich so dumm war, was ich unterstelle, dass er dieses Gutachten zusammen mit dem Angebot der Erdreichstabilisierung den politischen Parteien und anderen einflussreichen Männern in Lüneburg zugespielt hat, dann kommt das einer nicht zweckfreien ›Spende‹ schon sehr nah. Spannend wäre auch zu wissen, ob er einen Schuldigen benennt, der für den sinkenden Grundwasserspiegel verantwortlich sein könnte.«

»Die Saline«, sagte Eva und wurde blass.

»Ganz genau. Aber das ist schon fast zweitrangig. Wichtig ist: Wir brauchen das Gutachten. Und wichtig ist ferner: Wir müssen wissen, wer das alles bekommen hat.« Aufmerksam sah Ulrich in die Runde. Er war es gewohnt, vor Publikum zu sprechen. Das merkte man deutlich. Aber im Gegensatz zu früher hatte Eva nicht mehr das Gefühl, dass er glänzen wollte, dass er so gern redete, um Applaus zu ernten. Im Moment schaute er die beiden wirklich prüfend an, um herauszufinden, ob sie ihm folgen konnten, ob sie einverstanden waren.

Nun ergriff Lothar das Wort. »Ulrich und ich hatten ja heute schon mehr Zeit, den Sachverhalt in alle Richtungen zu beleuchten. Nicht dass du dich überrumpelt fühlst«, sagte er fast entschuldigend. »Es wäre also gut, wenn es dir über Helga gelingen würde, irgendwie an das Gutachten heranzukommen. Ulrich und ich strecken unsererseits die Fühler aus, um zu erfahren, auf welchen Tischen das überall liegt.«

»Sekunde, wie meinst du das: über Helga an das Gutachten rankommen?«, fragte Eva aufgebracht. »Ich kann meine beste Freundin doch nicht dazu anstiften, in das Büro des Oberstadtdirektors einzubrechen und ein Dokument zu stehlen?«

»Nein«, beschwichtigte Lothar sie sofort. »Das sollst du natürlich nicht.«

»Na ja, aber so ähnlich ja schon«, widersprach Ulrich und spitzte die Lippen, wobei seine blauen Augen lachten. Er schien das für das Selbstverständlichste der Welt zu halten.

»Ach, und wie, bitte, soll sie das anstellen?«

Ulrich zuckte mit den Schultern. »Ich habe keine Ahnung.« Dann legte er eine Hand auf Evas Unterarm, die diesen daraufhin sofort zurückzog. »Entschuldige«, sagte er und wurde rot, aber da hatte Eva den elektrischen Impuls bereits gespürt, der nun durch ihren ganzen Körper jagte. »Ich wollte sagen: Wenn es unmöglich scheint oder zu gefährlich, finden wir sicher auch andere Wege. Es wäre nur wirklich ziemlich praktisch, denn ich glaube nicht, dass Siemers es dreifach gesichert in einem Safe verschlossen hat.«

Eva nickte. »In Ordnung. Ich versuche es.«

In dem Moment kam die Bedienung mit dem Hauptgang. Sie aßen eine Weile schweigend, und als die Teller wieder abgeräumt wurden, nutzte Lothar die Gelegenheit, um sich kurz zu entschuldigen. Damit trat eine Situation ein, die Eva strikt hatte vermeiden wollen. Ganz sicher hatte sie keine Lust, auch nur dreißig Sekunden mit Ulrich allein zu sein. Sie legte die Serviette zur Seite und wollte ebenfalls aufstehen, als Ulrich sie zurückhielt.

»Bleib, bitte«, sagte er leise. »Ich möchte einmal aus deinem Mund hören, dass es dir gut geht.« Eindringlich sah er sie an.

Sofort spürte Eva den Impuls, sich in Ulrichs Arme gleiten zu lassen, einfach nur mit dem Kopf an seiner Brust zu liegen und sein Herz schlagen zu hören. Sie hatte dieses Gefühl nicht vermisst in den letzten sechs Jahren, wirklich nicht. Aber jetzt, da sie erstmals wieder so nah bei ihm saß, war es sofort zurück. »Es geht mir gut, danke«, antwortete sie leicht stockend. »Ich hoffe, dir auch.«

»Du hast abgenommen.«

Ulrich ließ sie nicht vom Haken. Er wollte eine ehrliche Antwort. Aber war das denn nicht ehrlich? Sie hatte doch all die Zeit nichts auszustehen gehabt, hatte sich wohlgefühlt an Lothars Seite. Vielleicht war das der Punkt: *wohlgefühlt.* »Du bist eher mehr geworden«, sagte sie und lachte leise. »Treibst du Sport?«

»Ja, tatsächlich habe ich vor drei Jahren noch als Student angefangen zu rudern. Das macht mir Spaß und hat, wie man sieht, einen positiven Effekt.« Dann fügte er hinzu: »Ich habe gehört, du hast eine kleine Tochter.«

Eva schluckte und sah abwechselnd von Ulrich zum Tisch und wieder zu Ulrich. Lag da Wissen in seinem Blick? Oder ein Verdacht? Doch Eva konnte nichts dergleichen erkennen. »Ja, sie ist vier«, erwiderte sie hastig. Das klang bedeutend unverfänglicher, als wenn sie gesagt hätte, dass sie genau in zwei Wochen ihren fünften Geburtstag feierte. »Hast du auch Kinder?«

Ulrich schüttelte nachdenklich den Kopf. »Nein.« Et atmete tief durch. »Ich habe mich wohl erst mal auf meinen Beruf konzentriert. Da wäre ich ohnehin kein guter Vater.«

Es brannte Eva auf der Zunge zu fragen, ob es denn auch eine Frau an seiner Seite gebe, vielleicht eine dieser emanzipierten Frauen, die ebenfalls Jura studiert hatten. Zum Glück aber konnte sie es sich verkneifen, und in dem Moment kam Lothar zurück an den Tisch. Allerdings reichte die Zeit noch, dass Ulrich Eva einen winzig kleinen Zettel in die Handfläche schob.

»Ich sehe, wir sind bereits beim Nachtisch angekommen«, stellte Lothar fest und ließ sich nieder. Es gab ein Vanilleparfait mit heißen Himbeeren und einem Hauch Bitterschokolade darüber.

»Zum Dahinschmelzen«, sagte Ulrich, und Eva war nicht sicher, ob er das Eis meinte oder etwas anderes.

11.

Helga konnte gar nicht aufhören, den Kopf zu schütteln. Hastig trippelte sie in ihren senfgelben Halbschuhen mit weißer Lederschleife in Richtung des Rathauses. Die Stadt war um diese Zeit noch wie leer gefegt. Und an diesem Maifeiertag sowieso. Auf was für eine wahnsinnige Sache hatte sie sich da nur eingelassen? Helga fühlte sich jetzt schon wie eine Einbrecherin, sah sich hinter Gittern bei Brot und Wasser, während Eva ihr vorwurfsvolle Blicke durch die Besucherscheibe zuwarf. Nein, sie sollte das Gutachten nicht *stehlen*. »Nur« finden und kopieren. Das Rathaus war in ganz Lüneburg vermutlich die einzige Institution, die überhaupt schon so ein neumodisches, lautes und stinkendes Xerox-Gerät hatte.

Sie hatte Siemers am Vortag gesagt, dass sie gern die Ablage machen würde, was er mit einem halb anerkennenden, halb mitleidigen Kopfnicken zur Kenntnis genommen hatte. Sie hoffte nur, dass er nicht auch eine Sonderschicht einlegen wollte. Sie meinte aber mitbekommen zu haben, dass er einen Ausflug an die Ostsee geplant hatte.

Vollkommen unpassend zu den schicken Schuhen hatte Helga erneut ihren Blaumann an. Auf kuriose Weise fühlte sie sich wohl in diesem Arbeitsanzug und – ein Grinsen huschte über ihr Gesicht – wenn diese Tortur mit dem Gutachten erledigt war, würde sie am frühen Nachmittag Hans im Eselstall treffen, um mit ihm zusammen ein wenig auszumisten. Ihre nächste Anschaffung mussten Arbeitsschuhe sein. Dringend.

Am Rathaus angekommen, nickte sie dem Sicherheitsmann, Herr Clausen, zu, der sie ohne weitere Nachfrage einließ. Man kannte sich. Mit klopfendem Herzen stieg sie so selbstverständlich wie möglich hinauf in den ersten Stock und öffnete ihr Büro. Aus der obersten Schublade ihres Schreibtisches holte sie den Schlüssel zu Siemers' Büro, der ihr gleich zweimal aus der Hand fiel, weil ihre Finger so schwitzig waren, und ging damit zur Bürotür des Oberstadtdirektors. Sie steckte den Schlüssel in das Schloss und lauschte in die Stille. Nichts zu hören. Vorsichtig drehte sie ihn herum und drückte leise die Klinke herunter, erstaunt darüber, wie laut Geräusche sein konnten, wenn man etwas Verbotenes tat. Mit dem Ärmel ihres Anzuges wischte Helga sich über die Stirn. So warm war es gar nicht, aber ihr schlechtes Gewissen heizte ihr ordentlich ein. Andererseits, so redete sie sich ein, war dieses Gutachten ja nun auch kein Bauplan für eine Atombombe, sondern eher ein Wissen, das im Grunde jedem Lüneburger zustand. Hätte sie es anders gesehen, hätte sie Eva den Gefallen vielleicht auch nicht getan.

Eva. Viel gesprochen hatten sie nicht, als sie sich gestern Mittag kurz getroffen hatten. Zumindest nicht über *ihn*. Dass Eva die Begegnung jedoch komplett ausgespart hatte, sagte auch schon einiges. Doch Ulrich war ja wohl noch ein paar Tage in der Stadt, und sie würden noch früh genug Gelegenheit haben, sich auszutauschen. Dafür aber hatte Eva sich sichtbar über den groben Fahrplan zum Ausbau des Eselstalls gefreut. Und Helga konnte ihr gar nicht dankbar genug sein, dass sie sie so gewähren ließ. Immerhin war es ja Evas Grund und Boden. Aber es stimmte, was die Freundin im Brustton der Überzeugung gesagt hatte: »Ohne euch würde das Gebäude weiter verfallen. Was soll ich also dagegen haben? Außerdem habe ich dich vielleicht schon bald in meiner Nähe. Gibt es eine herrlichere Aussicht?«

Auf Zehenspitzen schlich Helga langsam näher an Siemers' gewaltigen Schreibtisch heran. Oft genug hatte sie schon davorgesessen und ein Diktat aufgenommen oder die Termine des Tages mit dem Oberstadtdirektor durchgesprochen. Dahinter aber war sie noch nie gewesen. Sie betrachtete die lederne Schreibunterlage, die längliche Schale aus schwarzem Perlmutt mit dem Brieföffner aus Messing und dem Briefbeschwerer daneben. Ein gerahmtes Foto der Familie, Siemers mit Frau und den beiden Töchtern, durfte natürlich auch nicht fehlen. Ganz rechts stand ein dreigeschossiges, gut gefülltes Ablagekörbchen. Vorsichtig, als könnte sich darin eine Mausefalle verbergen, zog Helga die einzelnen Stapel ein Stück nach vorn und blätterte sie einzeln durch. Eva hatte gesagt, sie solle nach einem Dokument suchen, das mindestens fünfzehn Seiten stark sei. Das, was in den Körben lag, waren aber eher alles einzelne Blätter oder Drucksachen: Wahlprogramme der CDU, mehrere Amtsblätter mit neuen Gesetzen, Ausschusssitzungsprotokolle, Einladungen. Kein ganzer Bericht in diesem Sinne. Womöglich hatte er das Gutachten sogar mit nach Hause genommen.

Alles in Helga sträubte sich, nun auch die Schubladen zu öffnen, aber daran führte wohl kein Weg vorbei. Sie versuchte, die oberste aufzuziehen, die natürlich verschlossen war. Ihr Blick suchte den Schreibtisch ab. Zum Glück lag in der Schale ein Schlüssel, den sie leise in das Schloss steckte. Gut! Er passte. Erneut lauschte sie, ob sie irgendwelche Geräusche vernahm, aber es war immer noch alles still. Durch die geschlossenen Fenster drang noch nicht einmal Vogelgezwitscher oder das Brummen der Busse. In der ersten Schublade war nichts außer ein paar privaten Dingen, ein Taschentuch, ein Opernglas, ein Nagelknipser. Helga war es so peinlich, in diesen intimen Bereich einzudringen, dass sie rot wurde. Schnell machte sie die Lade zu und die darunter auf. Sie glaubte ihren Augen nicht zu trauen, als sie das Deckblatt sah:

»Hydrogeologisches Gutachten zur Bodenbeschaffenheit und dem Grundwasserspiegel der Stadt Lüneburg, Niedersachsen«

Dr. Friedrich Beinlich & Partner

Hannover, März 1964

Mit spitzen Fingern nahm sie das Dokument, das an den Lochungen mit einer roten Kordel zusammengebunden war, aus der Schublade. Sie schob es schnell in eine Aktenmappe aus grüner Pappe und machte sich schleunigst auf den Weg zu diesem Monsterkopiergerät, das zum Glück zwei Zimmer weiter in einem kleinen Abstellraum stand. Hoffentlich funktionierte das jetzt auch und produzierte nicht wieder einen Papierstau oder so etwas. Das war ihrer Kollegin aus der Buchhaltung nämlich neulich passiert. Sie schaltete das Gerät an, wartete, bis das grüne Licht leuchtete, entkordelte die Strippe und legte dann, Blatt für Blatt, jede einzelne Seite mit dem Druck nach unten auf die Glasfläche. Dann drückte sie »Start«. Das Ganze wiederholte sie ohne Probleme dreiundzwanzig Mal.

Helga schüttelte auf der Ablage gerade die einzelnen Blätter zurecht, als ihr jemand auf die Schulter tippte. Mit einem spitzen Aufschrei drehte sie sich um, den Stapel eng an ihren Körper gepresst, und sah in das gutmütig lächelnde Gesicht von Herrn Clausen, dem Sicherheitsbeamten.

»'tschuldigung, Fräulein Lackner, ich wollte sie nicht erschrecken«, sagte er und hielt ihr einen Thermosbecher mit Kaffee hin. »Ich dachte nur, wenn Sie schon am Feiertag schuften müssen, tut ein Schluck davon vielleicht gut.«

»Oh … ja … also …«, stammelte Helga, der das Herz bis zum Hals schlug. Sie war sich sicher, man konnte es direkt sehen. »Wie lieb von Ihnen«, sagte sie dann und war wirklich gerührt, was ihre Schuldgefühle jedoch nur vergrößerte. Der arme Mann meinte es gut mit ihr, dabei hinterging sie soeben ihren gemeinsamen Chef. Sie nahm ihm mit der freien Hand den Becher ab. »Mit Milch und Zucker«, sagte Clausen. »Wie Sie es mögen, glaube ich«, fügte er fast verlegen hinzu.

Dass er sich das gemerkt hatte, dachte Helga. Über den Rand des Plastikbechers hinweg beäugte sie ihn aus dem Augenwinkel. Mit einem Lächeln beobachtete er zufrieden, wie sie einen Schluck nahm. Hatte sie in den vergangenen Jahren irgendwas verpasst, was Herrn Clausen anging? Sie wusste nicht viel über ihn, schätzte ihn auf Anfang vierzig und kannte ihn als ruhigen, eher schüchternen, unauffälligen Menschen. »Der ist gut, vielen Dank«, sagte Helga und gab ihm den noch halb vollen Becher zurück. »Aber ich muss mich jetzt beeilen. Meine Mutter wartet«, erklärte sie und wusste in dem Moment selbst nicht, warum sie zu dieser Lüge griff. Vielleicht, weil alles andere zu kompliziert gewesen wäre und Fragen aufgeworfen hätte, die Helga lieber nicht beantworten wollte.

»Na dann, Fräulein Lackner, einen schönen 1. Mai noch. Bis morgen.«

»Ja, bis morgen.«

Zurück in ihrem Büro öffnete Helga sofort den Reißverschluss ihres Overalls und fächelte sich Luft zu. Erst die Schnüffelei im Büro ihres Chefs und dann auch noch Herr Clausen. Eilig steckte sie die Kopien in ihren mitgebrachten Einkaufsbeutel, vergewisserte sich, dass niemand mehr auf dem Flur war, und ging dann schnell zurück in Siemers' Büro, um das Gutachten wieder zu verschnüren und an seinen Platz zu legen. Noch einmal sah sie sich prüfend um, ob sie auch nichts zurückgelassen hatte, und verschloss dann die Tür von außen. *Uff! Das war dann wohl geschafft.*

Nachdem sie das Dokument, das sie unterwegs wie eine Briefbombe oder einen giftigen Lappen möglichst weit von sich gehalten und mit den Worten »Hier hast du, und ich will damit nichts mehr zu tun haben!« direkt bei der wartenden Eva in der

Saline abgegeben hatte, die es sprachlos entgegennahm, eilte sie weiter die paar Meter zum Eselstall, holte sich den Bottich ohne Boden vor die Tür und ließ sich auf den Rand sinken. Für ihren Geschmack war das wirklich zu viel Aufregung, und jetzt musste sie sich erst mal erholen. Ein Blick auf die Armbanduhr verriet ihr, dass sie noch zu früh dran war. Also konnte sie eine halbe Stunde die Augen zumachen und ein wenig das schöne Wetter genießen. Die kühle Aprilluft hatte sich vollständig verzogen. Jetzt wärmte die mittägliche Maisonne sie mit allem, was ihr zur Verfügung stand. Helga lehnte sich an die Hauswand und döste wohlig vor sich hin. Sie versank in eine Art Halbschlaf, in dem dürre schwarze Hände aus dem Höllenschlund nach ihr griffen und mit ihren langen Fingern brennende Papiere schnappen wollten, die sie in den Händen hielt und bis aufs Blut verteidigte. Eine der Hände war aber sehr energisch, kam näher als die anderen, griff nach ihr, zerrte an ihrem Kleid, sodass Helga nichts anderes übrig blieb, als die Papiere fallen zu lassen, um sich so, wild um sich schlagend, besser verteidigen zu können. Doch diese schwarze große Hand ließ einfach nicht locker, nahm eine zweite dazu, und Helga drohte von dem kleinen schwarzen Steinvorsprung, auf dem sie stand, gleich hinunterzufallen in den brodelnden Schlund der Hölle. Das Rütteln an der Schulter wurde stärker. Die Erde bebte. Panisch schlug Helga die Augen auf und merkte, wie sie energisch mit den Armen im Kreis ruderte und dabei ständig Hans gegen den Kopf, die Schulter und die Brust hämmerte.

»Oh!«, rief sie und versuchte, sich zu orientieren. »Was machst du denn hier?«

Hans grinste sie frech an. »Die Frage ist doch wohl eher, was du da machst. Hast du geträumt? Angriff der Amazonen?«

Peinlich berührt spitzte Helga die Lippen. »Ich bin wohl eingeschlafen«, gab sie so beiläufig wie möglich zu und dachte an den Kampf auf dem Vulkan und die gestohlenen Dokumente zurück. Was war das nur für ein grauenhaft unangenehmer Tag, dachte sie. Obwohl …

Hans zeigte auf den Bottich, auf dem Helga saß und der an einer Seite bereits eingebrochen war. Helga wollte nicht wissen, was für ein schiefes Bild sie zu allem Überfluss auch noch abgab. »Aber du hast mit dem Ausmisten schon begonnen. Sehr löblich«, stellte er fest und seine Augen lachten dabei. »Ich habe einen Anhänger mitgebracht. Am besten, du legst mal zur Seite, was ihr meint, noch als ›Deko‹ aufheben zu wollen, und ich zerlege derweil die größeren Teile.« Hans zeigte auf einen Presslufthammer, der an der Hauswand lehnte.

Helga nickte und erhob sich langsam von ihrem schiefen, unbequemen Sitzplatz. Sie beobachtete, wie Hans sich Ohrenschützer und eine Schutzbrille aufsetzte und ein Kabel durch den Stall zum Hinterausgang zog. Neugierig ging sie ihm hinterher. Es gab ja schließlich keinen Strom. Noch bevor sie etwas sehen konnte, hörte Helga einen ohrenbetäubenden Lärm, der von einem Generator herrührte, der nun ruckelnd und wackelnd ansprang. So einen hatten sie auch noch irgendwo zu Hause, glaubte Helga, sich zu erinnern. Sie ging wieder zurück nach drinnen. Bedächtig sah sie sich um und begann, jedes einzelne der Werkzeuge, Riegel, Eisen, Haken, kleinen Körbe und was es sonst noch so an Kleinkram gab, zu berühren und in die Hand zu nehmen, um es dann nach rechts zum Sperrmüll oder aber nach links in die »Schatzkiste« zu legen – eine alte Obstkiste, die ebenfalls dort herumstand. Bei jedem Gegenstand stellte sie sich vor, wo er in ihrem Café seinen Platz finden konnte: Die unterschiedlichen Haken konnten zum Beispiel unter dem Tresen als Handtaschenhalter dienen oder an der Wand als Verankerung für die Efeupflanzen. Wenn sie die Wände mit einer Art grün-weißen Bordürentapete verkleidete, würden die Messer und Schneiden allerdings nicht passen, außer vielleicht im Eingangsbereich. Zum ersten Mal seit langer Zeit dachte sie wieder an ihren Vater.

Sie verstand ihre Mutter schon, wenn sie täglich mehr in sich zusammenfiel, weil das Leben ohne ihn einfach nicht dasselbe war. Sie hatte ihren Vater als gütigen Mann in Erinnerung. Liebevoll auch. Und als jemanden, der in allem kleine Wunder sah, was ihn stets ein wenig jungenhaft hatte wirken lassen, aber das durfte man bei ihm nicht mit Schwäche verwechseln. Nie hatte Helga ihren Vater als schwach erlebt. Sanftmütig, aufmerksam, erst mal zurückhaltend, aber genau das hatte ihn ja so stark gemacht. Wahrscheinlich, auch wenn seine Statur dem nicht entsprochen hatte, war er auf seine Art wohl wirklich der Fels in der Brandung gewesen. Ein Fels, mit großem Herzen und kranker Lunge. Und die hatte ihn dann auch das Leben gekostet. Helga hatte den Verlust vielleicht nie wirklich betrauert, weil sie von Beginn an für ihre Mutter hatte da sein wollen, die unter dem Tod ihres Mannes noch viel mehr litt als ihre Tochter. Aber wenn sie jetzt diese Eisen in der Hand hielt, die kleinen Schnallen oder die geflochtenen Metallkörbe, fragte sie sich, welches Wunder ihr Vater darin womöglich gesehen hätte. Sie würde nie vergessen, wie er eines Tages ein Loch in eine Konservendose gebohrt, ein Kabel durchgesteckt und an eine Fassung und Glühbirne angeschlossen hatte. »Guck, Helga, alles kommt heutzutage aus der Dose, selbst das Licht«, hatte er gesagt. Helga – sie war damals vielleicht sieben oder acht gewesen – hatte ihn daraufhin angeguckt wie einen schlechten Zauberer und gesagt: »Aber Vati, das ist doch Unsinn. Das Licht kommt aus dem Kabel, das in der Wand steckt.«

Ein paar Tage später hatte er sie erneut zu sich gerufen und ihr eine alte Sardinenbüchse in die Hand gedrückt. »Mach auf«, hatte er gesagt und gespannt gewartet, bis sie mit dem Dosenöffner den halben Deckel vom Rand geschraubt hatte und den Rest umbog. Zum Vorschein kamen eine kleine Birne, ein paar Kabel und eine Batterie. Oberhalb war ein winziger Schalter montiert. »Drück mal«, hatte er sie erwartungsvoll aufgefordert. Und das hatte sie getan, woraufhin die Birne zu leuchten begann. »Also hatte ich doch recht«, hatte er triumphiert. »Das Licht kommt aus der Dose.« Und hinzugefügt: »Und wenn du mal glaubst, es ist überall dunkel und vor den Sternen hängen dicke Wolken, dann erinnerst du dich daran, dass selbst an den unmöglichsten Orten ein Licht aufscheinen kann, nicht wahr?« Und sie hatte sich an ihn geschmiegt und ihn für den größten Magier und besten Vater der Welt gehalten.

»Nanu, hast du dir wehgetan?«

»Was?«, fragte Helga und merkte erst jetzt, dass der Generator längst verstummt war und Hans neben ihr stand. Und dass sie offenbar weinte. Schnell wischte sie sich über die Wange. »Nein. Entschuldige. Ich habe nur an etwas gedacht. Etwas Wunderschönes«, ergänzte sie noch.

Behutsam legte Hans ihr eine Hand auf die Schulter. »Manchmal liegen Freude und Trauer, Glück und Schmerz wirklich dicht beieinander, oder?«

Helga nickte nur. Sicher, wenn er in so jungen Jahren seine Frau verloren hatte, dann kannte er das. »Ja, so ist es wohl«, erwiderte Helga. »Und ich habe gerade gedacht, wir basteln uns aus dem alten Krempel unsere Lampenschirme. Meinst du, das ist eine gute Idee?«

Hans sah zur Decke. »Ich würde sagen, das kommt auf den Krempel an, aber ja, grundsätzlich ist das eine hervorragende Idee.« Einen Moment blieb er schweigend neben ihr stehen. »Wenn du so weit bist, könntest du mir dann helfen, den Schutt auf den Hänger zu laden?«

Sofort stand Helga auf. »Na klar. Bin schon da.«

Fast drei Stunden arbeiteten sie still vor sich hin, wuchteten die klein geschlagenen Steine der Esse in den Hänger, sammelten die rostigen Geräte ein, die nicht mehr gebraucht wurden, räumten alte Bottiche, Eimer, Besen, Schaufeln weg und zerhackten auch die Regale, die ihren Zweck erfüllt hatten.

Ab und an blickte Helga heimlich zu Hans, und wenn sie sich nicht täuschte, tat er es umgekehrt zuweilen auch. Als die Sonne bereits tiefer stand und sich dunkelgelb zu färben begann, schloss Hans die Klappe des Anhängers und fixierte ein Sicherheitsnetz über dem Sperrmüll. »Genug für heute, würde ich sagen«, sagte er und zog sich sein Hemd wieder über, das er zum Arbeiten an einen Türgriff gehängt hatte. »Du kannst echt gut mit anpacken«, stellte er fest. »Wo hast du das gelernt? Elke meint, du arbeitest im Rathaus. Da hat man ja eher selten mit Schwerlasten zu tun, jedenfalls mit keinen, die man in Kilogramm wiegen kann«, fügte er lachend hinzu.

»Danke«, sagte Helga, die sich über das Kompliment freute – dabei hatten sie ähnliche Aussagen bei Bruno früher auf die Palme gebracht. Helga fand Anerkennung, hinter der immer so ein Halbsatz wie »obwohl du eine Frau bist« durchschimmerte, eher ätzend. Aber bei Hans klang es lange nicht so herablassend wie bei Bruno. Gar nicht. Es klang ehrlich interessiert.

»Ich weiß nicht, ich bin früher schon gern auf Bäume geklettert«, erwiderte sie, als ob es das auch nur im Mindesten erklärt hätte.

»Verstehe«, sagte Hans trotzdem. »Hast du noch Lust auf ein Bier oder eine Limo? So zum Abschluss des Tages?«

Helga hatte auf nichts mehr Lust als auf ein Bier mit Hans. Dennoch zögerte sie. Sie hatte sich vorgenommen, sich nie wieder in den Falschen zu verlieben. Und ein Bier mit Hans konnte dieses Projekt ernsthaft gefährden. Andererseits: Woher sollte sie wissen, ob er der Falsche war, wenn sie es nicht herausfand?

»Muss auch nicht«, meinte Hans nun schnell, bevor Helga etwas sagen konnte. »Ich dachte nur.«

»Nein, nein. Das ist eine prima Idee. Ich freue mich«, antwortete sie und meinte es auch so. Ihr Herz tat einen kleinen Hüpfer.

12.

So oft hatte Eva den kleinen Zettel zwischen ihren Fingern hin und her gerollt, dass er an den Rändern bereits ausfranste. Es waren nur vier Worte, die darauf standen:

Ich muss dich sehen.

Das »allein« war nicht extra erwähnt. Aber der drängende Ton ließ keinen Zweifel daran, dass genau das gemeint war. Am Mittag war Eva also schnell ins Hotel Wellenkamp gelaufen und hatte Ulrich ihrerseits eine Nachricht hinterlegen lassen.

Gradierwerk, 16 Uhr.

Nun war es kurz nach halb vier und Eva überlegte noch immer, ob sie hingehen sollte, obwohl ihr Körper eigentlich schon mehr im Kurpark war als noch in der Saline. Insofern brauchte sie sich auch nicht mehr künstlich dagegen aufzulehnen. Sie hatte das Treffen extra auf diese Uhrzeit gelegt, damit sie vor Lothar keine Ausrede erfinden musste. Doch allein diese Gedanken zeigten ihr, dass sie im Begriff war, etwas zu tun, was nicht richtig war. Zumindest nicht ganz so unschuldig, wie sie es sich einzureden versuchte. Eva seufzte auf und band sich ein Tuch ins Haar. Sie hatte sich für legerere Kleidung entschieden, als sie sonst bei der Arbeit trug: eine rot-braun gemusterte Karottenhose, die ihre dünnen Beine auf sehr feminine Art zur Geltung brachte. Dazu ein enger roter Kurzarmpulli mit Rundhalsausschnitt, der ebenfalls ihre Figur betonte. Sie hatte am Morgen dafür schon so manches Kompliment bekommen, und tatsächlich stach der Stil deutlich aus den eher konservativen Röcken und Kleidern, die sie sonst trug, hervor. Vielleicht noch nicht einmal, weil es dermaßen sexy war, das war nicht der Grund, sondern eher, weil es Evas Typ veränderte: Sie wirkte lockerer, jugendlicher, frischer und nicht ganz so »verkniffen«, dachte sie selbst bei sich.

Eva verzichtete auf einen Schal, als sie die Saline verließ. Das Wetter war wirklich zu schön: warm und sonnig. Zum ersten Mal seit langer Zeit bemerkte sie, dass sie sich völlig anders fühlte: wie eine junge und attraktive Frau. Das machte ihr Angst. Denn der Grund wartete keinen Kilometer von ihr entfernt, und sie sah ihn auch bereits von Weitem. Er stand dort lässig an einen Baum gelehnt.

»Hallo«, sagte Ulrich, als sie bei ihm angekommen war. »Danke, dass du gekommen bist.« Eva sah ihn nur an. Sie wusste nicht, was sie darauf erwidern sollte. Es hätte so viele Möglichkeiten gegeben. »Gibt es einen Grund, warum wir uns gerade hier treffen?«

Eva überlegte kurz. Gewiss, dieser Ort hatte eine Geschichte. Aber »ihr« Ort während der gemeinsamen Zeit war nicht das Gradierwerk gewesen, sondern weiter hinten im Park bei dem alten Spitzahorn. »Ich dachte, hier sind wir ungestört«, antwortete sie, »und ich mag die Luft, leicht salzig, kühl, na ja …« Sie schlug die Augen nieder. »Du kennst das ja.«

»Ja, das tue ich«, sagte Ulrich und hielt seine Hände in den feuchten Sprühregen. »Du siehst gut aus.«

»Ulrich, ich …«, hob Eva nervös an, doch Ulrich legte ihr sofort einen Finger auf die Lippen. »Pscht, Eva. Es ist alles gut. Du musst nichts erklären und du musst dich auch nicht bei mir bedanken. Ich bin gern gekommen.« Er nahm den Finger wieder weg und legte den Kopf schief, wobei ihm eine seiner Locken in die Stirn fiel. *So wie früher.* »Sagen wir, ich hatte schon länger mal vor, nach Lüneburg zurückzukommen. Lothars Einladung war die perfekte Gelegenheit.«

»Wirklich?« Eva merkte, wie mit diesen Worten ein Teil der Anspannung von ihr abfiel.

»Wirklich. Wollen wir ein Stück gehen?«, fragte er dann und setzte sich bereits langsam in Bewegung. »Weißt du, ich hatte viel Zeit zum Nachdenken … und mit den Jahren, wenn die Hormone der Jugend nicht mehr ganz so verrückt spielen, fallen die Dinge oft wie von selbst an einen anderen Platz«, begann er. »Mir ist heute klar, dass ich …«

Nun unterbrach Eva ihre alte Jugendliebe. »Ulrich, du musst mir nichts erklären, auch ich bin älter geworden und viel Zeit ist ins Land gegangen.«

»Ich weiß, Eva. Ich möchte aber gern, wenn es dir nichts ausmacht.« Als Eva schwieg, fuhr er fort. »Mir ist klar geworden, dass ich dich niemals so hätte unter Druck setzen dürfen. Wie konnte ich verlangen, dass du mit mir nach Berlin gehst? Wo du dich doch hier um deine Familie kümmern musstest, die Saline an einem kritischen Punkt stand …« Er lachte auf. »Na ja, zumindest daran hat sich ja wohl bis heute nicht viel geändert, aber damals ging es für dich darum, in die Geschäftsführung einzusteigen. Es war egoistisch von mir, das alles auszublenden und nur mich zu sehen, bestenfalls nur dich und mich zusammen …«

Eva schluckte hart. Was hätte sie damals dafür gegeben, genau diese Worte aus Ulrichs Mund zu hören. Und jetzt sprach er sie aus, aus freien Stücken und vollkommen mühelos.

Eine Welle der Zärtlichkeit drohte Eva zu überrollen. Das alles hier mit ihm fühlte sich so vertraut an, als wäre er nie weg gewesen. Eva widerstand dem Impuls nur schwer, sich bei Ulrich unterzuhaken. Oder weitaus Schlimmeres zu tun. Er schien es zu spüren, denn wie zufällig strichen seine Finger kurz über ihren Handrücken. »Wir konnten es nicht besser, damals«, sagte sie, nur um irgendetwas zu sagen. Um den Drang und die Anspannung in ihrem Körper zu bändigen. »Wir tun das, was uns in dem Moment richtig erscheint. Es zeigt sich oft erst im Nachhinein, ob es wirklich die beste Entscheidung war«, fuhr sie fort und dachte an ihre eigene Lüge, an ihr Schweigen, an ihre gemeinsame Tochter. »Wie ist es dir denn … wie ist es dir denn so ergangen?«, fragte sie dann. Wie sollte man fünf Jahre in eine Frage stecken?

Ulrich schien sie dennoch zu verstehen. »Für mich gab es ja damals nur die Arbeit«, meinte er, um lachend anzufügen: »Was heißt damals? Auch heute gibt es fast nur die Arbeit für mich. Und das Rudern.« Wie zum Beweis beugte er den rechten Unterarm, um seinen Bizeps spielen zu lassen. »Ich hatte Glück, dass ich in Berlin direkt die Kanzlei von Dr. Brinkmeier gefunden habe. Er hat mich seinerzeit aufgenommen wie einen Sohn. Er war kulturell und politisch in die Berliner Gesellschaft integriert. Das hat mir viele Türen geöffnet. Und mir meine Liebe zur Malerei gezeigt.«

»Das musst du mal mit Curt besprechen. Er hätte sicher seine Freude«, rutschte es Eva heraus. Ihr jüngerer Bruder Curt hatte stets eine Leidenschaft für Malerei und Poesie gehegt. Wie es schien, ging er ihr jetzt, nach seinem schlimmen Unfall und der daraus resultierenden Berufsunfähigkeit, wieder mehr nach. Seit er mit seinem Masseur Pierre zusammen war und nun in Bad Bevensen lebte, war der Kontakt etwas eingeschlafen. Aber so oder so war es eine unbedachte Bemerkung gewesen. Wann sollte Ulrich denn Curt wiedersehen und sich mit ihm über Kunst unterhalten?

»Ja, da hast du recht. Wie geht es ihm denn?« Eva berichtete kurz, wie sich bei ihrem Bruder durch die Tragödie augenscheinlich alles zum Besseren gewandt hatte. »Wobei wir ja fast wieder beim Thema wären, oder? Aus den furchtbarsten Erlebnissen können manchmal die schönsten Dinge entspringen, so heißt es doch?«

Nein, diese Schlussfolgerung hätte Eva noch nicht ziehen können. »Ich weiß nicht. Kannst du das für dich sagen?« Sie hatten inzwischen den Ententeich erreicht, auf dem sich erneut das Paar Wildgänse tummelte.

»Mhm, wenn du mich so fragst. Ja und nein. Vielleicht hätte ich ohne unseren Bruch mein Studium nicht so schnell und so gut abgeschlossen, hätte vielleicht nicht die Karriere gemacht, die sich mir bot, die Ausschüsse besucht, zu denen ich eingeladen wurde. Stell dir vor: Als der amerikanische Präsident John F. Kennedy letzten August auf Staatsbesuch in Berlin war und seine berühmte Rede gehalten hat – ›Ich bin ein Berliner!‹ –, durfte ich an einem Treffen im Schöneberger Rathaus, bei dem es um die deutsch-amerikanischen Handelsbeziehungen ging, teilnehmen.« Ulrich kickte einen Stein zur Seite. »Ob mich das glücklich macht? Nun ja, es befriedigt mich, das schon.« Er blieb nun stehen und wandte sich zu ihr um. »Und wäre ich nicht Fachanwalt für Wirtschaftsrecht, hätte mein Cousin mich nicht um Hilfe gebeten und ich wäre nicht hier. Insofern mag da etwas dran sein: dass aus persönlichen Niederlagen die schönsten Dinge entstehen können.« Aus seinen tiefblauen Augen sah er sie an.

Schon wieder wurde Eva unbehaglich, erneut spürte sie den erhöhten Pulsschlag in ihrem Körper. Wie sehr sie auch versuchte, das gefährliche Terrain zwischen ihnen zu umschiffen, immer wieder landeten sie auf sehr dünnem Eis.

»Hast du es je bereut?«, fragte er sie unvermittelt und nahm ihre Hand.

Sie schloss die Augen und legte ihren Kopf an seine Schulter. Sie konnte es gar nicht vermeiden. Es war wie ein Automatismus. »Jeden Tag«, sagte sie. »Jeden Tag.«

Eva lehnte an Ulrichs Brust und spürte seinen schnellen Atem. Sanft strich er ihr über das Haar, und in der Art, wie er das tat, glaubte Eva mehr wahrzunehmen als nur Zuspruch, Geborgenheit und Trost. Langsam machte sie sich von ihm frei. »Entschuldige, das hätte ich nicht sagen dürfen.«

»Doch«, erwiderte Ulrich leise. »Es wird ja nicht weniger wahr, wenn du es verschweigst. Und wie gesagt: Auch ich habe mein Lehrgeld gezahlt.«

Langsam erreichten sie das südliche Ende des Kurparks, doch ohne ein Wort darüber zu verlieren, schritten sie den unteren Teil ab, um sich erneut Richtung Norden zu orientieren. Offenbar wollte keiner von beiden, dass das Treffen bereits zu Ende ging.

»Aber wo wir schon beim Thema Ehrlichkeit sind«, hob Ulrich dann an, »es gibt da noch etwas, das ich dir sagen wollte. So ganz uneigennützig ist mein Besuch hier nämlich doch nicht.« Er lachte kurz auf und Eva merkte, wie sie sich sofort wieder anspannte. Was konnte Ulrich wollen, bei dem er ausgerechnet ihre Hilfe benötigte? Hatte er Eheprobleme und suchte ihren Rat? Wollte er jemandem einen Antrag machen und wusste nicht, wie? Eva konnte sich alles Mögliche vorstellen. Nie im Traum aber wäre sie auf das gekommen, was jetzt folgte.

»Du weißt ja, dass ich schon einmal in Berlin gelebt habe«, begann er. Eva stutzte, hörte aber weiter aufmerksam zu. »Als Kind. Ich war neun, als meine Eltern mich 1945 auf einen Treck nach Westen gesetzt haben. Es sei zu unsicher, die Russen würden noch kommen. So war das damals. Und sie kamen ja auch. Ich wurde also zu meinem Onkel und meiner Tante – der

Schwester meiner Mutter – nach Lüneburg gebracht.« Ulrich machte eine Pause und Eva ahnte noch immer nicht, worauf das hinauslief. Natürlich, das alles war ihr ja bekannt. Sie selbst hatte Ulrich ja an einem seiner ersten Tage in Lüneburg kennengelernt. Ein zorniger, dünner Junge, der anfangs von den anderen dauernd Prügel bezogen hatte. Später hörte das auf. Jedenfalls bei den Gleichaltrigen. Was sein Onkel hinter verschlossenen Türen mit dem Kind angestellt hatte, konnte sie sich nur ausmalen. Eine Narbe auf seiner rechten Wange zeugte noch davon.

»Kurz darauf hieß es, meine Eltern seien bei einem der letzten Luftangriffe ums Leben gekommen.« Wieder machte er eine Pause und starrte ins Leere. »Ich weiß heute, dass das nicht die Wahrheit ist«, sagte er.

»Was?«, fragte Eva ergriffen und blieb stehen. »Was soll das heißen, das ist nicht die Wahrheit?«

Ulrich bückte sich und pflückte den Halm eines Ziergrases. Das hatte er früher schon immer gemacht, dachte Eva, sich einen Halm in den Mund gesteckt. Als ob er damit besser denken konnte. Vielleicht beruhigte es ihn auch.

»Dass es nicht stimmt. Mein Vater ist damals wirklich gestorben. Er wurde als einer der Letzten eingezogen. Er hatte seit seiner Kindheit ein steifes Bein und war damit eigentlich kriegsuntauglich. Aber wir wissen ja, dass am Ende alles als Kanonenfutter an die Ostfront geschickt wurde … na ja … Aber meine Mutter war noch da. Sie lebte. Und sie überlebte. Bis heute.« Er nahm den Halm und kitzelte Eva an der Nase. »Da staunst du, was? Was meinst du, wie ich erst gestaunt habe, als ich mich auf Spurensuche begeben habe. Meine ach so fürsorgliche Tante und mein herrischer Onkel haben mir fast zwanzig Jahre lang verschwiegen, dass ich noch eine leibliche Mutter habe, die heute in Pankow lebt.«

Eva fasste Ulrich am Unterarm. Sie konnte das Gesagte noch gar nicht verarbeiten. Ulrichs Mutter lebte? Und seine Zieheltern hatten ihm nie davon erzählt? Wie konnten Menschen nur so grausam sein? Oder hatten sie es nicht gewusst? »Ulrich, das ist … ich weiß gar nicht, was ich sagen soll. Hast du sie schon getroffen? Geht es ihr gut?«

Ulrich lachte. »So viele Fragen auf einmal. Ich versuche, sie dir eine nach der anderen zu beantworten.« Er setzte sich auf eine Parkbank, und Eva tat es ihm gleich. »Nein, ich habe sie noch nicht besucht. Aber ich war ein paar Mal dort und habe sie … beobachtet.«

»Du hast ihr hinterherspioniert? Ohne dich zu zeigen?«

»Wenn man so will, ja. Als ich im Januar herausgefunden habe, dass es sie noch gibt und dass sie in Pankow lebt, war das für mich ja auch erst mal ein Schock. Da kamen viele Fragen hoch: Warum hat sie nie versucht, Kontakt zu mir aufzunehmen? Wenn schon nicht gleich nach dem Krieg, dann wenigstens später, als sich die ersten Wogen, sagen wir mal, geglättet hatten. Warum hat sie nicht auch versucht, mich zu finden?«

Bei diesen Worten erschauderte Eva. Schlimm genug, dass sie soeben erfahren hatte, dass Ulrich noch eine Mutter hatte. Noch schlimmer aber, dass sie selbst mit ihrer Tochter etwas ganz Ähnliches veranstaltete. Sie ließ sie in dem Glauben, ihr Vater sei Lothar, enthielt ihr ebenfalls eine Wahrheit vor, auf die Sabine doch ein Recht hatte. Oder Ulrich. Da war ein zweiter Mensch in seinem Leben, von dem er schlichtweg nichts wusste. Eva begann, am ganzen Körper zu zittern. Erst jetzt wurde ihr bewusst, in was für einer Lüge sie sich all die Jahre eingerichtet hatte. Ihr Magen zog sich schmerzhaft zusammen.

»Ist dir kalt?«, fragte Ulrich, und ohne die Antwort abzuwarten, zog er seine Jacke aus und legte sie Eva um die Schultern. Sie war dankbar, dass sie bereits saßen, denn sie war nicht sicher, ob ihre Beine sie noch getragen hätten. »Ich war zunächst vor allem wütend«, fuhr er fort. »Deswegen wollte ich verstehen, wie sie lebt. Hat sie Arbeit? Wohnt sie allein? Wirkt sie fröhlich? Hat sie Freunde? Ich tat auch gut daran, ihr zunächst zu folgen, ihren Alltag besser kennenzulernen. Es half mir, sie als einen mir fremden Menschen zu betrachten, und ich begann, sie zu mögen.« Ulrich hielt inne und lächelte ein wenig versonnen. »Ich glaube, ich habe ein paar Charakterzüge von ihr geerbt. Mir scheint, sie kann durchaus energisch sein. Zumindest durfte ich an einer Bushaltestelle eine Szene beobachten, wie sie den Schaffner ziemlich angeschnauzt hat, als der nicht helfen wollte, eine ältere Frau im Rollstuhl in den Bus zu bugsieren.« Er lachte auf. »Hilfsbereit scheint sie zu sein. Und sie mag Blumen. Jeden Freitag kauft sie bei einem Blumenhändler einen Strauß, wenn es denn welche gibt. In der DDR ist das nicht selbstverständlich, habe ich gelernt.«

»Darfst du denn einfach in den Ostsektor? Geht das?« Eva bemühte sich, ihrer Stimme einen normalen Klang zu geben, in ihrem Innern jedoch tobte ein Taifun.

»Ja, seit dem Passierscheinabkommen im Dezember '63 endlich wieder. Als Westberliner brauchst du einen sogenannten Berechtigungsschein, das ist so was wie ein Tagesvisum. Das klappt relativ gut.«

»Und jetzt bist du so weit, dass du sie treffen möchtest?«, erkundigte sich Eva vorsichtig.

»Ich habe darüber nachgedacht, ja, aber ich wusste nicht, wie ich es anstellen, wie ich mich ihr vorstellen sollte. Bis vor zehn Tagen.«

Eva hatte noch immer ein flaues Gefühl im Bauch, aber sie merkte auch, dass sie langsam Hunger bekam. Das Kochen, das Einkaufen, selbst das Schmieren einer Stulle – das alles kam viel zu kurz in letzter Zeit. Sie musste das ändern. »Was war denn vor zehn Tagen?«, fragte sie und legte eine Hand auf den sich zusammenziehenden Magen.

»Da bekam ich den Anruf von Lothar.«

Verwirrt sah Eva Ulrich an. Sie verstand nicht, was er damit sagen wollte.

»Ich möchte dich um einen großen Gefallen bitten. Sagen wir im Gegenzug zu meinen anwaltlichen Bemühungen. Obwohl, nicht im Gegenzug. Ich möchte dich um einen Gefallen bitten.«

Eva spürte, wie Panik in ihr aufstieg. »Was meinst du?«

»Ich möchte dich bitten, mich zu begleiten, wenn ich meiner Mutter das erste Mal gegenübertrete. Mit dir an meiner Seite schaffe ich das, Eva. Und ich glaube, nur mit dir.«

Eva hatte das Gefühl, als hätte ihr jemand direkt mit einem großen Stück Holz vor die Stirn geschlagen. Benommen und mit zitternden Händen saß sie einen Moment nur reglos da. Die ganze Situation, alles daran, überforderte Eva. Ulrich wieder so nah bei sich zu wissen, war schon schwer genug. Zu erfahren, dass seine Mutter noch lebte und ihren Sohn jahrelang darüber in Unkenntnis gelassen hatte, wollte verdaut werden. Dass sie selbst ihm ebenfalls eine ganz ähnliche Lüge auftischte, zerrte an ihm. Und dann wollte Ulrich auch noch, dass ausgerechnet sie ihn begleitete? Ausgerechnet sie? Ohne weiter darüber nachzudenken, sprang Eva plötzlich auf. Es ging nicht mehr. Sie musste nun ihrerseits reinen Tisch machen. Alles andere hätte sie erdrückt, sie gebrochen. Sie konnte nichts ungeschehen machen. Der Verrat war geschehen, vor inzwischen fast sechs Jahren. Sie konnte kein Verständnis erwarten und schon gar kein Verzeihen. Aber sie konnte die Wahrheit sagen. Endlich!

»Eva, ich … wenn du meinst, dass es unangemessen ist, dich um …«

»Nein, Ulrich«, unterbrach sie ihn fast hart. »Das ist es nicht. Aber bevor ich dir eine Antwort gebe, muss auch ich dir etwas zeigen. Und danach wirst du dich vielleicht umentscheiden und nicht mehr wollen, dass ich dich begleite.«

»Aber, Eva«, sagte Ulrich und sah sie verständnislos an. »Ich habe mir bereits viele Gedanken zu dem Thema gemacht und ich bin sicher, dass es nichts geben kann, was das infrage stellen würde.«

»Und ich bin sicher, dass es doch etwas geben kann. Komm«, sagte sie und hielt ihm die Hand hin. »Ich möchte dir jemanden vorstellen.«

13.

»Und das hier ist also deine Stammkneipe?«, fragte Hans, nachdem die Kellnerin des Harlekin das Bier für Helga und für ihn einen Kaffee gebracht hatte.

Die Kneipe war gut besucht. Offenbar glühten einige der Maifeierlustigen noch ein wenig nach. Aber sie hatten einen Tisch an der Wand ergattert, an dem man für sich war und doch einen guten Überblick hatte.

»Nun ja, Stammkneipe«, wiederholte Helga. »Das klingt, als würde ich hier ein und aus gehen. Eigentlich bin ich abends fast immer zu Hause.« Kaum hatte sie den Satz ausgesprochen, bereute sie ihn auch schon. Damit klang sie ja wirklich wie der letzte Backfisch. Die alte Jungfer, die einsam in ihre Kissen weinte.

Hans schien das allerdings nicht so verstanden zu haben. »Das kenne ich«, meinte er. »Wenn ich mein Tagewerk geschafft habe, mache ich auch am liebsten die Tür hinter mir zu und will niemanden mehr sehen.«

»Ach, echt?«, fragte Helga und sah auf. »Na gut, aber wenn du den ganzen Tag draußen bist und am Haus rumbaust oder bei anderen Leuten hilfst, bist du ja wahrscheinlich auch völlig im Eimer.«

»Nicht mehr als du, vermute ich mal. Ich zumindest könnte nicht acht Stunden in einem Büro zubringen und dabei noch hoch konzentriert irgendwelche Schriftsätze abtippen. Dann doch lieber fünfhundert Schindeln auf ein Dach bringen.«

Helga lachte auf. »Siehst du, jeder so, wie er es braucht. Aber mal ehrlich«, sagte sie dann und wurde etwas ernster. »Macht dir das Spaß, so ein altes Haus zu restaurieren? Ich meine, jetzt, wo du allein … entschuldige, das ist wahrscheinlich viel zu privat.« Helga hätte sich am liebsten eine Ohrfeige verpasst. Warum war jedes Fettnäpfchen immer ihres?

Hans winkte ab. »Nein, nein, gar nicht. Im Gegenteil. Inzwischen tut es mir gut, darüber zu sprechen.« Hans drehte nachdenklich sein Bierglas. »Nach dem Tod von Ivy ging es mir sehr schlecht, musst du wissen. Ich lebte damals in Freiburg. Ivy, Ivonne eigentlich, kam von dort. Mein erstes Bier trank ich morgens um zehn. Normal, habe ich gesagt. Auf dem Bau machen die Jungs das so. Aber als ich um vier mit der Schicht fertig war, hatte ich bereits sechs bis acht Bier intus. Und zu Hause machte ich dann mit Wodka weiter.« Er sah Helga an, als wollte er ihre Reaktion prüfen, sich vergewissern, ob sie ihn dafür verachtete. Aber Helga hörte einfach zu. »Als mir dann eines Tages ein Eimer frisch angerührter Zement aus dem zweiten Stock eines Hauses aus der Hand gefallen ist und fast den Stift getroffen hätte, war Schluss. Ich wurde entlassen. Und hab dann erst recht mit dem Trinken weitergemacht. Bis Elke nach ein paar Monaten hellhörig wurde und mich da rausgeholt und wieder aufgepäppelt hat.«

»Hier in Lüneburg? Aber ich habe dich hier noch nie zuvor gesehen.«

Er lachte. »Nein. Sie hat mich direkt nach Rosche gebracht. Das Haus gehört meiner Mutter. Und sie hat gesagt: ›Wenn du es schaffst, das Saufen zu lassen, und die Hütte vernünftig fertig machst, ist sie deine und ich verzichte auf meinen Erbanteil.‹«

»Das hat Elke gemacht?« Vor Staunen stand Helga der Mund offen.

»Hat sie. Und jetzt weißt du auch, warum sie bei mir etwas gut hat.«

Er lachte und Helga fand, dass Hans ausgesprochen attraktiv aussah, wenn er lachte. Mit den langen Haaren und dem großen Mund. »Und jetzt trinkst du gar keinen Alkohol mehr?«, fragte sie und schaute auf die Kaffeetasse, über die sie sich zuvor durchaus gewundert hatte.

Hans wiegte den Kopf hin und her. »Nein. Ich könnte vermutlich, aber ich will es einfach nicht mehr. Es erinnert mich an eine wirklich schlechte Zeit in meinem Leben.« Er fuhr mit den Fingern am Rand der Tasse entlang. »Ich hoffe, das stört dich jetzt nicht. Es ist schön hier mit dir. Ich freue mich auf die gemeinsame Zeit und auf das Café Salüne. Prost!« Er hob seine Tasse, was komisch aussah. Aber gerührt über Hans' Ehrlichkeit erhob Helga ihr Glas nun auch. Wenn sie das gewusst hätte, hätte sie eine Brause bestellt. »Aber jetzt bist du dran. Ich rede normalerweise nicht so viel von mir. Du bist abends also gern allein. Und sonst so? Hast du Hobbys? Eine eigene Wohnung? Was beschäftigt dich, wenn es nicht gerade das ja doch überschaubare Fernsehprogramm ist? Und die wichtigste Frage: Warum die Salüne?«

Unwohl sah Helga sich um. Es war ihr fremd, dass jemand sich für ihr Leben interessierte. Jemand, den sie kaum kannte. Ein Mann, um genau zu sein. Helga hatte nie viel Aufhebens um sich gemacht und war es nicht gewohnt, im Mittelpunkt zu stehen. Die Bühne überließ sie gern anderen, stand ihnen, wenn nötig, mit Rat und Tat zur Seite. Nicht umsonst hatte sie damals überlegt, ob sie eine kaufmännische Ausbildung machen sollte oder Krankenschwester werden. Aber sie wollte nicht in den Schichtdienst. Und Menschen sterben sehen wollte sie auch nicht. Also wurde es das Büro. Da Helga also ohnehin nicht wusste, wie sie eine Rolle zu spielen hatte, versuchte sie es gar nicht erst.

»Mein Vater ist vor vier Jahren gestorben«, begann sie, als ob das irgendetwas erklärt hätte. »Und meiner Mutter fällt es seitdem sehr schwer, wieder Fuß zu fassen. Sie ist, ich würde sagen, schwermütig. Und wir leben in einem großen alten Haus, das wahrscheinlich auch mal einen guten Handwerker brauchen könnte.« Sie lächelte schief und nahm einen Schluck von ihrem Alsterwasser. »Meine Mutter hängt sehr an diesem Kasten, und ich, na ja, ich nicht, aber ich habe auch keinen echten Grund, auszuziehen.«

»Nein, du hast wohl eher einen echten Grund, zu bleiben.«

Erstaunt sah Helga Hans an. Dass ein Mann so feinsinnig sein konnte, war ihr ebenfalls neu. Alles an Hans war neu. »Ja, so ist es wohl. Ich würde es nicht über mich bringen, meine Mutter alleinzulassen. Sie hat doch sonst niemanden.«

»Aber du hast auch nur dich«, erwiderte Hans weich. »Glaub mir, ich weiß, wovon ich rede, wenn ich sage, dass es auf Dauer niemandem hilft, wenn man sein eigenes Leben anderen Menschen opfert oder nur noch in deren Namen lebt. Am Ende fühlt ihr euch beide gefangen, du und deine Mutter auch. Hast du jemals mit ihr darüber gesprochen?«

Helga dachte an den Prospekt mit den Wohnungen am Kreidebergsee. Es war jetzt schon zehn Tage her, dass sie ihn mit nach Hause genommen hatte – und dort in ihren Sekretär gelegt. Inzwischen hatte sie schon wieder völlig vergessen, dass sie ihn ihrer Mutter einfach mal zeigen wollte.

»Nein«, antwortete sie. »Ich wollte, aber ich bin noch nicht dazu gekommen.« Helga nagte an ihrer Unterlippe. »Ich glaube, deswegen stürze ich mich nun auch mit aller Verve in das Caféprojekt. Ich gebe zu, auch dies ist ein bisschen aus der Not geboren, aber es ist endlich mal etwas anderes, endlich mal etwas, an dem ich wirklich mitgestalten kann, etwas, das mir etwas bedeutet und das auch ein bisschen meins sein kann.« Helga merkte, wie sie beim Reden glänzende Augen bekommen hatte und die Körperspannung zurückkam. Die Salüne, dafür würde sie wirklich kämpfen. Sie wollte noch in diesem Sommer hinter dem Tresen stehen, ihre Gäste anlachen und mit Kaffee, Tee und Pralinen bewirten. Und ein Schwätzchen halten. Und das Geschirr mit den grünen Ranken abwaschen.

Hans hatte die ganze Zeit aufmerksam zugehört und strahlte sie nun an. »Das ist aber schon eine ganz andere Helga, würde ich sagen. Dann wollen wir doch mal alles dafür tun, dass zumindest dieser Traum sich erfüllt, oder? Heute haben wir ja schon einen guten Grundstein gelegt.«

Spontan beugte er sich zu ihr vor und gab ihr einen Kuss auf die Wange, der sofort Helgas ganzes Gesicht in Flammen setzte, so schien es ihr. Aus ihren großen braunen Augen sah sie ihn an wie ein angeschossenes Reh.

»Was?«, fragte Hans. »Du meinst, es fehlt die andere Seite, von wegen französisch? Na gut!« Und schon beugte er sich noch einmal zu ihr und hauchte ihr einen Kuss auf die andere Wange.

Und Helga, die völlig übermannt war, nahm Hans' Gesicht in beide Hände und drückte ihm einen trockenen Kuss auf den Mund. »Und so macht man das hier«, sagte sie atemlos.

»Nein, so«, erwiderte Hans leise, legte Helga einen Finger unter das Kinn, umfasste mit der anderen leicht ihre Schulter und berührte sanft ihre Lippen mit seinen, öffnete seinen Mund und ließ seine Zunge mit den Konturen ihrer Haut spielen, berührte sie weich und warm und feucht, bis Helga die Augen schloss und sich einem Kuss hingab, der schmeckte wie eine von Elkes Pralinen, nur besser.

Es dauerte einen Moment, bis Helga sich von der überraschenden Wendung, die dieser Abend genommen hatte – und die wie lange dauerte: Sekunden, Minuten oder doch eine Ewigkeit? –, wieder erholte. Aus Angst vor dem, was sie in

Hans' Augen sehen hätte können, traute sie sich kaum, den Blick zu heben. Als sie es doch tat, schaute er sie an, als wäre nie etwas gewesen, offen zwar und freundlich, aber auch ein wenig unverbindlich. »Ist das, ist das jetzt in Ordnung?«, würgte sie hervor.

»Was denn?«, fragte er nur und sah auf die Uhr. »Ich glaube, ich muss auch langsam los. Wenn du willst, machen wir morgen weiter. Ist ja praktischerweise Samstag. Okay?« Er war bereits aufgestanden. »Das Bier geht auf mich. Salut, Helga.« Und mit diesen Worten ließ er sie im wahrsten Sinne des Wortes in der nun fast überfüllten Kneipe sitzen.

Ein paar Minuten später ließ auch Helga ihr inzwischen abgestandenes Alsterwasser stehen und machte sich gedankenversunken auf den Weg nach Hause. Wieder und wieder versuchte sie, die leise Zärtlichkeit des ersten Kusses mit dem danach wie ausgetauschten und fast gleichgültigen Hans zusammenzubringen. Vergeblich. Es konnte doch nicht sein, dass jemand sich so gefühlvoll zeigte und im nächsten Moment tat, als wäre nichts gewesen! Schon wieder ein Mann mit zwei Gesichtern, stöhnte Helga innerlich auf. Hatte er möglicherweise Angst vor Gefühlen? Weil er schon mal eine Frau verloren hatte? Aber war das ihr Problem? Nein! Es war nicht ihr Problem. Doch sie musste gerade mit den Konsequenzen leben. Wütend trat Helga ein paarmal gegen einen Bordstein, bis ihr senfgelber Schuh dunkle Striemen hatte. »Das ist nicht fair, nicht fair, nicht fair!«, rief sie, und ein leises Echo hallte durch die verlassene Häuserschlucht der Innenstadt.

»Was ist nicht fair?«, hörte sie zu ihrer Überraschung hinter sich eine vertraute Stimme.

Aber Helga hatte keine Lust, sich zusammenzureißen oder nett zu denen zu sein, die bislang immer nett zu ihr gewesen waren. Tränen des Zorns hatten inzwischen ihre Augen gefüllt. »Jetzt fang du nicht auch noch an«, sagte sie, ohne sich umzudrehen. »Ihr habt ja alle immer so gut reden in euren gemachten Nestern mit den perfekten Familien. Lass mich einfach in Ruhe. Geh nach Hause. Zu deiner zauberhaften Frau und deinem blonden Sonnenschein. Ich habe wirklich keine Lust mehr auf all diese Heuchelei.« Helga hatte keine Ahnung, woher sie diese unbezwingbare Wut und vor allem diese Gemeinheit nahm. Sie war doch gar nicht so. Sie wurde nie laut. Und sie wurde auch nie fies. Bis jetzt. Doch die Stimme hinter ihr wollte sich nicht abschütteln lassen. »Was ist denn passiert? Nun komm mal her«, hörte sie sie sagen. Und dann spürte sie eine Hand an ihrer Schulter, die sie leicht zur Seite schob und sie einlud, sich umzudrehen. Helga ließ es geschehen, und als sie dann an Lothars Brust gelandet war, ließ sie ihren Tränen freien Lauf. »Ich versteh die Kerle einfach nicht«, murmelte sie nach einer Weile schniefend. »Und ich gerate immer an die Falschen.«

Sie hörte Lothar leise auflachen. »Also, ich verstehe euch Frauen auch nicht. Oder erklär mir, warum eine Frau zusammenbrechen kann, wenn sie zwischen sieben Handtaschen aussuchen kann, aber die eine, die sie genau jetzt zu ihrem Kleid bräuchte, nicht dabei ist.«

Helga legte ihren Kopf zurück und wischte sich die ganz sicher verschmierte Wimperntusche unter den Augen weg. »Na, weil das eine Katastrophe ist.«

»Siehst du, das meine ich«, erwiderte er. »Und du gerätst immer an die Falschen, weil der Richtige noch nicht dabei war. Wer war es denn, der dich dazu gebracht hat, deine schönen Schuhe zu ruinieren?«

Sie erzählte kurz von der Begegnung mit Hans, wobei sie die Kussszene zu einem etwas innigeren Handauflegen machte. Die Blöße wollte sie sich nicht geben.

»Elkes Bruder, sagst du? Und wann ist seine Frau gestorben?«

»Vor knapp drei Jahren.«

»Manchmal dauert es, so einen Schmerz zu verdauen«, meinte Lothar, und Helga fragte sich, ob diese Bemerkung einen doppelten Boden hatte. Fast schon wollte sie sich wieder schuldig fühlen, dass sie derart rumjammerte wegen so einer Nichtigkeit, wo Lothar doch deutlich mehr Grund gehabt hätte, sich zu grämen. Aber sie schob das Gefühl zur Seite. Nur dass es anderen schlechter ging, hieß ja nicht, dass ihr Kummer keine Berechtigung gehabt hätte.

»Ja, das mag sein, aber dann hätte er es ja sagen können.«

Lothar zog Helga einmal kurz an sich. »Männer reden nicht gern über so was, weißt du?«

»Scheint so, und das ist schlimm genug«, erwiderte Helga, bückte sich und versuchte, mit etwas Spucke die Striemen von den Schuhen zu reiben. Jetzt ärgerte sie sich doch, dass sie sie ruiniert hatte. »Ich finde, es ist an der Zeit, dass Frauen sich mal zusammentun und ihre eigene politische Partei gründen oder so was.«

»Um Himmels willen! Verzeihung, aber bei allem Respekt hoffe ich wirklich, dass es dazu nie kommt.« Lothar sagte es scherzhaft, doch es klang ziemlich ernst.

»Wieso, warum denn nicht?«

»Ach«, wiegelte er ab, »lassen wir das für heute. Wir feiern den Tag der Arbeit, da wollen wir uns nicht mit hochtrabenden Gedankenspielen belasten. Wir sind sowieso gleich da, ich bring dich noch nach Hause.«

Stirnrunzelnd folgte Helga Lothar schweigend. Der klingt ja fast wie sein Vater, ging es ihr durch den Kopf.

»Sag mal, hast du dir die Sache mit dem Kreidebergseequartier eigentlich überlegt? Speziell für eine der Erdgeschosswohnungen haben wir einen ernst zu nehmenden Interessenten«, wechselte Lothar nach einer Weile das Thema.

Helga atmete schwer aus. Manche Dinge schienen sie heute zu verfolgen. Aber etwas in ihr war vor einigen Tagen in

Bewegung gekommen, und Helga merkte, dass sie selbst die Nase voll davon hatte, immer alles aufzuschieben oder gar nicht erst in Angriff zu nehmen, weil es zu schwierig wirkte oder bei anderen auf Widerstand stoßen konnte. »Nein, habe ich noch nicht. Aber ich habe mir fest vorgenommen, am Wochenende mit meiner Mutter darüber zu sprechen. Vielleicht ist sie ja gar nicht so abgeneigt, wie ich glaube.«

»Sehr gut«, antwortete Lothar und blieb stehen. »Wir sind da.«

Helga grinste ihn an. »Ach wirklich? Das wäre mir gar nicht aufgefallen.«

Lothar betrachtete das Haus mit Kennerblick. »Es ist ohne Zweifel ein wunderschönes Haus, Helga. Ehrwürdig und doch einladend. Und erst der Garten!«

Nun schweifte auch Helgas Blick über den wirklich hübsch angelegten Vorgarten mit seiner Trauerbirke, der Magnolie, den Kletterrosen an der Hauswand … Sie selbst sah das im Alltag gar nicht mehr. Aber wenn sie nun genau hinschaute, dann konnte sie doch zu fast allen Gewächsen eine Geschichte erzählen und spürte die Verbundenheit damit. »Ja, da hast du wohl recht.« Sie holte schon den Hausschlüssel aus ihrer Tasche, als ihr auffiel, dass sie noch gar nicht nach ihm gefragt hatte und wie die Begegnung mit Ulrich gewesen war. »Wie … wie geht es dir denn? Also …« Wie sollte sie sich bloß ausdrücken, ohne zu viel vorwegzunehmen? »… wie versteht ihr euch so, du und der zurückgekehrte Cousin? Kann er euch helfen?«

Lothar rieb sich den Nacken. »Ja, ja, ich glaube, das kann er.«

»O, wie wunderbar! Das wäre ja wirklich fantastisch.«

»Das stimmt, das wäre es. Und ja, es ist schön, ihn mal wieder an meiner Seite zu wissen. Ich habe ihn vermisst.« Lothar rieb sich über das Gesicht. »Es sind schwere Zeiten, Helga. Ich wünsche dir eine gute Nacht.« Er berührte sie erneut leicht an der Schulter.

»Danke. Das wünsche ich dir auch.« Ohne sich noch einmal umzusehen, schritt Helga über den geschlängelten Weg durch den Vorgarten zur Haustür. Wir alle haben unsere Geheimnisse und verborgenen Sehnsüchte, dachte sie, als sie den Schlüssel im Schloss drehte.

14.

»Was wollen wir hier?«, fragte Ulrich irritiert, als Eva auf eine Tür zusteuerte, auf die mit Fingerfarben das Wort »Kindergarten« gemalt war.

»Ich sagte doch, dass ich dir jemanden vorstellen möchte.« Eva betrat die Kindertagesstätte, in der um diese Uhrzeit nur noch wenige Kinder waren. Genau genommen nur zwei – der Sohn der Kindergärtnerin, Uwe. Und Sabine. Normalerweise schloss die Einrichtung um vierzehn Uhr, und es war allein Ursulas gutem Willen zu verdanken, dass Sabine dreimal die Woche bis um fünf bleiben durfte. Das war alles andere als üblich, und schon so manches Mal hatte Eva auch zu spüren bekommen, was andere Mütter von ihr hielten. Das Wort »Rabenmutter«, getuschelt hinter vorgehaltener Hand, hatte sie mehr als einmal aufgeschnappt. Nach außen hin ignorierte sie diese Anfeindungen. Aber in ihrem Innern fragte sie sich oft, ob die Frauen nicht recht hatten.

Der Besuch heute war wegen des Feiertags aber ohnehin eine private Verabredung. Ursula hatte Sabine erst am Nachmittag von zu Hause abgeholt, da Uwe seine beste Freundin unbedingt sehen wollte. Eva war es nur recht gewesen.

Als wollte Sabine ihr das Gegenteil beweisen, kam die Kleine auf sie zugeflogen, sobald sie die Stimme ihrer Mutter erkannt hatte. »Maaaa-mi!«, rief sie, und Eva fing ihre Tochter auf und wirbelte sie im Kreis.

»Hallo, mein Schatz, hattest du einen schönen Tag?«

»Ja, komm mal mit. Ich zeige dir das Schloss, das Uwe und ich heute gebaut haben.« Erst jetzt schien sie auch Ulrich zu bemerken. Neugierig sah sie ihn an. »Wer ist das?«, fragte sie ihre Mutter ohne Scheu, den Blick unverwandt auf Ulrich geheftet.

»Das ist … das ist ein guter Freund von uns. Ulrich Wolf.« Jetzt, wo sie schon hier waren, konnte sie die Lüge nicht weiter aufrechterhalten und Ulrich als den lieben Onkel vorstellen. Unmöglich.

»Wolf, wie der Wolf?«, fragte Sabine.

Ulrich hockte sich zu der Kleinen hinunter. »Genau, aber ein lieber Wolf, ein echter Beschützer-Wolf, weißt du. Nicht so einer wie in Rotkäppchen.«

Sabine lachte. »Nee. So siehst du ja auch gar nicht aus. Wen beschützt du denn? Hast du auch Kinder?«

Ulrich musterte die Kleine ganz genau. Sah in ihre großen, tiefblauen Augen. Eva sog ihre Wangen ein und zog sie zwischen die Zähne. »Nein, das habe ich leider nicht. Aber ich beschütze viele Menschen. Im Moment auch deine Mama und deinen Papa. Darum bin ich hier.«

Sabine schien diese Aussage abzuwägen. »Gut, dann kannst du dir das Schloss auch angucken. Komm mit.« Ohne Weiteres nahm sie seine Hand und zog ihn hinaus in den kleinen Garten mit der Sandkiste. Dort ragte tatsächlich ein beachtlicher Berg heraus, der mit Wimpeln und Fähnchen aus alten Eisbechern geschmückt war. Uwe war gerade noch dabei, mit einer Schaufel die Wände festzuklopfen. »Guck, da wohnen wir. Und in dem Schlossgraben« – sie zeigte auf eine Vertiefung um den Berg herum – »sind Kokodrile. Die fressen böse Hexen und Zauberer.«

»Krokodile«, korrigierte Eva sanft.

»Sag ich doch, Kokodrile«, wiederholte Sabine und schüttelte verständnislos den Kopf.

»Das ist wirklich beeindruckend«, lobte Ulrich und ging einmal um die Sandkiste herum, um das Kunstwerk von allen Seiten bestaunen zu können. »Das habt ihr toll gebaut! Das hätte ich in deinem Alter noch nicht geschafft.«

»Wie alt bist du denn?«

»Achtundzwanzig. Und du?«

»Ich bin vier, aber ich werde in zwei Wochen fünf!«, erklärte sie stolz. »Ich bin drei Monate älter als Uwe!«

Ulrich ließ sich nichts anmerken, aber Eva hatte durchaus das Gefühl, dass er langsam begriff. »Das ist toll. Dann kommst du nächstes Jahr schon in die Schule.«

»Genau, aber zählen kann ich jetzt schon. Siehst du: eins, zwei, drei, vier, fünf, sechs, sieben, acht, neun, zehn.«

»Beachtlich«, sagte Ulrich anerkennend und wandte sich dann zu Eva. Sein Blick war gezeichnet von Schmerz und Verzweiflung und noch etwas anderem. So tief, so machtlos und fragend, ohne anzuklagen, dass Eva die Tränen in die Augen schossen.

»Pack schon mal deine Tasche, Schatz, ich komme gleich.«

»Die ist gepackt!«, murrte Sabine.

»Bist du sicher? Eben habe ich deine Brotdose aber noch gesehen. Bitte!«

»Na gut«, sagte sie und zog von dannen.

Schweigend sah Eva Ulrich an. Was sollte sie ihm sagen? Alles hätte fad geklungen. Also wartete sie.

»Lothar weiß es«, sagte er schließlich mit angespannten Kiefermuskeln. Es war keine Frage. Es war eine Feststellung.

Eva nickte.

»Wer noch?«

»Helga«, antwortete sie. Und etwas leiser. »Und jetzt du.«

»Wann hättest du es mir gesagt, Eva? Hättest du es mir überhaupt gesagt?« In seiner Stimme lag ein Hauch von Bitterkeit, aber mehr noch als das war da immer noch der Schmerz und – eigentümlicherweise – Liebe. Eine unbedingte, allumfassende Liebe. Eva schien es, als würde das ganze instabile Gerüst, auf dem sie jahrelang balanciert war, plötzlich unter ihr einbrechen.

»Ulrich, ich …«

Ulrich nahm Evas Hand. »Nein, Eva, bitte nicht. Sag jetzt nichts. Ich will es nicht wissen. Nicht jetzt.« Er ging erneut in die Hocke und zog einen Wimpel aus einem Seitenturm. »Darf ich?«, fragte er an Uwe gewandt, der immer noch ganz versunken mit seinen Legomännchen das Schloss bewachte.

»Klar«, sagte der kumpelhaft. »Nur nicht den von der Spitze. Der gehört der Königin.«

Ulrich stand wieder auf. »Ich gehe jetzt zurück ins Hotel. Ich muss nachdenken. Nur eines, Eva: Diese Nachricht ändert alles. Wirklich alles. Eines jedoch nicht. Im Gegenteil. Ich bitte dich noch immer, und jetzt noch eindringlicher, mich nach Ostberlin zu begleiten. Das …«, er senkte den Blick und Eva zerriss es fast das Herz, »würde mir viel bedeuten. Einen schönen Abend, Eva. Wir sehen uns.«

Mit diesen Worten ging er gebückt und mit hängenden Schultern zurück in den Innenraum und wurde von der Dunkelheit drinnen verschluckt.

Wie erstarrt blieb Eva allein zurück. Uwe machte sich nun auf den Weg zu seiner Mutter. Es wurde auch langsam etwas kühler. Kein einziger Gedanke ging Eva in diesem Moment durch den Kopf. Alles, was sie fühlte, war eine bleierne Schwere, die dunkelgrau oder schwarz ihr Inneres erfüllte. Es war, als würde die Sonne nicht mehr zu ihr durchdringen und hinter einer dichten Nebelwand verborgen liegen. Jetzt, wo Ulrich die Wahrheit erfahren hatte, wo er sich klaglos und eingesunken verabschiedet hatte, schien ihr ihre Entscheidung von damals, die ganze Lüge, so bodenlos und töricht, so dumm und schuldbeladen, dass sie nicht mehr begreifen konnte, wie sie sie überhaupt hatte in Erwägung ziehen können. Sie widerstand dem Impuls, ihm einfach ins Hotel hinterherzulaufen. Wenn sie sich ihm jetzt wimmernd zu Füßen geworfen und ihn um Verzeihung gebeten hätte, was hätte er dann von ihr gedacht? Ihr Bild musste so schon beschädigt genug sein. Sie durfte das letzte Quäntchen Stolz, das sie noch hatte, nicht auch noch wegwerfen.

»Mami, wo bleibst du denn? Erst soll ich mich beeilen und dann stehst du da einfach rum!« Binchens vorwurfsvolle Worte rissen sie aus ihren Gedanken.

Eva ging in die Knie und nahm ihre Tochter fest in den Arm. »Du weißt, dass Mami dich ganz doll lieb hat, nicht wahr?«

Statt zu antworten, schmiegte Sabine ihr weiches kleines Gesicht an Evas Wange. »Ich hab dich auch lieb, Mami.«

Eva blinzelte die Tränen weg, erhob sich und reichte ihrer Tochter die Hand. »Na komm, dann gehen wir jetzt schnell nach Hause und machen ein Badewannenpicknick!«

»Au ja!«, jubelte ihre Kleine und stürmte schon los, denn ein Badewannenpicknick war für sie das Allergrößte. Es bedeutete, dass ihr leckere Schnitten, in mundgerechte Häppchen geteilt und mit den köstlichsten Aufstrichen versehen, also Marmelade, Honig oder sogar Zuckerei, an die Badewanne serviert wurden, während sie und das Quietscheentchen von Schaumbergen eingehüllt waren.

Es war bereits kurz nach sieben, als Eva, nachdem sie Sabine noch zu Bett gebracht hatte, die Treppe ins Wohnzimmer hinunterging. Ihr Vater machte ein Nickerchen in seinem Sessel, was in letzter Zeit häufiger vorkam und wofür Eva sehr dankbar war. Ein schlafender Heiner Benningsen konnte nicht im Bademantel nach draußen irren oder den Herd anstellen, um seine Schuhe darin zu trocknen. Dr. Lübke hatte Eva empfohlen, dem Tee durchaus ein paar Tropfen Johanniskraut und Passionsblume unterzumischen, die sie aus der Apotheke geholt hatte. Vielleicht halfen die ja wirklich.

Lothar saß in dem anderen Sessel und blätterte die Zeitung vom Vortag durch, legte sie aber zur Seite, als Eva den Raum betrat. »Du warst lange weg«, sagte er und schlug ein Bein über das andere.

Eva zog die Haarnadeln aus ihrer Frisur und schüttelte den Kopf, sodass die langen blonden Locken über ihre Schultern fielen. »Ja, das stimmt.« Unschlüssig sah sie sich um. Sie wusste nicht, wie sie weitermachen sollte und hoffte, Lothar werde die Initiative ergreifen. Sie wollte nicht mehr lügen, aber ihr fehlte dennoch der Mut, um den Anfang zu machen.

»Wir haben uns mal etwas versprochen, weißt du noch?«, meinte Lothar schließlich.

»Natürlich weiß ich das noch.« Aufrichtigkeit, das war es, wozu sie einander bei ihrer Hochzeit auch ihr Jawort gegeben hatten. Beiden war damals klar gewesen, dass sie in ihrer Ehe mehr innige Verbundenheit als große Leidenschaft teilen würden. Lothar hatte Evas Entschluss, Ulrich nichts von ihrer Schwangerschaft zu erzählen, akzeptiert und war bereit, ihr zu sein, was er konnte: Stütze, ein guter Freund, der Mann an ihrer Seite. Und sie hatte es ebenso gehandhabt. Daran durfte sich jetzt nichts ändern. »Ulrich hat mich um einen Gefallen gebeten«, fing sie dann zaghaft an.

»Aha.« Lothar nahm seine Lesebrille ab. »Und um welchen?«

Eva rang mit sich. Sie wusste nicht, ob Ulrich seinem Cousin von seiner Mutter erzählt hatte, und sie empfand es nicht als richtig, wenn sie Lothar davon berichtete. »Die genauen Hintergründe soll er dir bitte selbst erklären. Ich stehe im Wort, nicht darüber zu sprechen. Aber ich kann sagen, dass er mich gebeten hat, ihn für ein paar Tage nach Ostberlin zu begleiten.«

Die Überraschung stand Lothar ins Gesicht geschrieben. »Nach Ostberlin? Aber warum?«

Gequält sah Eva ihren Mann an. »Bitte, Lothar, ich kann es dir wirklich nicht sagen. Sagen wir, er hat dort etwas zu erledigen. Und es ist wichtig genug, dass ich zustimmen werde.«

Es kostete Lothar sichtbar Mühe, sich zusammenzureißen. Eva war klar, dass sie ihm viel abverlangte. »Weiß er das schon?«, fragte er mit zusammengepressten Lippen.

»Nein«, erwiderte Eva wahrheitsgemäß. »Ich wollte erst mit dir sprechen.«

»Wie edelmütig«, sagte er sarkastisch. »Mit mir *sprechen*. Deine Entscheidung ist doch längst gefallen! Du meinst, du wolltest es mir *mitteilen*. Das ist ein großer Unterschied, Eva.«

Eva widerstand ihrem Bedürfnis, zu Lothar zu laufen, sich vor ihn hinzusetzen und ihm ihre Arme beschwichtigend auf die Knie zu legen. »Wenn du es unbedingt so formulieren willst«, sagte sie stattdessen kühl. »Ja, ich habe mich entschieden, und du sollst der Erste sein, der es erfährt. Und ich glaube, ich habe ein Recht dazu. Ich wüsste nicht, warum ich als Frau nicht in der Lage sein sollte, selbst darüber zu bestimmen, was ich für richtig und wichtig erachte. Sehr gern tue ich das mit dem Rückhalt meines Mannes. Aber ich möchte ihn nicht um seine Zustimmung bitten müssen. Ihn nicht, und auch sonst niemanden.« Die Worte waren nur so aus ihr herausgeschossen und fühlten sich merkwürdigerweise befreiend an. Vielleicht traf es in Lothar den Falschen. Aber wie oft schon hatte sie sich insgeheim darüber aufgeregt, dass jeder akzeptierte und fast von ihr erwartete, dass sie die Geschicke der Saline und ihrer Mitarbeiter klug und verantwortungsvoll lenkte, sie dies aber dennoch nur tun durfte, wenn gesichert war, dass diese Tätigkeit »mit ihren Pflichten in Ehe und Familie vereinbar« war. Was war das denn bloß für ein Staat, der den Frauen nicht gestattete, sich als Individuum und Mensch ähnlich frei zu entfalten, wie das bei den Männern selbstverständlich war?

»Hört, hört«, sagte Lothar mit einem eindeutig aggressiven Unterton, »da ist der verlorene Sohn kaum sechsunddreißig Stunden in der Stadt, und schon hat meine Frau wieder Flausen im Kopf. Ich sehe, sein Einfluss auf dich ist ungebrochen.«

Fassungslos starrte Eva ihren Mann an. Was waren denn das für Töne? So harsch und abkanzelnd hatte er noch nie mit ihr gesprochen. War das ihr erster Ehestreit? »Lothar, ich denke, wir brechen die Unterhaltung an dieser Stelle besser ab. Wenn du wieder glaubst, ein anderer Mann wäre verantwortlich für meine Meinung, hast du wirklich nichts von dem verstanden, was ich soeben zu erklären versucht habe. Ich werde mich jetzt zurückziehen.« Eva drehte sich um und wollte das Wohnzimmer schon verlassen, als sie noch einmal innehielt. »Ach so, und nur, dass du es mal gehört hast: Ulrich weiß nun, wer Sabines leiblicher Vater ist. Ich musste es nicht einmal sagen. Er hat es auch so erkannt. Gute Nacht.« Und damit war sie weg.

Mit klopfendem Herzen nahm Eva die Stufen hinauf ins Schlafzimmer und setzte sich erregt auf die Kante des gemeinsamen Ehebettes. Unten hörte sie es noch rumoren, dann fiel die Haustür ins Schloss. Lothar musste offenbar auch Dampf ablassen. Am liebsten wäre sie heute ins Gästezimmer umgezogen. Aber das hatten sie leider nicht mehr. In ihrem alten Zimmer schlief Binchen. Und ihr Vater war in Curts Zimmer einquartiert. Damit war das Haus voll belegt.

Unabhängig davon steckte ihr die kurze, aber doch lautstarke Auseinandersetzung mit Lothar in den Knochen. Noch nie hatten sie beide so sehr die Kontrolle verloren, geschweige denn sich fast angeschrien. Wie hatte es nur dazu kommen können? War es wirklich allein der Situation geschuldet? Dass Eva nach Berlin wollte, mit Ulrich? Oder brach sich hier etwas Bahn, das sich wie ein Moorbrand über die Jahre unter der Oberfläche weiterentwickelt hatte und jetzt einfach an einer brüchigen Stelle aufloderte? Etwas, das sie nie wahrgenommen hatte? Oder nicht hatte wahrnehmen wollen?

Eva ließ sich nach hinten auf das Bett fallen und starrte an die Decke. Ulrich zu berühren, hatte ihr einen Schlag versetzt, ihren Körper elektrisiert, einen Kitzel in ihrer Körpermitte ausgelöst und ihren Puls auf eine Art beschleunigt, an die sie sich gar nicht mehr hatte erinnern können. Körperliches Verlangen. Wann hatte sie es zuletzt gespürt? Lothar und sie waren nicht besonders zärtlich miteinander. Dass sie kein zweites Kind bekommen hatte, lag nicht allein daran, dass beide sich auf ihre Arbeit konzentrierten. Wenn Lothar sie die wenigen Male, die es anfangs geschah, angefasst hatte, mit seiner Hand ihren Oberschenkel hinaufgewandert war, sanft zunächst, dann drängender, hatte Eva die Augen geschlossen, ja, nicht nur geschlossen, sie hatte sie förmlich zusammengekniffen und die Finger ins Kissen gekrampft. Und wenn er sich dann auf sie gelegt hatte, schwer atmend, hatte sie den Kopf zur Seite gedreht und schlicht gebetet, es möge schnell vorbei sein.

Geredet hatten sie nie darüber, aber es hatte nicht lange gedauert, bis Lothars Begehrlichkeiten seltener wurden, bis sie schließlich ganz verebbten. Und so war ihre Ehe dann in ruhigen, verbundenen Bahnen weitergelaufen. Ungefährlich, alltäglich.

Nie hatte sich Eva gefragt, ob ihr etwas fehlte. Sie hatte gar nicht gemerkt, dass sie einen Teil von sich völlig ausklammerte. Bis heute. Bis sie Ulrich nur einmal kurz gespürt hatte und alles wieder da war. Alles, was sie so an ihm geliebt hatte, alles, was sie so begehrte.

Insofern hatte Lothar vielleicht sogar recht, wenn er ihr vorwarf, sie habe »Flausen im Kopf«, sobald Ulrich in der Nähe war. Die Gründe dafür lagen jedoch nicht in dem, was Ulrich tat oder ließ. Die Gründe lagen in ihr. Der Grund war, dass sie Lothar mochte und schätzte, aber nicht liebte. Und dass sie nie aufgehört hatte, genau das für Ulrich zu empfinden: Liebe.

Seufzend drehte Eva sich auf die Seite, legte eine Hand unter ihren Kopf. Sie hatte damals getan, was sie tun musste. Und so war es auch heute wieder. Sie würde tun, was sie für richtig hielt. Im Moment hieß das, mit Ulrich nach Berlin-Pankow zu fahren.

Und es hieß wohl auch, mit Ulrich und mit Lothar zu besprechen, wie es mit Sabine weitergehen konnte. Ulrich würde ihr das Kind nicht wegnehmen können – und es sicher auch nicht wollen. Aber wenn er darauf bestand, sie regelmäßig zu sehen, würde sie es ihm nicht verbieten.

Und wie würde es mit ihr und Lothar weitergehen? Auch ihn hatte sie nie gefragt, ob ihm etwas fehlte. Würde er womöglich die Scheidung einreichen? Er konnte jederzeit vor Gericht vorbringen, sie habe ihm ein fremdes Kind untergejubelt und sich nun wieder seinem Cousin an den Hals geworfen. Jedes Gericht dieser Republik hätte sie dafür schuldig geschieden. Aber so durfte sie nicht denken, denn so etwas hätte Lothar nie getan. Dafür war er viel zu anständig und integer. Oder?

Eva wälzte sich auf die andere Seite. Was aber, wenn *sie* die Scheidung wollte? Es wäre ebenso sonnenklar, dass ganz sicher *kein* Gericht dieser Republik Lothar für irgendetwas die Schuld geben würde. Er hatte ja auch keine auf sich geladen. Sie war es gewesen. Demnach musste eine Trennung einvernehmlich sein. Aber würde er das zulassen?

»Jetzt hör aber mal auf mit diesem Unsinn!«, ermahnte sie sich selbst und richtete sich resolut auf. »Noch ist ja nichts passiert!« Was nicht stimmte, und das wusste Eva auch.

Von unten hörte sie nun ein Husten und leises Ächzen. Offenbar war ihr Vater wach geworden. Sie wollte nach Karla rufen, erinnerte sich dann aber, dass diese noch gar nicht nach Hause gekommen war. Sie hoffte nur inständig, dass sie es nicht gewagt hatte, mit von Seefeldt eine Spritztour zu unternehmen. »Ich komme schon!«, rief sie, als sie auf dem Flur war, und hörte bereits das Knarzen und Schnarren des Plattenspielers. Dann die etwas hohle Stimme von Marika Rökk »Für eine Nacht voller Seligkeit, da geb ich alles hin …« Die Platte musste fast älter sein als sie selbst. Als Eva das Wohnzimmer betrat, bewegte sich ihr Vater im Takt der Musik und hielt seine Arme, als hätte er jemanden im Arm. »Da bist du ja endlich, Christa«, sagte er freudestrahlend, als er Eva im Türrahmen stehen sah. »Das war doch immer dein Lieblingslied. Na komm, schenke mir diesen Tanz.«

Und mit Tränen in den Augen ging Eva auf ihren Vater zu und legte ihre Hand in seine.

15.

Das ganze Wochenende war Helga wie Falschgeld um ihre Mutter herumgeschlichen. Hatte sie gefragt, ob sie etwas trinken oder Halma spielen wolle, ob sie die Gardinen demnächst einmal kürzen solle, damit ein wenig mehr Licht ins Haus kam. Hatte ihr aus dem Garten einen Strauß Blumen gepflückt und ins Wohnzimmer gestellt, ihr Lieblingsgericht gekocht – Linseneintopf mit viel Essig –, das Bad geputzt, Bettwäsche gewaschen, ihrer Mutter beim Mangeln geholfen, sie sogar gefragt, ob sie ihr etwas vorlesen solle, etwas *vorlesen*! Spätestens da hatte dann auch ihre Mutter gemerkt, dass etwas nicht stimmte, und sie darauf angesprochen.

»Helga, ich bin dir wirklich dankbar, dass du dich so um mich sorgst, aber wenn irgendetwas passiert ist, dann sagst du es mir besser direkt. Hattest du einen Unfall? Hat der Wagen Totalschaden? Hast du Ärger im Büro? Natürlich sind die Blümchen sehr hübsch, aber irgendwas ist doch!«, hatte Inge Lackner gesagt und sie aus ihren kleinen grauen Augen müde angeschaut.

Obwohl Helga sich genau überlegt hatte, wie sie anfangen wollte, fiel ihr jetzt der passende Satz nicht ein. Wenn sie erst von Herrn Dr. Siemers berichtet hätte, wäre es den ganzen

Abend um die Ungerechtigkeit gegangen, dass Frauen überhaupt arbeiten mussten, weil es noch immer einen Mangel an Arbeitskräften gab, anstatt sich, wie es sich gehörte, um die Familie zu kümmern. Und es ihnen dann aber wieder viel zu schwer gemacht wurde, eine anständige Arbeitsstelle zu finden. Nein. Das hätte zu nichts geführt. Von dem Café wusste ihre Mutter ja auch noch nichts. Bislang hatte sie auf die Frage nach dem Arbeitsanzug eher ausweichend geantwortet. Aber wie sollte sie ihrer Mutter beibringen, dass sie fand, sie habe so langsam ein eigenes Leben verdient? Noch nie hatte ihre Mutter von sich aus mal ein Wort darüber verloren.

»Du hast recht, Mama«, sagte sie schließlich und wusste noch immer nicht, wie sie den Satz fortsetzen würde. »Irgendwas ist. Und du hast auch recht, dass wir darüber reden müssen. Möchtest du einen Tee?«

Inge Lackner sah ihre Tochter abwartend an. »Nein, ich möchte immer noch keinen Tee. Was brennt dir auf der Seele?«

Helga setzte sich neben ihre Mutter auf das Sofa und verschränkte die Hände in ihrem Schoß. »Weißt du, wir wohnen ja schon sehr lange allein in diesem Haus, und seit Vatis Tod vor vier Jahren hat sich hier wenig verändert.« Sie schaute sich um. »Also, damit meine ich weniger das Haus. Damit meine ich eigentlich eher uns. Wir leben hier tagein, tagaus, als warteten wir darauf, dass Vati doch gleich wieder durch die Tür spazieren würde und alles wäre wie früher. Als würde das Haus dann wieder in all seinen bunten Farben erstrahlen und nicht so schwarzweiß und niedergedrückt wirken. Aber wir wissen beide, dass das nicht passieren wird.«

»Red nicht so über deinen Vater«, erwiderte Helgas Mutter, aber ihrer Stimme fehlte die Kraft.

»Siehst du, Mama, genau das meine ich damit. Du tust so, als sei er noch am Leben. Aber das ist er nicht. Er ist tot, Mama. Und sowohl du als auch ich müssen endlich anfangen, unser eigenes Leben zu leben. Stattdessen klammern wir uns hier aneinander, und du kommst nicht weiter, ich aber auch nicht.«

Nun sah Inge Lackner erschrocken auf. »Was willst du damit sagen? Willst du damit zum Ausdruck bringen, dass ich dir zur Last falle oder dass es dir an etwas fehlt? Wir haben doch alles, was wir brauchen.«

Helga merkte, wie sie sich langsam warm geredet hatte. »Das haben wir eben genau nicht! Ich jedenfalls nicht. Ich habe das Gefühl, hier langsam zu ersticken. Ich bin sechsundzwanzig Jahre alt und komme mir vor wie eine alte Schachtel. Ich gehe morgens aus dem Haus, und abends sitze ich hier und besticke Kissenbezüge. Kannst du dir nicht vorstellen, dass mir das nicht reicht?«

Aus großen, kindlichen Augen sah ihre Mutter sie an und schien noch ein wenig kleiner zu werden. »Aber wir haben doch uns. Wir müssen doch zusammenhalten, Kindchen, jetzt, wo Vati nicht mehr da ist. Vermisst du ihn denn gar nicht?«

Helga rollte innerlich verzweifelt mit den Augen. Sie wusste genau, warum sie dieses Gespräch so lange vor sich hergeschoben hatte. Wenn ihre Mutter nicht weiterwusste, versuchte sie es mit moralischer Erpressung. »Mama«, sagte sie erregt. »Das tut doch nichts zur Sache. Natürlich fehlt mir Vati. Gerade neulich erst habe ich jemandem erzählt, wie er mir diese Lampe in die Sardinendose gebaut hat, weißt du noch?«

Versonnen schaute Inge Lackner ins Nichts. »Ja, er war so ein guter Mann und ein liebevoller Vater.«

»Und natürlich halten wir zusammen«, nahm Helga den Faden wieder auf, »aber dieses alte Haus ist so groß und zugig, und die Heizkosten werden uns noch auffressen, wenn der Ölpreis weiter steigt.« Jetzt, dachte Helga, jetzt musst du es sagen. »Es gibt da hinten am Kreidebergsee so ein Neubaugebiet. Da entstehen ganz schicke Wohnungen. Mit Zentralheizung und Einbauküche. Ich habe mir gedacht, wenn wir das Haus verkaufen würden …«

»Was sagst du da?«, rief ihre Mutter entsetzt. »Was ist denn das für ein ausgemachter Unsinn? Hör sofort auf damit! Nicht mal im Traum darfst du daran denken, dass wir dieses Haus an irgend so einen dahergelaufenen Fremden abgeben. Bist du von allen guten Geistern verlassen? Du trittst das Andenken deines Vaters mit Füßen, wenn du mit solchen Hirngespinsten kommst. Was soll denn dann aus mir werden? Darüber hast du wohl nicht nachgedacht! Natürlich. Das feine Fräulein Lackner glaubt, sie wäre was Besseres! Wenn das alles war, möchte ich jetzt die Nachrichten gucken. Und ja, einen Tee nehme ich nun gern.« Mit trotzig vorgerecktem Kinn wandte sich ihre Mutter halb von ihr ab.

Helga waren bei diesen Vorwürfen die Tränen in die Augen getreten. Ihre Mutter wollte sie einfach nicht verstehen. Sie hatte sich so in ihr Elend und ihr Selbstmitleid eingeschlossen, dass Helgas Worte an ihr abprallten wie an einem eisernen Schutzschild. Verzweifelt stand Helga auf, ging in die Küche und stellte den Pfeifkessel auf den Herd. Sie würde niemals die Unterstützung ihrer Mutter bekommen. Wenn sie etwas an ihrem Leben ändern wollte, musste sie es auf eigene Faust tun. Das jedoch hieß: Sie musste ihre Mutter im Stich lassen. Und sie musste einen Kredit aufnehmen, den sie als Arbeitslose aber sicher nicht bekam. Das Haus gehörte ihr nicht. Sie würde es nicht beleihen können. All das hieß in der Konsequenz: Nichts würde sich ändern, und Helga würde versauern und verbittern und genau zu der alten Jungfer werden, für die sie sich manchmal schon hielt.

Absichtlich häufte sie einen halben Löffel zu viel von dem schwarzen Tee in das Netz und goss das heiße Wasser auf. Sie wollte nicht die Einzige mit einem bitteren Geschmack im Mund sein.

* * *

Helgas Laune hatte sich auch am nächsten Morgen nicht spürbar verbessert. Missmutig stapfte sie in Richtung Rathaus. Ihr graute vor dem Tag, denn aufgrund der Tatsache, dass am Freitag Feiertag gewesen war, sah sie die Aktenberge schon vor sich, die sie heute »geschwind«, eins der Lieblingsworte von Siemers, abarbeiten sollte. Sie hatte unruhig geschlafen und war immer wieder mit den Vorwürfen und den anklagenden Blicken ihrer Mutter im Sinn wach geworden. Die Wut brodelte in ihr wie ein blubbernder Vulkan, und sie hatte das dumpfe Gefühl, dass er sich heute noch entladen würde. Das einzig Gute war, dass der Bund ihrer hellblauen Hose wirklich schon ein wenig lockerer saß als noch vor zehn Tagen.

Dr. Siemers war bereits da, als sie ihr Büro betrat, was eher unüblich war morgens um halb acht, und sie hoffte inständig, dass es nichts mit dem kopierten Gutachten zu tun hatte. Sie wollte gerade in die Teeküche gehen, um Kaffee aufzusetzen, als Siemers ihr schon hinterherrief. »Fräulein Lackner, bitte schauen Sie doch einmal kurz bei mir rein.« Unwillig, aber auch ein wenig ängstlich, drehte sie um und postierte sich im Türrahmen zu Siemers' Büro. »Guten Morgen, Herr Dr. Siemers. So früh schon auf den Beinen? Hatten Sie einen schönen Tag an der Ostsee?«, fragte sie mit klopfendem Herzen.

»Jaja, danke. Fräulein Lackner, ich habe hier drei Bänder, die Sie bitte direkt abtippen und noch bis zwölf zur Post bringen. Und für die Ausschusssitzung um zwei holen Sie bitte ein wenig Kuchen. Wenn es uns gelingt, die Industriebrache in Bardowick als Gewerbegebiet auszuweisen, haben wir ein attraktives Angebot für Investoren, stärken den Standort und können so an den Wahlerfolg der CDU in Baden-Württemberg anknüpfen. Dann kommt der konjunkturelle und politische

Aufschwung auch in Niedersachsen an.« Freudig rieb er sich die Hände.

»Sie meinen aber nicht das Naturschutzgebiet, oder?«, fragte sie irritiert.

Verständnislos sah er sie an. »Das verstehen Sie nicht, Fräulein Lackner. Deswegen ja die Ausschusssitzung. Ist der Kaffee schon fertig?«, fragte er, bereits wieder in seine Schriftsätze vertieft.

Der Vulkan in Helga warf nun erste Blasen. »Herr Dr. Siemers«, sagte sie ganz ruhig. »Was genau verstehe ich nicht?«

Er sah kurz auf und schob ihr den Unterschriftenordner und die Bänder hin. »Dafür habe ich jetzt keine Zeit. Das erkläre ich Ihnen vielleicht ein andermal. Bitte!«, fügte er noch ungehalten hinzu.

»Wissen Sie was, Herr Dr. Siemers. Ich habe leider gerade auch keine Zeit, Ihnen einen Kaffee zu kochen und überflüssige Bänder abzutippen. Ich werde mich jetzt bei der örtlichen Umweltgruppe informieren, was es mit den Plänen um das Naturschutzgebiet Ketzheide auf sich hat. Vielleicht kann ich die sinnvoll unterstützen. Das erscheint mir im Moment lohnender. Ich wünsche Ihnen noch einen schönen Tag.« Nun war der Vulkan ausgebrochen. »Ach, und falls das nicht deutlich geworden sein sollte: Ich kündige.«

Energisch machte Helga auf dem Absatz kehrt, griff nach ihrer Handtasche und stolzierte erhobenen Hauptes aus dem ersten Stockwerk die Stufen hinab. Von oben hörte sie noch die dröhnende Stimme des Oberstadtdirektors: »Fräulein Lackner, wo wollen Sie denn hin? So warten Sie doch!« Sie lächelte. Auf dem Weg ins Freie zwinkerte sie dem erstaunten Herrn Clausen ein letztes Mal zu. Wäre der Vulkan echt gewesen, hätte das ganze Rathaus jetzt unter einer dunklen Aschewolke begraben gelegen.

Noch ganz im Rausch ihrer Entscheidung marschierte Helga schnurstracks in Richtung Saline. Sie störte ihre Freundin nie bei der Arbeit, aber heute musste sie eine Ausnahme machen. Außerdem war sie neugierig, wie es Eva ergangen war.

Kribbelig eilte Helga, die den Weg in- und auswendig kannte, an den zischenden Siedepfannen vorbei durch die Näherei, wo sie über dem Geräusch der sirrenden Maschinen die konzentriert vor sich hinarbeitenden Frauen freundlich grüßte, hinauf in Evas Büro. Sie hielt einen kurzen Plausch mit Frau Gerstenberger, die, wenn Helga das Bäuchlein richtig deutete, zum dritten Mal schwanger war, erläuterte kurz die Dringlichkeit und klopfte dann an Evas Tür.

Zu überrascht, um direkt wieder zu verschwinden, ließ sie ein ratloses »Äh« hören, als sie Ulrich und Eva zusammen in dem Raum erblickte. »Entschuldigt, ich wusste nicht, dass du Besuch hast.« Insgeheim ärgerte Helga sich, dass Frau Gerstenberger sie nicht gewarnt hatte.

Doch Eva kam sofort auf Helga zu und nahm sie in den Arm. »Das ist ja mal eine Überraschung. Was machst du denn hier?«, fragte sie mit großen Augen, die für Helgas Geschmack fast ein wenig zu sehr leuchteten.

»Hallo, Ulrich«, sagte Helga dann und ging auf ihn zu. »Wie schön, dich mal wiederzusehen!«

»Ja, es war eine lange Zeit. Gut siehst du aus. Hast du irgendwas an deinem Typ verändert?«

»Du meinst, außer dem normalen Alterungsprozess?« Sie lachte ihn an. »Ich habe ein halbes Kilo abgenommen. Aber ich glaube nicht, dass es das ist, was du meinst.«

Dann wandte sie sich wieder Eva zu. »Entschuldige, dass ich hier so reinplatze, Evchen, aber diese Nachricht kann nicht warten!«

»Lass hören: Ihr verkauft euer Haus!«

»Pah!« Sofort verdunkelte sich Helgas Miene, als sie an den Streit vom Vortag dachte. »So weit sind wir noch nicht. Aber wenn du so willst, hat es damit zu tun, in gewisser Weise jedenfalls.« Erwartungsvoll sah sie von einem zum anderen. »Ich habe soeben gekündigt!«, eröffnete sie strahlend. Als keine Reaktion kam, wiederholte sie ihre Worte. »Hört ihr, ich habe gekündigt. Im Rathaus. Eben gerade.«

Eva, gekleidet in eine, wie Helga auffiel, für sie sehr untypische bunte, enge Hose und ein enges weißes Oberteil, nahm ihre Hände. »Das hast du wirklich getan? Bist du sicher, dass es der richtige Zeitpunkt war?«, fragte sie und zog die Brauen sorgenvoll zusammen.

»Es hätte keinen besseren geben können«, erwiderte Helga überzeugt. »Seit diesem halben Fußtritt nach Ostern habe ich mich dort sowieso nicht mehr wohlgefühlt. Überhaupt habe ich das Gefühl, dass jeder meint, mit mir machen zu können, was er will. Und so langsam stinkt mir das, um es mal auf Deutsch zu sagen. Natürlich ist es ein wenig … waghalsig. Aber wir werden schon nicht untergehen. In diesem scheinbar nicht enden wollenden Aufschwung wird es doch wohl ein Plätzchen für mich geben. Außerdem habe ich die Hoffnung, im nächsten Monat das Café eröffnen zu können. Und so der liebe Gott will, habe ich dann erst recht keine Zeit mehr, um irgendwelche langweiligen Briefe der Stadtverwaltung abzutippen. Na, was denkt ihr?« Nun doch ein wenig bange, wartete sie auf eine Reaktion.

Erstaunlicherweise war es Ulrich, der das Wort ergriff. »Meinen allerherzlichsten Glückwunsch, liebe Helga. Du hast vollkommen recht. Wenn man sein Schicksal nicht selbst in die Hand nimmt, tut es auch sonst niemand.« Der Seitenblick zu Eva entging ihr nicht. »Und was haben wir davon, uns aus reiner Bequemlichkeit oder vorgegaukelter Sicherheit in Sklaverei halten zu lassen? Wir zahlen für diese Unfreiheit einen hohen Preis. Und immerhin gibt es seit 1962 das Sozialhilfegesetz.

Verhungern wirst du also nicht müssen«, meinte Ulrich verschmitzt.

»So ist es«, erwiderte Helga zufrieden. »Und den Gürtel ein wenig enger schnallen zu müssen, kann bei mir kaum schaden«, fügte sie hinzu und klopfte sich auf den Bauch. »Jetzt könnte ich einen Schnaps vertragen. Was meint ihr?«

Eva lachte. »Für mich entschieden zu früh. Wir müssen heute zweihundert Salzsäckchen für die Regionalmärkte abpacken. Unsere Greta hat ihre Fühler bis nach Celle ausgestreckt. Und dort gibt es ein Stadtfest, bei dem sie mit ihren Gewürzen einen Stand ergattert hat.«

»Wow! Das sind ja tolle Neuigkeiten. Vielleicht sollten wir einen Ausflug planen und alle zusammen nach Celle fahren.« Helga merkte jetzt, wie unbedacht dieser Vorschlag war. »Oder auch nicht. Ich muss ja auch zusehen, dass wir mit dem Café weiterkommen. Ich möchte unbedingt spätestens Ende nächsten Monats eröffnen, und wenn alles gut läuft und Hans uns weiter so hilft, könnte das auch klappen. Aber dann sollte ich mich schleunigst um die Einrichtung kümmern«, korrigierte sie ihren Kurs.

»Sag mal, und Elke übernimmt die gesamten Kosten? Woher hat sie bloß so viel Geld?«, fragte Eva.

Unangenehm berührt schaute Helga zur Seite. Immer wenn sie daran dachte, kam sie sich ein wenig wie eine Nutznießerin vor. Aber Elke hatte mehrfach betont, dass sie sich deswegen keine Sorgen zu machen brauchte. »Das habe ich mich natürlich auch gefragt, und ich habe den Eindruck, dass ihre Mutter recht wohlhabend ist. Zumindest hat sie in Frankreich ein Haus mit Swimming Pool.« Sehnsüchtig seufzte sie auf. »Aber das ist nur eine Vermutung. Sicher weiß ich es auch nicht.«

»Wie wäre es denn, wenn du einen Vertrag aufsetzen würdest, Helga?«, mischte Ulrich sich nun unvermittelt ein. »Dann würdest du dich vielleicht weniger so fühlen, als würdest du sie ausnutzen. Und gleichzeitig hättet ihr beide die Rechte und Pflichten klar definiert.«

Erstaunt sah Helga ihn an. Warum eigentlich nicht? Das konnte doch wirklich nur Vorteile haben. »Danke, Ulrich. Das ist echt eine gute Idee! Ich red mal mit Elke darüber.«

Ulrich sah auf die Uhr. »Ich muss jetzt los, Eva. Ich melde mich, sobald ich zurück bin, ja? Das wird schon«, sagte er mit einem gewinnenden Lächeln. Er gab Eva rechts und links einen Kuss auf die Wange, sodass diese errötete. »Tschau, Helga, war schön, dich getroffen zu haben. Alles Gute dir!«

Erstaunt sah Helga Evas Jugendfreund, der zu so einem stattlichen und offenbar besonnenen Mann geworden war, hinterher. Wenn sie ehrlich war, erkannte sie ihn kaum wieder. Diese ganze aufbrausende und manchmal fast unkontrollierte Wut schien einfach verschwunden zu sein. »Wo geht er denn hin?«

Eva atmete einmal schwer aus und starrte noch immer auf die Tür, durch die Ulrich verschwunden war. »Er hat einen Termin bei Ansorge«, sagte sie abwesend. »Wegen der Kredite.« Dann sah sie Helga an, mit einem Blick, der die Freundin erschreckte. Was Helga sah, war pure und tiefe Verzweiflung. »Oh mein Gott, Evchen, was ist denn los?«

Eva ließ sich in ihren Stuhl fallen und verbarg das Gesicht in den Händen. »Er weiß es, Helga. Und nicht nur das. Seine Mutter lebt! Sie ist '45 nicht im Bombenhagel gestorben. Und er will, dass ich sie mit ihm in Ostberlin besuche. Und über all das hatte ich mit Lothar einen Riesenkrach! Ich hätte es wissen müssen. Wir hätten Ulrich nie um Hilfe bitten dürfen.« Sie nahm ihre Hände weg und Helga sah in das fahle und hilflose Gesicht der Freundin. »Es ist alles wieder da, Helga. Und wenn ich sage, alles, dann meine ich auch alles.« Bei diesen Worten begann Evas Körper zu beben, während sie laut aufschluchzte und haltlos zu weinen begann.

Eine ganze Weile saßen die beiden so da und Helga strich ihrer Freundin immer wieder über den Rücken und versuchte, sie mit einem leisen »schsch« zu beruhigen. Sie hatte geahnt, dass diese Lüge irgendwann herauskommen würde. Dass es ausgerechnet jetzt war, wo Eva geschäftlich schon so viel auszuhalten hatte, und dann auch noch zusammen mit der unglaublichen Nachricht von Ulrichs Mutter, war ungünstig. Wobei es für die wirklich wesentlichen Dinge im Leben nie einen günstigen Zeitpunkt gab. Da hatte Elke schon recht.

Schließlich richtete Eva sich langsam wieder auf und bat Helga um ein Taschentuch. Sie reichte ihr eins. »Entschuldige, es tut mir leid, dass ich mich so habe gehen lassen. Du hast selbst grad genug um die Ohren.«

»Nun hör mir aber auf! Wozu sind Freundinnen denn da, wenn nicht, um zu trösten, wenn es nötig ist?«

Eva drückte Helgas Hand und lächelte ihr zaghaft zu. »Und das bist du, Helga. Du bist wirklich die beste Freundin, die ich mir wünschen kann.«

Helga erwiderte nichts darauf, wartete noch einen Moment ab. »Ich denke, ich verstehe, was du meinst, wenn du sagst, alles sei wieder da. Die Frage ist, was du daraus machst.«

Eva sah auf ihr Taschentuch und zupfte die Ecken gerade, um sie dann wieder einzurollen. »Ich hatte gestern Streit mit Lothar deswegen. Ziemlich heftigen Streit. Aber für mich steht fest, dass ich Ulrich im Juni begleiten werde. Und für ihn steht fest, dass er Binchen häufiger sehen möchte. Er überlegt sogar, im Herbst nach Lüneburg zurückzukommen.« Eva schaute auf. »Man braucht nicht viel Fantasie, um sich vorzustellen, was das bedeutet.«

Nein, das brauchte man nicht, dachte Helga. »Weißt du«, sagte sie, »die Dinge kommen sowieso, wie sie kommen sollen.« Damit meinte sie auch ein wenig ihre eigene Situation.

Dankbar sah Eva sie an. »Dann machen wir das Beste daraus, oder?«

»Haben wir eine Wahl?«, fragte Helga achselzuckend.

»Du bist sehr mutig, Helga, weißt du das eigentlich?«, sagte Eva nach einer Weile und betrachtete die Freundin ernst. »Das ist mir noch nie so aufgefallen. Aber letztendlich warst du es schon immer.«

Helga legte den Kopf schief. »Nein, ich bin nicht mutig. Aber ich glaube, ich möchte nicht mehr über mich bestimmen lassen. Das ist etwas anderes.«

»So oder so. Du tust das Richtige.«

Und zum ersten Mal hatte Helga nicht nur das Gefühl, dass Eva sie mit einer Mischung aus Respekt und Bewunderung betrachtete, sondern auch dass sie selbst aufhörte, die Freundin zu vergöttern. Sie waren alle nur Menschen. Mit ihren Schwächen, Sehnsüchten und Träumen. Und für die würde sie ab sofort einstehen.

16.

Nachdem sie sich von Eva verabschiedet hatte, war Helga direkt zum Eselstall gelaufen und hatte sich noch einmal auf der Baustelle umgesehen. Außer ihr war niemand dort. Hans würde erst gegen Mittag kommen und Elke war ja sowieso in der Schokolüne. Helga war es recht. Sie hatte noch keinen Plan, wie sie Hans auf seine merkwürdige Kehrtwendung ansprechen sollte, aber sie hatte beschlossen, es zu tun. Der Bauschutt knirschte unter ihren Füßen, und sie roch erneut die Mischung aus Beton, Metall und alten Chemikalien. Bald würden hoffentlich die Prospekte des Möbelhauses kommen, damit sie mit der Planung der Inneneinrichtung beginnen konnte. Mit dem Tischler würde sie am Mittwoch sprechen. Georg Hegeloh war ein alter Freund ihres Vaters gewesen, und sein Sohn war vor Kurzem in den Betrieb des Vaters eingestiegen. Sie war zuversichtlich, dass die beiden ihr helfen konnten. Einen Moment schloss sie die Augen und stellte sich die Geräusche von klapperndem Geschirr und fröhlichen Stimmen vor, die schon bald diese fünfzig Quadratmeter erfüllen würden. Sie hörte, wie die geschmackvolle Einrichtung und die butterzarten Küchlein gelobt wurden. Im Hintergrund erklang leise Musik. Die französische Note sollte erkennbar sein. Edith Piaf, »Je ne regrette rien«, ja, das würde passen. Sie wiegte sich sacht hin und her und summte das Chanson leise vor sich hin. »Non, rien de rien«, sang sie dann und fuhr mit der Hand über die raue Wand.

»Na so was, hab ich doch richtig gesehen, ne fette Stute im Eselstall. Wie kommt die denn da hin?«, hörte sie plötzlich eine lallende Stimme hinter sich. Erschrocken sah sie sich um, direkt in die rot unterlaufenen Augen von Bruno. Sein Hemd war schmutzig und hing ihm halb aus der Hose, der Schlitz stand offen. Er war in einem wirklich üblen Zustand und Helga bezweifelte, ob er überhaupt geschlafen hatte. Aber sein Blick hatte etwas von einem wilden Tier und Helga wusste aus Erfahrung, dass damit nicht zu spaßen war. Blitzschnell orientierte sie sich. Der Eingang war hinter ihm. Dort kam sie nicht ohne Weiteres hin. Wenn, musste sie nach rechts entwischen und durch die Hintertür abhauen.

»Bruno, was willst du hier? Geh nach Hause und schlaf deinen Rausch aus«, sagte Helga, so streng und burschikos, wie es ihr möglich war.

Bruno ließ das jedoch gänzlich unbeeindruckt. Grinsend wankte er auf Helga zu. »Nicht doch. Was soll ich denn da? Da macht mir auch nur meine Alte die Hölle heiß.« Er wischte sich mit der Zunge über seine gelben Zähne und schmatzte. »Wir beide haben uns doch immer gut verstanden, Helga, findest du nicht?« Er war jetzt so nah bei ihr, dass Helga seinen alkoholisierten Atem riechen konnte. »So ein Stall ist doch der ideale Ort für ein Schäferstündchen, nicht wahr?«, sagte er und griff ihr in den Ausschnitt. Helga versuchte, die Hand wegzuschlagen, aber er war stärker und presste seinen Körper an ihren. »Mann, deine Titten sind immer noch so stramm wie früher. Na komm, stell dich nicht so an. Weißt doch, wie's geht«, sagte er und fasste ihr in den Schritt, rieb fest an dem Stoff zwischen ihren Beinen und sie konnte seine Erektion an ihrem Oberschenkel spüren.

»Hör auf, Bruno, ich will das nicht und du stinkst. Lass mich in Ruhe.« Doch je mehr sie zappelte, desto enger presste er sie gegen die Wand. Helga hob ein Bein, um ihn mit dem Knie wegzustoßen, aber sie hatte nicht genug Spielraum. »Hau ab, du Widerling!«, schrie sie und spuckte ihm ins Gesicht. Da hob er die Hand und wollte ihr gerade eine verpassen, als eine riesenhafte Pranke den Arm in der Luft einfach griff und ihn Bruno auf den Rücken drehte, sodass dieser vor Schmerz aufheulte.

»Ej, du dämlicher Hurensohn, was soll das? Wer bist du überhaupt? Verpiss dich … argh …!« Die letzten Worte gingen in einem Schmerzensschrei unter.

Mit den Augen gab Hans Helga zu verstehen, schleunigst nach draußen zu verschwinden. Noch im Weglaufen richtete sie sich schwer atmend die Bluse. Sie wollte sich nicht ausmalen, was passiert wäre, wenn Hans nicht zufällig dazugekommen wäre.

»So, du besoffene Pissnelke, und jetzt zu dir.« Helga hörte einen kräftigen Faustschlag und einen Schrei. Dann noch einen, auf den ein Wimmern folgte. »Wenn ich dich auch nur noch einmal in der Nähe der jungen Frau sehe, weißt du, was dann passiert?« Wieder ein Ächzen und ein Tritt. »Weißt du das?« Ein Jaulen und ein Grunzen. »Gut. Dann verstehen wir uns offenbar. Du hast Glück, dass heute mein großzügiger Tag ist. Sonst hätte ich dich nämlich direkt aufs nächste Polizeirevier geschleppt. Und jetzt hau ab. Und noch mal: Nie wieder behelligst du die Lady da draußen, ist das klar?«

Helga sah nur, wie Bruno mit blutverschmiertem Gesicht davonstrauchelte und sich nicht mehr umsah. Sein Bein schien auch etwas abbekommen zu haben, denn er humpelte. Obwohl ihre Bluse verschlossen und zum Glück auch kein Knopf abgerissen war, hielt Helga sich den Kragen zu. Aus ihrem Dutt hatten sich zwei Strähnen gelöst, die ihr nun ins Gesicht hingen.

Sie atmete schwer, noch nicht in der Lage, das, was eben passiert war, in ihrem Kopf zu einem Ganzen zusammenzusetzen. Sie hatte von Edith Piaf und ihrem Café geträumt, das wusste sie noch. Und dann war da plötzlich Bruno gewesen. Er hatte sie bedrängt. Mehr als das, wenn sie ehrlich war. Wäre da nicht diese Hand gewesen, die ihn zurückgerissen hatte … Sie hatte Glück gehabt. So früh hatte sie mit Hans nicht rechnen können.

»Bist du in Ordnung?«, fragte Hans und sah sie aus seinen braunen Augen besorgt an.

So dankbar Helga ihm auch war, richtig behaglich fühlte sie sich in seiner Gegenwart nicht. Sie hätte ihn lieber unter anderen Umständen wiedergesehen, nicht als ihren Retter. Dafür war die Irritation durch seine Reaktion am Vorabend noch zu frisch. Sie schaute an sich hinab und entdeckte an der Innenseite ihres Oberschenkels einen Fleck auf ihrer hellblauen Hose. Der konnte nur von Brunos schmutzigen Fingern stammen. Ein Schauer des Ekels durchfuhr Helga. Diese Hose würde sie nicht in die Reinigung geben. Die kam direkt zum Roten Kreuz. »Ja, ich … ich denke schon«, sagte sie und klopfte sich den Staub von Jacke und Hinterteil.

Hans sah sie weiter unverwandt an.

»Kannst du das bitte lassen?« Es war ihr einfach rausgerutscht, aber Helga merkte, dass sie keinen weiteren Bedarf an männlichen Blicken auf ihrem Körper hatte. Egal, wie gut sie gemeint waren.

»Was denn?«, fragte Hans erschrocken. Er wirkte aufrichtig betroffen.

Helga atmete einmal tief durch. »Entschuldige. Es trifft den Falschen. Du hast mich nur gerade etwas zu sehr angestarrt. Mein Gehirn ist wohl noch im Modus der Bedrohung.«

Sofort drehte sich Hans halb von ihr weg. »Oh, das tut mir leid. Natürlich, wie unsensibel.« Mit der Schuhspitze zog er verlegen einen kleinen Halbkreis, was Helga fast schon wieder niedlich fand. »Kanntest du den Typen?«

»Das kann man wohl sagen«, erwiderte sie. »Ist aber schon ein Weilchen her.« Sie räusperte sich. »Dem hast du's aber ganz schön gegeben.«

Hans zog die Stirn in Falten. Zumindest glaubte Helga, das zu erkennen. »Ich mache so was normalerweise nicht. Mich prügeln, meine ich. Das letzte Mal ist …«, er grinste, »ein Weilchen her.«

»Hm«, machte Helga nur. »Warum bist du eigentlich schon hier?«, fragte sie dann. »Du hast gesagt, nach Mittag. Aber es ist ja grad mal elf Uhr.«

Aus dem Halbkreis um sein Bein herum wurde nun ein Vollkreis. »Ich wollte noch ein bisschen was wegschaffen und dich überraschen.«

»Mich überraschen? Mit was denn?«

Verlegen schaute Hans sie nun an und bedeutete ihr, ihm zu folgen. »Es ist noch auf dem Hänger. Ich dachte, es könnte dir gefallen.«

Noch etwas wackelig von der Aufregung ging Helga Hans neugierig hinterher. Was denn für eine Überraschung? Sie schrie kurz auf und hielt sich sofort die Hand vor den Mund, als sie das große, in einem satten Grün frisch lackierte Metallteil aus dem Hänger herausragen sah. Hans hatte allen Ernstes die alte Wasserpumpe neu hergerichtet. »Aber Hans, wann hast du die denn abgeholt?« Helga überlegte fieberhaft, wann sie sie zum letzten Mal gesehen hatte. Das war, als sie zu dritt das erste Mal die Ortsbegehung gemacht hatten, oder? Ob sie am Freitag noch da gewesen war, konnte sie nicht mit Sicherheit sagen.

»Ich war am Samstag noch mal hier«, erwiderte er. »Und hab sie direkt fertig gemacht. Damit die Farbe bis heute trocknet. Ich dachte, so als Symbol, dass hier etwas wirklich Wunderschönes entsteht, dem du deine persönliche Note verleihst.«

»Ach, Hans.« Helga war sichtlich gerührt, fand aber trotzdem, dass diese Geste nicht zu seinem Verhalten im Harlekin passte. Oder wollte er sich auf diese Art entschuldigen? Aber die Pumpe hatte er ja schon am Samstag restauriert. Der Kuss war gestern gewesen. »Sag mal, war gestern eigentlich irgendwas?« Mit dieser Frage wagte sie sich vorsichtig auf ein Terrain, auf dem sie sich nicht sicher fühlte.

»Gestern?« Verständnislos sah er sie an.

Wieder diese rätselhafte Gleichgültigkeit. Dabei war *er* es doch gewesen, der aus einer freundschaftlichen eine intensivere Berührung hatte werden lassen. »Na ja …« Helga kam sich ein wenig blöd vor. Musste sie einem erwachsenen Mann erklären, was Intimität bedeutete? Dass man eine Zunge normalerweise nur dann in den Mund von jemandem anderem schob, wenn man ein gewisses Interesse hatte? Oder bildete sie sich das alles nur ein? »Unser *Kontakt*«, sagte sie gedehnt.

»Ach das«, meinte Hans knapp. »Soll nicht wieder vorkommen. Ich hol dann auch mal den Zement aus dem Wagen. Wir können heute mit dem Begradigen der Böden beginnen. Wenn du Zeit hast, könnte ich eine helfende Hand gebrauchen.« Er warf ihr einen Blick zu, den Helga nicht deuten konnte. Resigniert irgendwie, entschuldigend.

Kopfschüttelnd folgte Helga dem Hünen zu seinem Auto. Sie verstand wirklich überhaupt nichts mehr. Vielleicht war es doch keine gute Idee, sich so Hals über Kopf in ihr Caféhausprojekt zu stürzen? Sie kannte weder Elke geschweige denn Hans besonders gut, hatte sich trotzdem mehr spontan als geplant auf das Abenteuer eingelassen und heute früh sogar ihren da doch immerhin noch festen Arbeitsplatz gekündigt. Es hätte sie nicht gewundert, wenn bei ihrem Glück dieser Schuss völlig nach hinten losging. Der Zwischenfall mit Bruno war da auch nicht das ideale Omen. Aber was sollte sie jetzt anderes tun, als erst mal weiterzumachen und das Beste zu hoffen? Es war ihr Traum, und solange niemand mit der Nadel kam und den Ballon platzen ließ, war auch sie nicht bereit, einfach aufzugeben. Nicht nach allem, was sie aufs Spiel gesetzt hatte. Evas Worte hallten in ihrem Kopf wider: »So oder so. Du tust das Richtige.«

Und daran wollte sie glauben.

Zu ihrem eigenen Erstaunen genoss Helga das stille, monotone Arbeiten. Ab und an gab Hans ihr kleine Anweisungen: »Könntest du vielleicht einmal ordentlich durchfegen? Dann kann ich mit dem Estrich anfangen« oder »Wenn du mit der Schippe kleine Haufen machst und sie ein wenig verteilst, geh ich mit der Holzlatte drüber.« Bedächtig, als würde sie Teig auf einem Kuchenblech glatt streichen, widmete sie sich der Ausgleichsmasse. Schon bald merkte sie, wie ihre Oberarme sich meldeten und schwer wurden – woher sollten die Muskeln auch kommen? Aber selbst das motivierte Helga eher. Wie lange war es her, dass sie ihren Körper so richtig gespürt hatte? Zudem halfen ihr die Anstrengung und der sichtbare Fortschritt, nicht weiter an Brunos Übergriff zu denken. Es war ja nichts passiert, wiederholte sie im Geist gebetsmühlenartig. Und auch: weil Hans zur rechten Zeit am rechten Ort gewesen war. Weil er die Wasserpumpe hatte aufbauen wollen, bevor sie das nächste Mal auf die Baustelle kam. Das eine war Zufall. Das andere sollte eine Überraschung werden. Eine Überraschung, die aber nichts mit ihr persönlich zu tun hatte. Das hatte er ihr ja deutlich zu verstehen gegeben. Der Kuss hatte ihm nichts bedeutet. Er erinnerte sich noch nicht mal richtig an ihn.

Und so arbeitete Helga sich Meter für Meter vor, während Hans hinter ihr weiter die graue Ausgleichsmasse verteilte und dem Raum ein völlig neues Gesicht gab. Man konnte sich ohne viel Fantasie vorstellen, wie schon bald helle Fliesen den Boden schmücken würden, bereit, das Mobiliar zu tragen. Eine Flasche würde jedenfalls nicht mehr einfach so von einer Seite auf die andere rollen.

Um kurz nach zwei kam Elke mit einem großen Topf und einer Stange Weißbrot vorbei. »Hey, ihr emsigen Bienchen. Jetzt wird Pause gemacht. Ich habe Gulaschsuppe gekocht, und noch ist sie warm.«

Helga wischte sich den Schweiß von der Stirn. Ihr Magen knurrte wie verrückt und sie konnte sich nicht erinnern, wann sie das letzte Mal echten Hunger verspürt hatte. Normalerweise betäubte sie das Gefühl mit Naschereien, bevor es aufkam.

»Wie siehst du denn aus?«, fragte Elke sie und musterte sie eindringlich. »Bist du hingefallen?«

Unsicher sah Helga zu Hans, der aber weiter damit beschäftigt war, die Ränder zu versäubern. »Kleines Malheur, nicht der Rede wert«, antwortete sie ausweichend.

»Aha«, machte Elke und stellte den Topf ins Gras, Pappteller daneben, und das mitgebrachte Besteck deponierte sie auf einem alten Baumstumpf. Dann ging sie zu ihrem Bruder, legte ihm die Hand auf die Schulter und murmelte ihm etwas ins Ohr. Genau konnte Helga es nicht hören, aber sie glaubte so etwas wie »Alles in Ordnung?« zu verstehen. Sie runzelte die Stirn. War etwas vorgefallen, von dem sie nichts wusste? Hatte er vielleicht einen Rückfall gehabt? Aber das hätte sie heute Morgen merken müssen. Elke lehnte sich in den Türrahmen und schaute sich das Ergebnis der Estricharbeiten an. »Wow! Das nenne ich mal einen Unterschied. Da habt ihr aber ordentlich was geschafft, ihr zwei.«

Alle drei setzten sich um den Baumstamm ins knöchelhohe Gras. Der Morgentau war längst getrocknet, und es fühlte sich angenehm weich und warm an.

»Ich habe übrigens den Pachtvertrag aufgesetzt und ein Konto eingerichtet«, verkündete Elke nach einer Weile, in der sie alle schweigend von der dampfenden Suppe aßen. »Da sind jetzt 8 000 Mark drauf. Ich hab mal gerechnet, das sollte fürs Erste reichen. Wie weit bist du denn mit dem Mobiliar, Helga?«

Helga verschluckte sich fast an ihrer Suppe und musste husten. »Ich warte noch auf die Prospekte«, sagte sie, als sie wieder sprechen konnte. Und jetzt musste sie die Frage einfach stellen. »Sag mal, Elke, es geht mich ja nichts an, aber woher … ich meine, warum hast du so viel Geld?«

Verschwörerisch warf Elke ihrem Bruder einen Blick zu. »Sollen wir es ihr verraten?« Als Hans nur mit den Achseln zuckte, legte Elke ihren Löffel zur Seite. »Im Grunde ist es ganz simpel: Mein Vater war in den 1920er-, 1930er-Jahren ein erfolgreicher Musiker und meine Mutter eine gelangweilte Abenteurerin, die das Glück hatte, ihre Jugend in Paris verbringen zu können, weil mein Großvater in der Weimarer Republik dazu auserkoren worden war, die diplomatischen Beziehungen zwischen Deutschland und Frankreich auszubauen. Wie man weiß, stand es nach dem Versailler Vertrag um das Verhältnis nicht zum Besten. Meine Mutter schmiss sich also mit Anfang zwanzig in das brodelnde, aufstrebende Paris, lernte Maler wie Duchamp und Chagall kennen, angeblich sogar Picasso …«, sie lachte, »tummelte sich im Jardin du Luxembourg oder in den Brasserien am Montparnasse, las die irrwitzigen Gedichte der Surrealisten …«

»… und trank zu viel Absinth«, ergänzte Hans.

»So sagt sie. Ob es stimmt …« Elke zuckte mit den Achseln. »Sie war hübsch, sehr hübsch sogar. Das ist sie noch heute. Ich glaube sofort, dass sie auffiel mit ihrer Mischung aus Unschuld und völliger Unabhängigkeit. Das Wort Angst schien sie nicht zu kennen.«

»Das ist ja oft so bei behüteten Kindern aus gutem Hause«, warf Hans ein. »Angst kennt nur, wer einmal seine Heimat verloren hat.«

Helga fragte sich, ob er aus Erfahrung sprach, wollte Elke aber nicht unterbrechen. Diese Geschichte war so spannend wie ein Buch. Von den Surrealisten jedenfalls hatte Helga noch nie gehört. Und Paris? Außer dass es die Stadt der Liebe und von Edith Piaf war, wusste sie auch darüber nicht viel. Notre-Dame – diese Kirche kannte sie natürlich vom Hörensagen.

»Einer ihrer Verehrer war jedenfalls auch mein Vater, der auf einer Tournee in Paris weilte. Er war fünfzehn Jahre älter als sie, Anfang vierzig schon, und offenbar fanden beide im jeweils anderen, was sie zu dem Zeitpunkt suchten. Kurzerhand folgte sie ihm auf sein Anwesen nach Grimaud. Das liegt etwas im Hinterland der Côte d'Azur, wirklich ein schönes Fleckchen Erde. Sie wurde mit mir schwanger, was bereits zu den ersten Problemen führte. Freundlich gesprochen war mein Vater kein Familienmensch. Um ehrlich zu sein, meine Mutter ist es auch nicht, aber sie war zu jung, um das zu erkennen. Während er sich wieder auf seine Tourneen verabschiedete, begann sie zu malen. Tatsächlich gibt es wohl kein betörenderes Licht als das in der Provence. Da muss ich ihr recht geben. Sie hatte Talent, und während mein Vater auf Konzertreisen durch ganz Europa und sogar nach Russland unterwegs war, hatte sie ihre erste Vernissage. Sie wurde trotzdem noch ein zweites Mal schwanger.« Elke zeigte auf ihren Bruder. »Aber da hatte mein Vater wohl endgültig die Nase voll, machte sich aus dem Staub, überschrieb ihr das Anwesen und schickte regelmäßig-unregelmäßig Geldbeträge. Da kam dann schon was zusammen, zumal meine Mutter durchaus auch Erfolg mit ihrer Kunst hatte. Tja, im Großen und Ganzen war es das«, sagte Elke und sah sich um, als gäbe es noch Eis zum Nachtisch. »Oder was sagst du, Hans?«

»Du kennst meine Meinung«, erwiderte er mit gerunzelter Stirn. Helga kannte sie nicht, traute sich aber nicht nachzufragen. Die Antwort übernahm glücklicherweise Elke. »Hans verzeiht unserem Vater nicht, dass er uns hat sitzenlassen. Dabei kennt er ihn gar nicht. Du warst ja erst zwei, als er ging.«

»Möglicherweise ist ja genau das der Grund«, meinte Helga spontan und erntete einen überraschten Blick von Hans.

»Wie soll man jemanden vermissen, den man nicht kennt?«, widersprach Elke.

Helga zuckte mit den Achseln. »Ich weiß es nicht, aber es ist immerhin sein Vater. Und dir macht das gar nichts aus?«, erkundigte sie sich dann.

Elke nahm ihren Löffel und kratzte den Topf aus. »Ich glaube, ich komme sehr nach meiner Mutter. Ich bin ein Freigeist, lebe gern allein. Meine ›Kunst‹ sind die Pralinen. Wenn ich die kreieren darf, bin ich glücklich.«

»Dann kommst du aber wohl eher nach deinem Vater«, wandte Helga ein.

»Wie auch immer. Mir fehlt es an nichts. Unser Hans hier ist da etwas sensibler.« Freundschaftlich klopfte sie ihm gegen das Bein. »Ich muss jetzt aber auch wieder los.« Damit stand sie auf. »Viel Spaß euch noch!«, sagte sie und räumte alles zusammen. Bevor sie wirklich ging, nahm Helga nochmals all ihren Mut zusammen. »Sag mal, Elke, da wäre noch etwas …« Sie räusperte sich. »Wäre es nicht besser, wir beide würden auch einen Vertrag schließen?« Erwartungsvoll blickte sie Elke an. Die wartete aber zunächst ab. »Ich meine, mit meinen Pflichten und vielleicht einer Vereinbarung, wie ich dir das Geld zurückzahlen könnte, anteilig zumindest. Dann hättest du eine kleine Sicherheit, und ich wäre in gewisser Weise beteiligt. So perspektivisch.«

Elke kratzte sich am Kopf. »Das klingt nicht schlecht. Aber auch ein bisschen kompliziert. Ich pachte den Laden ja. Ich denk drüber nach, in Ordnung?«

»Gut«, erwiderte Helga, fühlte sich aber keineswegs gut damit. Sie wollte Elke niemals das Gefühl geben, ihr etwas wegzunehmen.

»Das ist eine gute Idee«, meinte dann aber Hans zu ihrer Überraschung, als sie wieder allein waren. »Aber jetzt lass uns auch Feierabend machen. Der Boden muss mindestens vierundzwanzig Stunden durchtrocknen.«

Helga nickte. »Dann verschwinde ich mal besser«, sagte sie und vermied es, Hans anzusehen.

»Helga?«, rief er ihr noch zu.

»Ja?«

Verlegen trat er von einem Fuß auf den anderen. »Ach nichts. Einen schönen Tag dir. Man sieht sich am Mittwoch.«

»Ja, man sieht sich«, sagte auch Helga und ging mit schweren Beinen, was nicht allein Folge der körperlichen Arbeit war, davon.

Als sie zu Hause ankam, bemerkte sie als Erstes, dass die Haustür einen Spalt offen stand. Das war ungewöhnlich, denn ihre Mutter schloss immer ab, wenn sie das Haus verließ. Einen Moment überlegte sie, ob Bruno sich eventuell Zugang verschafft hatte, um sonst was anzustellen. Immerhin war er Schlosser. Aber in seinem Zustand hielt sie das für unwahrscheinlich. Und man konnte Bruno viel nachsagen, aber ein Einbrecher war er nicht.

Sie schob die Tür ein paar Zentimeter weiter auf. »Mama, bist du da?«

Keine Antwort. Mit klopfendem Herzen schlich Helga leise durch den Flur. Kein Geräusch war zu hören. »Mama!«, rief sie nun etwas lauter. Sie sah in die Küche. Auf dem Tisch befanden sich noch das Frühstücksbrettchen und eine leere Tasse. Auch das sah Helgas Mutter nicht ähnlich. Sie räumte das schmutzige Geschirr immer sofort neben die Spüle. Langsam kroch eine diffuse Angst in Helga hoch. Was, wenn sie sich etwas angetan hatte? Vielleicht saß ihre Melancholie tiefer, als Helga geahnt hatte, und der Streit vom Sonntag hatte das Fass zum Überlaufen gebracht. Bitte nicht, betete sie innerlich. Das Wohnzimmer war ebenfalls verlassen, die Fernsehzeitung lag noch an derselben Stelle wie am Abend zuvor. »Mama!«, rief sie noch einmal, und dieses Mal war die Panik in ihrer Stimme deutlich zu hören. Da sah sie, dass auch die Terrassentür offen stand. Etwas mutiger ging sie nach draußen, sah, dass ein grünes Netz halb über den Kirschbaum gestülpt war, und die alte Holzleiter, die davorstand. Und da, im Gras, erkannte sie auch die leblose Gestalt. Ein Schrei entfuhr Helgas Kehle, als sie auf ihre Mutter zustürzte, sich hinkniete und den Puls fühlte. Gott sei Dank, sie lebte! Sie beugte sich zu ihr hinunter. »Mama, hörst du mich?« Ein leises Stöhnen war die Antwort. »Kannst du dich bewegen? Kannst du aufstehen?« Helga versuchte, ihre Arme unter den Rücken ihrer Mutter zu schieben, woraufhin diese sofort schmerzverzerrt das Gesicht verzog. »Ist gut, schon gut!«, rief Helga atemlos. »Ich hole Hilfe. Ich bin sofort zurück.« Und damit stand sie auf, rannte ins Haus und wählte die Nummer des Rettungsdienstes.

17.

Evas Laune hätte nicht besser sein können, als sie zwei Wochen später um halb drei die Saline verließ. Binchen feierte heute ihren fünften Geburtstag, und obwohl sie am Morgen schon ein Ständchen gesungen und den Kuchen angeschnitten hatten – Zitronenkuchen –, hatte Eva trotzdem bereits um acht an ihrem Schreibtisch gesessen. Ihre Tochter war so aufgeregt gewesen, dass sie schon um halb sieben in der Tür gestanden hatte. Gleich würden die Gäste kommen, entsprechend ihrem Alter waren es fünf Kinder. Uwe natürlich, dann Angelika, Heike, Marion und Frank. Schon am Vorabend hatte Eva überall Luftballons und Girlanden aufgehängt sowie die Tütchen für die Kinder fertig gemacht. Topfschlagen, Sackhüpfen im Garten, Blinde Kuh und Mehl schneiden standen auf dem Programm.

Was ein Glück jedenfalls, dass Eva so pünktlich losgekommen war, denn um kurz nach acht hatte das Telefon geklingelt, und endlich war der Anruf gekommen, auf den sie seit Tagen gewartet und dann schon gefürchtet hatte, dass er gänzlich ausbliebe.

»Liebe Frau Möreke, es ist mir immer wieder eine Freude, Ihre Stimme zu hören«, hatte Dr. Bäumler sie begrüßt. Eine Welle der Sympathie hatte sie dabei ergriffen. Immer wieder merkte sie, wie sehr ihr der aufrechte hanseatische Kaufmann über die Jahre ans Herz gewachsen war.

Was er ihr dann berichtete, hätte Eva sich in ihren kühnsten Träumen nicht ausmalen können: So hatte Bäumler tatsächlich ein Unternehmen aus Bremen aufgetan, das Gläser und Vasen produzierte und dafür das kostbare Natriumchlorid, einfaches Speisesalz letztlich, benötigte. Das Beste daran war, dass die Menge, die dieses Unternehmen anfragte, fast doppelt so hoch war wie die, die sie durch die KosmoPharm verlieren würden. Damit konnte Eva mit spitzem Stift vielleicht einen Preis kalkulieren, den die Firma, Arabella, zu zahlen bereit war. Mit einer nicht zu leugnenden Schadenfreude hatte Eva die Gründe zur Kenntnis genommen, warum Arabella überhaupt einen neuen Lieferanten suchte: Offenbar hatte es wohl Vorfälle mit der Kali und Salz gegeben, auf die Bäumler nicht näher einging, die zu einem Zerwürfnis geführt hatten. Also egal wie geschäftstüchtig Rainer von Seefeldt auch sein mochte, ein Chefstratege war er nicht, und seine überhebliche Art schien sich nicht nur auf Eva zu beschränken. Insofern war das Abwerben der KosmoPharm möglicherweise nicht nur ein Angriff gegen sie gewesen, sondern auch aus der eigenen Not geboren. Wer vermochte schon zu sagen, wo dieser unangenehme Mensch noch überall verbrannte Erde hinterlassen hatte. Das war für Eva ja gut zu wissen. Dieser neue Kunde spielte ihr auch für die Neukreditvergabe im Juli in die Karten. Ansorge war bereits bei dem Gespräch mit Ulrich zurückgerudert und hatte sich rausgeredet, sodass sich Eva Ulrichs Meinung nach keine ernsthaften Gedanken machen musste. Spätestens jetzt aber gab es wirklich überhaupt kein wirtschaftliches Argument mehr.

Doch das war noch nicht alles. Bäumler hatte ihr ebenfalls den Namen des Küchenchefs eines neu errichteten Viersternehotels in St. Peter-Ording durchgegeben, das den ehrgeizigen Plan hatte, sich mit seinen Speisen einen der begehrten Michelin-Sterne zu verdienen. Neben raffinierten Rezepten waren Qualität und erstklassige Zutaten Bestandteils dieses Konzepts, und als der Koch Wolfgang Reißmüller von der Lüneburger Saline hörte, war er sofort Feuer und Flamme. Das war zwar vom Umsatz betrachtet nicht der größte Fang, aber was das Renommee betraf, genau das, was Eva in ihrem Kundenstamm noch fehlte. Zumal das Hotel auch zu einer Kette gehörte, die noch drei weitere Häuser betrieb.

Eva jubilierte innerlich und versprach, sich noch in dieser Woche bei Herrn Reißmüller zu melden. Den Rest des Tages verbrachte sie damit, an dem Angebot für Arabella zu feilen und sich ausgiebig mit ihren Mitarbeitern im Lager, der Produktion und der Näherei zu unterhalten. Speziell Martha König und ihren Kolleginnen war die Freude über die neuen Aufträge deutlich anzumerken. Oft in den vergangenen vierzehn Tagen hatte Eva ihre besorgten Blicke sehr wohl aufgefangen und das bedrückte Getuschel mitgekriegt. Die Frauen kannten Eva einfach am besten von allen Mitarbeitern, und offenbar war ihnen die nachdenkliche Stimmung der Chefin nicht entgangen. Die Gründe dafür kannten sie nicht. Eva hatte natürlich nichts von ihren privaten Problemen erzählt, aber seit Ulrichs Besuch und dem Streit herrschte Eiszeit zwischen ihr und Lothar. Sie war nur froh, dass Ulrich nicht darauf bestanden hatte, zu Bines Geburtstag zu kommen. Überhaupt hatte er nach Evas Empfinden sehr behutsam und vorsichtig auf das neue Wissen reagiert, das in seinem Innern doch einen Sturm an Fragen und Gefühlen ausgelöst haben musste. Sie konnte es sich kaum vorstellen, was es für ihn bedeutete, nach Jahren plötzlich zu erfahren, dass er Vater war. Und das, wo er ohnehin schon verdauen musste, dass seine Mutter noch lebte. Wie betrogen musste er sich fühlen, ausgerechnet auch noch von ihr, Eva, die ganze Zeit im falschen Glauben gelassen worden zu sein? Das Schuldbewusstsein darüber wuchs in ihr wie die Höhlen in einem Berg, wenn das Wasser sie langsam von innen auswusch. Gerade *weil* Ulrich kaum etwas dazu gesagt hatte, sich nichts hatte anmerken lassen und nach außen hin vollkommen ruhig wirkte, drohte Eva innerlich mehr und mehr zu platzen vor Anspannung.

So vieles, was sie sich zum Vorwurf machte. Allem voran die Lüge, die sie ihrer Tochter und ihrem Freund zugemutet hatte. Aber auch die Leichtfertigkeit und möglicherweise den Egoismus, der dazu geführt hatte, Lothar das Jawort zu geben. Er konnte am wenigsten dafür, und hätte sie nicht selbst die Konsequenzen ihrer Entscheidung tragen müssen? Stattdessen hatte sie sich für den bequemen Weg entschieden.

Und bereute es inzwischen bitterlich. Niemand hatte das verdient, eine Ehe ohne Liebe, ohne Leidenschaft.

Dennoch hatte sie auch jetzt noch nicht den Mumm gehabt, mit Lothar darüber zu sprechen. Würde er die Scheidung wollen? Und wenn ja, was hieß das, wenn sie die Schuld am Scheitern der Ehe trug? Und das tat sie. Die gesellschaftliche Ächtung, die sie in Lüneburg nach einer Scheidung zweifelsohne erfahren würde, konnte sie ja noch aushalten. Aber was sollte aus Sabine werden? Wie würde Lothar sich künftig um sie kümmern wollen? Dass er sie abgöttisch liebte, so oder so, stand außer Frage. Ach, sie wusste, es kam eine schwere Zeit auf sie zu.

Und dennoch konnte all das ihre gute Laune an diesem Tag nicht schmälern. Denn wie der Vorbote einer neuen Zeit hatten sich heute zukunftsträchtige Perspektiven für die Saline eröffnet. Und wenn sie sich nicht ganz täuschte, würde Rainer von Seefeldt auch noch sein Fett abbekommen. Das Gutachten hatten sie inzwischen studiert und Ulrich glaubte nach wie vor, dass er Rainer von Seefeldt einen Strick aus seinem Angebot der Bodenbefestigung drehen konnte, wenn es denn nötig wurde. Bislang war von dem Inhalt dieses Dokuments nichts an die Öffentlichkeit durchgesickert. Wer auch immer Pläne damit hatte, verschwieg sie derzeit noch.

Als sie zu Hause ankam, hatte ihr Vater sich bereits ein leuchtend grünes Silvesterhütchen aus Pappe aufgesetzt und drehte sich mit Sabine und Uwe, der bereits da war und auch bei ihnen übernachten würde, zum Butzemann im Kreis. Eva war sich nicht sicher, ob Vater als Erwachsener bei ihnen war oder selbst als kleiner Junge, aber solange er Spaß hatte, war das zunächst unwichtig. Selbst Karla hatte für ihre Verhältnisse gute Laune. Sie schlug gerade die Sahne für den Erdbeerkuchen und summte leise vor sich hin. Sie hatte sich ziemlich herausgeputzt in ihrem bunten Blumenkleid mit halbem Arm und Rundhalsausschnitt. Karla war wirklich eine hübsche junge Frau, stellte Eva fest. Die Ähnlichkeit mit ihr selbst war nicht zu verkennen, wenn man sich die Haare und die blauen Augen betrachtete. Nur war Karla insgesamt weiblicher gebaut als sie und eleganter in der Art, wie sie sich bewegte. Ein bisschen wie eine Katze. Eva stellte sich hinter die kleine Schwester und wischte mit dem Finger einmal durch die Sahne.

»Ej, spinnst du?«, rief Karla gespielt erbost. »Naschen verboten!«

»Bitte vielmals um Verzeihung«, gab Eva ebenso gespielt zurück. »Gut siehst du aus, Karla. Hast du dich extra unseretwegen so zurechtgemacht?« Eva war bewusst, dass Karla dies als neugierige Spitze verstehen konnte.

Verschmitzt sah Karla zu ihrer Schwester auf, die noch fünf Zentimeter größer war als sie selbst. »Ich arbeite in einem Modehaus, schon vergessen? Da gewöhnt man sich irgendwann einen gewissen Stil an.«

»Verstehe«, sagte Eva und legte ihrer Schwester, die sich inzwischen zu ihr umgedreht hatte, eine Hand auf die Schulter. »Darf ich dich trotzdem etwas fragen?«

»Du willst wissen, ob ich mich weiter mit Rainer von Seefeldt treffe«, entgegnete Karla, und Eva war erstaunt über die Direktheit. »Und wenn ja?«

Eva überlegte, wie sie es am besten ausdrücken konnte, ohne ihre Schwester sofort gegen sich aufzubringen. »Wie soll ich sagen?«, fing sie an und biss sich auf die Unterlippe. »Es ist deine Entscheidung, mit wem du deine Zeit verbringst, aber ... Rainer von Seefeldt ist kein guter Mensch, Karla. Er ist kaltherzig, berechnend und allein auf seinen Vorteil bedacht. Echte, warmherzige Gefühle sind ihm fremd.«

Karla begann schallend zu lachen.

»Was ist daran so komisch?«

»Fast auf den Wortlaut hat er mir prophezeit, dass du genau das sagen würdest. Ist das nicht lustig? Und das würde er ja wohl kaum tun, wenn es der Wahrheit entspräche.«

Das würde er gerade dann tun, dachte Eva. »Ich bitte dich nur, vorsichtig zu sein. Er wäre nicht der erste Mann, der mit Charme und Großzügigkeit andere zu blenden versteht. Er ist gefährlicher, als du denkst. Glaub mir. Ich weiß das nur zu gut! Pass einfach auf, ja?«

Bevor Karla etwas erwidern konnte, wurden sie unterbrochen. »Hallo! Ich höre nur Charme und Großzügigkeit. Redet ihr etwa von mir?« Mit weit ausgebreiteten Armen kam Curt auf sie zu, und sofort flog Karla, die schon seit jeher eine innige Verbindung zu ihrem Bruder gehabt hatte, vielleicht die einzig wirklich echte in ihrem Leben, in seine Arme. Hinter ihm tauchte das fröhliche Gesicht von Pierre auf. Selten hatte Eva ein glücklicheres Paar gesehen als diese beiden.

»Hallo, mein Lieber, wie schön, dich zu sehen«, sagte Eva und begrüßte ihren Bruder mit einer Umarmung. »Wer hat dich denn reingelassen?«

»Ein ehrbarer Ritter von dieser Größe.« Mit der Hand zeigte er eine Höhe von etwa einem Meter zehn.

Eva lachte. »Das muss Uwe gewesen sein, Bines Prinz!«, erklärte sie mit hochgezogenen Augenbrauen.

»Verstehe«, sagte Curt. »Und wo ist der Herr des Hauses?«

Evas Lächeln erstarb. »Lothar hat noch in der Bank zu tun. Er wollte gegen fünf hier sein.« Wie hätte sie reagiert, wenn Ulrich der Herr des Hauses gewesen wäre, fragte sie sich sofort.

Eva setzte Kaffee auf und schenkte Apfelsaft und Wasser in die Karaffen für die Kinder. Nacheinander klingelte ein Geburtstagsgast nach dem anderen, und zusammen mit den Erwachsenen herrschte bald ein buntes Treiben mit Gesang, Gejohle, Gehopse, ein paar Tränen hier und Freudenschreien dort. Kindergeburtstag eben, zum Glück bei allerschönstem Wetter, sodass auch für die Draußenspiele wie Sackhüpfen und Plumpsack nicht auf die enge Stube ausgewichen werden musste.

Als es dann um kurz nach vier wieder klingelte, zuckte Eva einmal kurz zusammen. Hatte Ulrich sich doch zu einem Überraschungsbesuch entschlossen?

Doch es war nicht Ulrich, der da vor der Tür stand. Sie kannte den Mann nicht, der einen altrosafarbenen Umschlag in der Hand hielt und sie fragte, ob sie Eva Möreke sei. Über sein ansonsten kahles Haupt hatte er einzelne dünne Strähnen gekämmt. Ein flaumiger Schnauzbart wollte an seiner Oberlippe nicht so recht wachsen.

»Ja. Und wer sind Sie?«

»Dies ist eine offizielle Zustellungsurkunde«, sagte der Mann. »Wenn Sie mir den Empfang bitte hier quittieren würden?«

»Eine Zustellungsurkunde? Was denn für eine Zustellungsurkunde?«, erkundigte sich Eva erregt.

»Dazu kann ich Ihnen leider nichts sagen. Quittieren Sie bitte«, drängte der Mann mit den schiefen Zähnen.

»Und wenn ich es nicht tue?«, fragte Eva aufgebracht.

»Bin ich bevollmächtigt, an Eides statt zu bestätigen, dass Sie die Annahme verweigert haben. Damit gilt der Brief trotzdem als zugestellt.« Gelangweilt sah er sie an. Wahrscheinlich hatte er diese Frage schon tausendmal gehört. Eva unterschrieb den Zettel mit zittrigen Händen und nahm den Brief entgegen. Der Mann machte grußlos kehrt und Eva riss noch in der Tür den Umschlag auf. Sie überflog die Zeilen der Oberstadtdirektion bis zu dem fett gedruckten entscheidenden Satz:

> *… ordnen wir die sofortige Schließung der Saline an, bis geklärt ist, ob und in welchem Umfang die Saline die Schuld respektive Mitschuld an der überproportionalen Absenkung des Grundwasserspiegels und der damit einhergehenden unmittelbaren Einsturzgefahr der im Anhang markierten Flurstücke trifft.*

Während sie die Zeilen ein zweites und drittes Mal überflog, merkte sie, wie ihr die Hitze ins Gesicht schoss und der Mund trocken wurde. Obwohl sie die Worte las und ihren Sinn auch begriff, kam der eigentliche Inhalt dennoch nicht bei ihr an. *Was sollte das heißen? Die Saline mit sofortiger Wirkung schließen? Das war doch unmöglich.*

»Welcher Geist ist dir denn erschienen?«

Eva hatte nicht mitbekommen, dass Curt in den Flur gekommen war. Wortlos drehte sie sich zu ihrem Bruder um und gab ihm das Blatt, das sie kaum noch in den Fingern halten konnte, so kraftlos fühlte sie sich.

Curt überflog es und sah dann zu ihr auf. »Das können die doch nicht machen!«, rief er aus.

Eva schluckte trocken und zuckte mit den Schultern. »Sie haben es ja schon gemacht.« Ihre Stimme war rau wie ein Reibeisen. Aus dem Wohnzimmer hörte sie das laute Quietschen von Tröten und Trillerpfeifen. Eva fasste sich an die Schläfen. Sie bekam Kopfschmerzen. Eine amtliche, persönliche Zustellung, ausgerechnet an Sabines fünftem Geburtstag. Zufall? Eva sah nach draußen und schloss dann die Eingangstür. »Könnt ihr euch kurz um die Kinder kümmern?«, fragte sie an Curt und Pierre gewandt, der ebenfalls zu ihnen gestoßen war, offenbar auf der Suche nach seinem Liebsten. »Ich muss mal kurz telefonieren.«

Sie sah auf ihre feine goldene Armbanduhr. Halb fünf. Das konnte passen. Sie eilte nach oben zu dem zweiten Apparat und wählte die Nummer von Ulrichs Kanzlei. Tatsächlich nahm nach dem zweiten Klingeln auch direkt jemand ab, der sie ohne Nachfrage zu Ulrich durchstellte.

»Wolf«, hörte sie seine dunkle, warme Stimme, und sofort ließ die Anspannung, die sich nahezu krampfhaft in Eva aufgebaut hatte, nach. Tränen sammelten sich in ihren Augen, und das Herz, das gefühlt zwei Minuten gar nicht mehr geschlagen hatte, pochte nun wie wild.

»Ulrich ich … entschuldige, dass ich störe, aber …« Der Rest des Satzes ging in einem Schluchzen unter.

»Eva«, hörte sie Ulrich sagen. »Ganz ruhig. Atme erst mal durch. Was ist denn passiert?«

Eva hörte, wie unten die Haustür geöffnet wurde. Das konnte nur Lothar sein. »Ulrich, sie wollen uns die Saline schließen«, platzte sie schließlich heraus. »Ich habe eine einstweilige Verfügung bekommen. Persönlich überbracht von so einem schmierigen Kerl.«

»Sie wollen was?«, fragte Ulrich nun schon etwas lauter, während jemand die Treppe heraufeilte. Sie erkannte Lothar an seinem Schritt. Leicht, aber doch auch fest. »Und wer?«

»Die Stadt«, sagte Eva. »Angeblich soll die Saline daran schuld sein, dass der Grundwasserspiegel so stark sinkt und die Häuser absacken.«

»Das ist doch ausgemachter Unsinn«, hörte sie Ulrich schimpfen. »Fast tausend Jahre lang ist alles in Butter, und plötzlich droht von einem Tag auf den anderen der Untergang der Stadt? Unmöglich!«

»Sagst du. Aber hier steht es anders. Was soll ich denn jetzt machen?«

Einen Moment lang herrschte Schweigen in der Leitung. Eva spürte den leicht hektischen Atem von Lothar hinter sich. Sie versuchte, ihn zu ignorieren. »Steht da irgendwas von dem Gutachten? Du weißt schon, das von Beinlich & Partner, das von Seefeldt in Auftrag gegeben hat.«

Eva überflog den Brief erneut. Aber eine Quelle, auf die sich bezogen wurde, fand sie nirgends. »Nein, ich glaube nicht.«

»Was ist das?«, hörte sie dann Lothar hinter sich, der ihr den Brief entreißen wollte, aber Eva zog ihn schnell weg.

»Das ist doch schon mal gut. Pass auf. Du liest mir jetzt den ganzen Brief zum Mitschreiben vor, und ich werde noch heute einen formlosen Widerspruch formulieren, den ich telegrafiere. Ich sehe zu, dass ich meine Termine an einen Kollegen weitergeben kann, und bin spätestens morgen Mittag in Lüneburg. Ich hätte nicht gedacht, dass wir diese Karte noch ziehen müssen, aber wenn es nicht anders geht, werden wir von Seefeldt wegen Bestechung anzeigen. Und ich bin mir relativ sicher, dass wir euren neuen Oberstadtdirektor schnell auf unserer Seite haben. Der will sich an den Altlasten seiner Vorgänger sicher nicht die Finger schmutzig machen.«

Eva atmete einmal tief durch. Bei Ulrich hörte sich immer alles so einfach und vernünftig an. Aber es stimmte: Hermann Lüttjens, der neue Oberstadtdirektor, gab sich erst mal sehr bürgernah und wirkte, soweit man das von einem Politiker sagen konnte, »echt«. Vielleicht war dieser Brief auch so eilig zugestellt worden, weil er noch nicht in seinem Amt bestätigt worden war. Wort für Wort diktierte sie Ulrich nun den Brief. Als sie fertig war, sagte sie: »Ich danke dir, Ulrich. Von Herzen.«

»Keine Ursache, Evchen. Ich habe alles, was ich brauche, und wir sehen uns morgen. Mach dir keine Sorgen. Das wird schon.« Ein Knacken in der Leitung signalisierte ihr, dass er aufgelegt hatte.

»Was ist das?«, wiederholte Lothar seine Frage nun scharf. »Und wieso hast du dazu mit Ulrich telefoniert?«

»Das«, erwiderte Eva und wedelte mit dem Brief vor Lothars Gesicht, »ist eine einstweilige Verfügung, nach der ich die Saline sofort zu schließen habe.« Sie spuckte die Worte aus wie glühende Lava. »Und dein Cousin wird dafür sorgen, dass genau das nicht passiert.« Aus ihren blauen Augen funkelte sie ihn an. Dann ließ Eva den Brief auf den Schreibtisch fallen und stürmte aus dem Zimmer. Noch einen Ehekrach konnte sie jetzt nicht gebrauchen. Aber mit einem Kochlöffel auf einen Topf eindreschen, das war jetzt genau das Richtige. Sie eilte nach unten in Richtung der juchzenden Kinderstimmen. Zum Glück hatte Binchen bei dem Geräuschpegel sicher nichts von der elterlichen Auseinandersetzung mitbekommen.

18.

Sorgenvoll sah Helga der Freundin hinterher, während diese wild gestikulierend neben Ulrich den Weg von der Saline in Richtung Rathaus einschlug. Genau konnte es Helga nicht in Worte fassen, aber Eva hatte sich verändert, seit Ulrich vor gut vier Wochen das erste Mal seit Jahren wieder auf der Bildfläche erschienen war. Ihr ganzer Körper schien unter Spannung zu stehen, und Eva strahlte eine Härte aus, als würde sie sich mit Händen und Füßen gegen das wehren, was so lange in ihr geschlummert hatte und nun mit Macht herauszubrechen drohte: all die unausgesprochenen und unterdrückten Gefühle, die sie hinter der Fassade der glücklichen Familie zu verbergen suchte. Dabei war es so offensichtlich – schon immer gewesen –, wohin sie gehörte. Selbst wenn es heute wie damals so schwierig schien. Heute aus unterschiedlichen Gründen beinahe noch schwieriger. Da war Sabine, die glaubte, ihren Vater zu kennen. Ein aufgewecktes, glückliches Mädchen. Wie würde sie reagieren, wenn sie die Wahrheit erfuhr?

Eva hatte Helga tags zuvor noch von der Verfügung berichtet, nachdem alle Kinder außer Uwe mit ihren Tütchen abgeholt und die Wohnung wieder auf Vordermann gebracht worden waren. Sie hatten gerade das Geschirr abgewaschen, als

Eva ihr von der angekündigten Schließung erzählte. Helga hätte fast den Kuchenteller fallen gelassen, so erschrocken war sie. Natürlich war auch sie froh gewesen, als sie hörte, dass Ulrich sich direkt wieder ins Auto setzen und nach Lüneburg kommen wollte – was er offenbar auch in aller Herrgottsfrühe getan hatte, denn er war bereits am späten Vormittag eingetroffen. Gleichzeitig ahnte sie aber auch, dass das die Ereignisse, die sein erster Besuch in Gang gesetzt hatte, nur beschleunigen würde. Sie hoffte sehr, dass alle Beteiligten die nächsten Schritte mit Umsicht und kühlem Kopf planen und sich nicht von den eigenen Gefühlen und Verletzungen übermannen lassen würden. Das galt vor allem für die beiden Männer, die ihre alte Familienfehde nie wirklich ausgetragen hatten. Sollte Lothar nun dabei zusehen, wie der ungeliebte Pflegesohn seines Vaters ihm die Frau nahm? Auch wenn diese Ehe von Anfang an eine kalkulierte gewesen war, musste das dennoch an Lothars Stolz kratzen, der mit der Rückgabe des Familienwohnsitzes ohnehin schon eine harte Prüfung zu bestehen hatte. Und Ulrich, der stolze, unbändige Wolf, der erwachsen geworden zu sein schien, aber nun dennoch auch einen Triumph auskosten konnte, wenn er das denn wollte.

Und natürlich Eva. Schon oft hatte Helga sich in den letzten Jahren gefragt, wo ihre weiche, herzensgute Freundin geblieben war, mit der sie immer lachen und alles hatte teilen können. Das schien vorbei. Geblieben war eine Geschäftsfrau, die sich so für die Saline, für ihren Vater und ihre jüngere Schwester opferte, dass sie gar nicht merkte, dass die, die sie wirklich brauchten, in ihrem Schatten verdursteten. Sabine, Lothar, sie, Helga und am Ende Eva selbst. Sie konnte sich nur wünschen, dass die neuen Entwicklungen Evas Herz wieder öffneten und sie sich irgendwann wieder so in den Armen liegen konnten wie in ihrer Jugend. Im Moment fehlte Eva ja sogar die Muße, Helga mal nach dem Wohl ihrer Mutter zu fragen oder sich nach dem

Stand der Renovierungen zu erkundigen. In zwei Wochen sollte schon die Eröffnung sein. Viel früher als geplant.

Seufzend setzte Helga ihren Weg in Richtung des Krankenhauses fort. Sie hatte keinen blassen Schimmer, wie sie das alles bewerkstelligen sollte. Laut Aussage der Ärzte würde ihre Mutter in den kommenden Tagen entlassen werden. Ohne eine regelmäßige Krankengymnastik konnte es aber sein, dass das linke Bein nach dem komplizierten Hüftbruch steif blieb. Und noch war ihr diese Leistung nicht bewilligt worden. So oder so würde Helga zunächst einen Teil der Pflege übernehmen müssen. Ihre Mutter würde sich eine ganze Weile schonen müssen.

»Welche Laus ist dir denn über die Leber gelaufen?«

Helga schrak aus ihren Gedanken auf und blickte in Elkes strahlendes Gesicht. Das kurze Haar hatte sie wie so oft unter einem bunten Tuch versteckt. Dadurch kamen die Konturen ihres ebenmäßigen Gesichtes noch besser zur Geltung. Auf eine herbe Weise war Elke wirklich eine wunderschöne Frau, dachte Helga.

»So langsam wird mir das peinlich.«

»Was?«, fragte Elke verständnislos.

»Irgendwie läufst du mir in letzter Zeit wirklich immer dann über den Weg, wenn ich gerade Probleme wälze.«

Elke lachte. »Welches ist es denn diesmal?« Offenbar erinnerte sie sich auch noch daran, dass Helga direkt nach ihrem Quasi-Rauswurf bei ihr in der Schokolüne vorbeigelaufen war. Damals noch mit dem Prospekt zu den Wohnungen in der Hand. Immerhin war genau an diesem Nachmittag aber auch die Idee mit dem Café geboren worden.

Helga überlegte, wie sie auf diese Frage am besten antworten sollte. Genau genommen gab es nicht nur ein Problem. Wenn man so wollte, schien ihr ganzes Leben gerade schwer wie Blei zu sein. Das Bild von Hans schoss ihr durch den

Kopf. Wie er ihr neulich noch etwas hatte sagen wollen und es dann doch nicht getan hatte. Wie er sie geküsst und dann wieder von sich gewiesen hatte. Ja, Hans war definitiv ein Teil der großen grauen Wolke, aber davon würde sie Elke gewiss als Allerletztes erzählen. »Ich kann es gar nicht genau benennen«, erwiderte sie dann auch wahrheitsgemäß. »Ich glaube, ich fühle mich gerade einfach überfordert. Es ist alles ein bisschen viel. Die Verantwortung für meine Mutter, wenn sie aus dem Krankenhaus entlassen wird. Meine Arbeitslosigkeit, das Café …« Bei dem Wort unterbrach sie sich hastig. »Also, um Himmels willen, versteh mich nicht falsch. Ich weiß, was du alles für mich getan hast, und ich will keinesfalls undankbar erscheinen, aber auch wenn ich mich für das Café nicht verschulden musste, wissen wir ja trotzdem nicht, ob genug Gäste kommen werden. Und dann haben wir ja auch immer noch selbst das riesige Haus …«

»Schon gut«, sagte Elke und legte der Freundin die Hand auf den Arm. »Ich weiß genau, was du meinst.«

Interessiert sah Helga auf. »Du? Wirklich?«

»Ja, na klar. Als ich damals beschloss, nach Deutschland zurückzugehen, stand ich auch erst mal ohne alles da. Ohne Geld. Ohne Familie. Ohne *Mann* …« Spöttisch zog sie das Wort in die Länge. »Das war am Anfang kein Zuckerschlecken.« Sie breitete nun die Arme aus und grinste. »Aber wie du siehst, hat es ja dann doch geklappt. Und das wird es bei dir auch, Helga. Da bin ich sicher. Du bist nicht der Typ, der lange rumjammert oder einfach untergeht. Dafür bist du viel zu willensstark und entschlossen.«

Helga machte bei jedem Satz größere Augen. Seit wann fand jemand sie willensstark? Und entschlossen? Und Elke war wirklich ohne alles nach Deutschland gekommen? »Hat deine Mutter dich denn nicht unterstützt?«

Elke schüttelte den Kopf. »Zunächst nicht. Sie, gerade sie, der künstlerische Freigeist, war sauer, dass die Tochter sich einfach aus dem Staub machte und niemand mehr da war, um sie gebührend zu bewundern«, fuhr Elke freimütig fort.

»Und Hans? War der noch da, als du gegangen bist?«, rutschte es Helga heraus.

Elke legte ihre Stirn in Falten. Wenn Helga sich richtig erinnerte, war es das erste Mal, dass die Chocolatière sie wirklich ernst sah. »Wenn es eine Sache gibt, die ich bereue, dann wahrscheinlich wirklich die«, sagte sie. »Ich war zweiundzwanzig, als ich ging. Hans wurde bald neunzehn. Ich dachte, er wäre alt genug, um sich gegen meine Mutter zu behaupten und sein Leben selbst in die Hand zu nehmen. Aber da habe ich mich leider geirrt. Ich fürchte, sie hat ihn damals ziemlich manipulativ unter Druck gesetzt. Einerseits sollte er der liebe Junge sein, den sie vergötterte, dann wieder gab sie die Diva und stieß alle von sich, die sie vorher geködert hatte. Das war ein ziemlich mieses Spiel, das sie ganz gut beherrschte. Und ich glaube, Hans hat damals zu viel davon abbekommen. Er vertraut niemandem, speziell Frauen nicht.« Elke machte eine Pause und sah einer Dohle hinterher, die kreischend ihre Runde über einem Wacholder drehte. »Seit dem Tod seiner Frau ohnehin nicht mehr. Das war für ihn wie der Zorn Gottes, eine Strafe für etwas, was er nie begangen hat.« Elke zupfte an ihrem Tuch und blinzelte. »Insofern gebe ich dir recht: Das Leben kann einen manchmal ganz schön fordern und nicht unbedingt gerecht wirken. Aber trotzdem haben wir kein anderes.«

Sprachlos hatte Helga Elkes Ausführungen zugehört. Nicht im Entferntesten konnte Helga sich vorstellen, welches Leid Elke, aber auch Hans erfahren haben mussten. Die eigene Mutter, die einen als Spielball für ihre Selbstdarstellung missbrauchte. Gewalt musste nicht immer körperlich sein. So viel hatte Helga schon verstanden. Und angesichts dessen, was die Geschwister hatten erleben müssen, mit einem Vater, der abgehauen war, und einer künstlerisch überspannten Mutter, kam ihr ihr eigenes Schicksal nunmehr banal und völlig harmlos vor. Worüber regte sie sich auf? Über ihre Mutter, die ihr Zuhause nicht preisgeben wollte. Konnte man es ihr verdenken? Trotzdem bekam sie die Geschichte der beiden noch nicht recht zusammen. »Aber du hast doch bislang immer so positiv von deiner Mutter gesprochen. Und wenn ich dich richtig verstanden habe, hat sie euch ja auch ein kleines Vermögen überlassen.«

Elke lachte erneut kurz auf und kratzte sich am Kopf, sodass ihr Haarband hin und her rutschte. »Ja, das stimmt, das hat sie. Böse gesagt kann man behaupten, sie hat sich bei uns freigekauft. Aber das trifft es nicht ganz. Mit dem Erfolg und vor allem auch mit ihrem neuen Freund, Maurice, hat sie sich schon sehr verändert. Wenn man so will, bekam ihre gute Seite Oberwasser, die lustige, fröhliche, großzügige. Aber das hat den Rest natürlich nicht ungeschehen gemacht.«

»Natürlich nicht.« Helga dachte an Hans' widersprüchliches Verhalten und fragte sich, ob dieses Hin und Her vielleicht mit seiner Mutter zu tun haben konnte. So, wie Elke es schilderte, musste es ja so sein. Sie überlegte, ob sie die Sprache doch noch mal auf Elkes Bruder bringen sollte, traute sich aber nicht.

Elke legte den Kopf schief. »Ist noch was?« Sie schien das Fragzeichen hinter Helgas Stirn förmlich zu spüren.

»Nein, alles in Ordnung. Wahrscheinlich hat mich deine Erzählung nur etwas aufgewühlt.«

Erneut strich Elke ihr über den Arm. »Entschuldige, ich wollte dich nicht erschrecken. Für mich ist das alles so normal, da vergesse ich, wie es auf andere wirken kann.«

Helga schaute sich um und sah hinüber zum Krankenhauseingang. »Was hast du eigentlich hier gemacht? Hast du auch jemanden besucht?«

Verschwörerisch holte Elke zwei Tütchen mit Pralinés aus ihrer Umhängetasche. »Ich dachte, ich könnte mal etwas Werbung für unser Café Salüne machen, findest du nicht?« Sie grinste spitzbübisch. »Wer, wenn nicht die Besucher, könnte feinste Pralinés aus Lüneburger Herstellung gebrauchen, wenn sie zu ihren Liebsten gehen? Ich dachte, ich stelle die Idee mal dem Einkaufsleiter des Ladens hier vor.«

Schon wieder machte Helga große Augen. »Du bist wirklich unschlagbar. Und, was haben sie gesagt?«

Elke schwenkte die Tütchen gut gelaunt hin und her. »Sie probieren es. Morgen bekommen sie zehn Päckchen zum Einstieg. Wenn es so weit ist, kommt da ein kleiner goldener Aufkleber mit der Café-Adresse drauf! Bessere Werbung geht nicht. Und dann auch noch bezahlt.« Sie reichte Helga eine der Tüten. »Für deine Mutter. Kann ja nicht schaden.«

»Danke«, erwiderte Helga, und bemerkte, dass Elke ihr gerade in jeder Hinsicht mehr Beistand bot als ihre beste Freundin Eva. Sie schluckte den bitteren Geschmack hinunter.

»Ende der Woche sollen ja auch die Möbel schon geliefert werden. Das hast du übrigens sehr gut gedeichselt«, sagte Elke, und Helga spürte, wie sie rot wurde. Aber es stimmte. Dass das Möbelhaus so schnell lieferte, hatte schon etwas an ihrem Charme und den richtigen Worten von ihr gelegen. Das hatte sie selbst gemerkt. »Da ist dein Geschick dann auch wieder gefragt«, fuhr Elke fort. »Danach geht es nämlich nur noch ans Dekorieren.«

»Wunderbar. Man sieht sich.« Helga sah Elke noch einen Moment hinterher, wie sie beschwingt in Richtung des Kurparks davoneilte. Wirklich eine bemerkenswerte Frau, dachte sie und betrat dann das Innere des Krankenhauses.

Helga mochte Krankenhäuser nicht. Dieses Gemisch aus Desinfektionsmitteln und abgestandener Luft ätzte ihr in der

Nase. Das Quietschen der Gummisohlen des Pflegepersonals erinnerte sie an ein Altenheim, und selbst die gesunden Menschen schienen auf diesen Gängen gebückter zu gehen als draußen. Das letzte Mal, dass sie das Klinikum betreten hatte, war nach Bines Geburt gewesen. Aber die Säuglingsstation war mit den normalen Abteilungen auch nicht zu vergleichen. Da waren die Wände bunt, und grinsende Hummeln und Sonnenblumen waren darauf gemalt. Nicht so wie hier, wo alles schmutzig weiß oder gelb war. Mit dem Fahrstuhl fuhr sie hoch in den ersten Stock, wo Chirurgie und Orthopädie untergebracht waren, und ging zielsicher auf die letzte Tür links zu. Ihre Mutter belegte das hintere mittlere Bett in dem Zimmer, in dem im Moment vier Patientinnen untergebracht waren. Wie meistens ging es dort ziemlich turbulent zu, da Frau Meier, die Dame ganz außen rechts, eine sehr große Familie zu haben schien. Zumindest waren fast immer zwei bis drei Besucher an ihrem Bett, und jedes Mal waren es für Helga neue Gesichter. Sie nickte der Patientin zu, die sich angeblich beim Angeln einen komplizierten Kniescheibenbruch zugezogen hatte, und ging hinüber zu ihrer Mutter, die der Tür den Rücken zugewandt hatte.

»Hallo, Mutsch«, sagte Helga, als sie an dem Bett angekommen war, und zog sich einen Stuhl heran.

»Ach, mein Schatz, ich habe dich gar nicht kommen hören.« Auf ihrem Beistelltisch stand ein kleines Transistorradio, aus dem schnarrend Volksmusik lief.

»Wie geht es dir?«

»Gut«, erwiderte sie. »Dr. Zinkmeister meint, der Bruch verheilt sehr gut und ich soll jetzt jeden Tag zehn Schritte gehen. Für den Anfang.«

»Das freut mich. Hast du Schmerzen?«

»Na ja, wenn ich zu fest auftrete, tut es schon weh, aber das ist ja wohl normal. Ich soll mich schonen, wenn ich wieder zu Hause bin, meint der Doktor.«

Kunststück, dachte Helga. Der hat gut reden. »Bleibt es denn bei Montag?«, erkundigte sie sich.

»Ich habe nichts Gegenteiliges gehört, also nehme ich an, dass es dabei bleibt, ja.«

Helga biss sich auf die Unterlippe, als ihre Mutter ihre Hand auf Helgas legte. Sie fühlte sich dünn wie Papier an und rau. »Du musst dir keine Sorgen machen, Helgalein. Ich verspreche, dass ich dir nicht zur Last fallen werde. Tu einfach so, als wäre ich nicht da. Und kleinere Aufgaben kann ich dir vielleicht sogar abnehmen. Kartoffeln schälen etwa. Dazu brauche ich meine Beine ja nicht.« Inge Lackner wollte wohl, dass es komisch klang, aber Helga war nicht zum Lachen. Egal, wie gut der Bruch verheilen mochte, ihre Mutter brauchte natürlich Pflege und Unterstützung bei ihren Übungen, und überhaupt wäre es das erste Mal gewesen, dass sie sich zum Wohle anderer mal nicht bemitleidete und auf passive Weise in den Mittelpunkt stellte. Wie viel einfacher wäre es gewesen, hätten sie beide ihre kleine Etagenwohnung – ohne den großen Garten dabei – und Helga könnte immer wieder nach oben in ihre eigenen vier Wände verschwinden, wenn sie nach ihrer Mutter gesehen hätte.

»Wie ist es eigentlich um den Garten bestellt?«, riss ihre Mutter sie prompt aus ihren Gedanken. »Ich hoffe, du hast den Rasen gemäht und den Giersch beobachtet. Wenn der nicht regelmäßig gejätet wird, nimmt er den Stauden die Nährstoffe, und dann gehen die alle ein. Und auf die Schnecken musst du auch Obacht geben. Letzte Nacht hat es ja ordentlich geschüttet. Du willst ja auch nicht, dass die uns das ganze Gemüse wegfressen.«

Helga merkte, wie ihr mit jedem Satz mehr die Hutschnur zu platzen drohte. Ihr Gesicht schien vor Anspannung schon förmlich zu glühen. Nein, sie wollte nicht, dass die Schnecken das Gemüse fraßen oder der Giersch das kleine Gartenparadies überwucherte. Aber wenn sie es eben doch taten oder es passierte, dann war ihr persönlich das grad schnurzpiepegal. Von ihr aus konnte der ganze Garten ein einziges Biotop werden, in dem sich tummelte, was dazu gerade Lust und Laune hatte. Und von ihr aus konnte das Gras kniehoch wachsen und die Blattläuse konnten sich an den Rosen laben, die sie so liebten. Sie *wollte* all das nicht. Wenn es passierte, hätte es ihr nicht egaler sein können. Je länger sie darüber nachdachte, desto mehr hasste sie den Garten und die Verantwortung, die ihr dafür zugeschoben wurde und um die sie nie gebeten hatte. Und deswegen war es an der Zeit, endlich mal genau das auszusprechen, was sie sich schon für den Tag, an dem sie ihre Mutter verletzt unter dem verfluchten Kirschbaum hatte liegen sehen, vorgenommen hatte.

»Mama. Ich möchte mir eine Wohnung kaufen und dafür brauche ich einen Kredit. Den bekomme ich aber nur, wenn wir eine Hypothek auf das Haus aufnehmen. Ich bitte dich also, mir die Hälfte des Hauses zu überschreiben. Es ist genauso gut meins wie deins, und ich bin sicher, Papa hätte es so gewollt.«

Nun war es raus.

Die Stille, die sich sofort über das gesamte Krankenzimmer legte, hätte aus einem Stummfilm stammen können. Selbst Frau Meier und all ihre Neffen, Nichten oder Enkel sahen mit offenem Mund sprachlos zu ihr herüber. Offenbar war sie lauter geworden, als sie es beabsichtigt hatte.

»Was redest du da?«, fragte ihre Mutter irritiert nach einer gefühlten Ewigkeit. »Was denn für eine Wohnung? Wir haben mehr als genug Platz in dem Haus. Es ist dein Elternhaus. Da zieht man doch nicht einfach aus.«

Helga atmete tief durch. »Nein. Einfach tut man das sicher nicht. Aber es ist längst an der Zeit, dass ich auf eigenen Füßen stehe, Mama. Ich kann das nicht mehr, dich Tag für Tag in deinem Kummer begleiten und eine Leerstelle ersetzen, die ich sowieso nicht füllen kann. Ich möchte mir eine Wohnung kaufen, und ich möchte, dass du mir dafür die Hälfte des Hauses überschreibst. Ist das so viel verlangt?« Es kostete Helga einige Mühe, dem Blick ihrer Mutter, deren Augen sich bereits mit Tränen füllten, standzuhalten und nicht klein beizugeben. Sie dachte an Elke und wie sie ihren eigenen Weg gegangen war – ohne jede Hilfe. Es war längst an der Zeit, dass auch Helga ihr Leben selbst in die Hand nahm, bevor sie wirklich als alte Jungfer versauerte.

»Ich erkenne dich nicht wieder, Kindchen. Seit wann ist denn eine Mutter ihrer erwachsenen Tochter etwas schuldig? Was sind das denn für Flausen? Anstatt dich um eine anständige Arbeit zu bemühen, verfolgst du diesen Spleen mit dem Café. Und jetzt willst du mich auch noch um unser Haus bringen?« Mit zitternden Fingern griff Inge Lackner nach einem Taschentuch auf dem Beistelltisch. »Dein Vater würde sich schämen.«

»Nein, Mama. Papa wäre stolz auf mich. Er würde mich ermutigen, für meine Träume einzustehen, anstatt das, was verloren ist, ewig zu bejammern.« Helga sah sich kurz im Raum um und nahm die starrenden Blicke wahr. »Ist was?«, fragte sie pampig, woraufhin alle sofort nach unten blickten oder anderweitig beschäftigt taten. »Ich komme in ein paar Tagen mit einer Verfügung wieder«, fuhr Helga fort. »Wir müssen für deine Pflege sowieso Geld aufnehmen.« Als sie den panischen Ausdruck im Gesicht ihrer Mutter sah, hob sie die Schultern. »Wie soll es denn sonst gehen? Wenn du keine Kur bewilligt bekommst, muss ich eine Pflegerin einstellen. Du brauchst medizinische und vor allem verlässliche Unterstützung, die wirklich den ganzen Tag für dich da ist. Das schaffe ich nicht. Selbst wenn ich wollte. Unser Café wird in zwei Wochen eröffnet, und spätestens ab da bin ich den ganzen Tag unterwegs.« Sie verzichtete darauf, noch eine spitze Bemerkung zu ihrem »Spleen« anzufügen. Das, was sie ihrer Mutter eben offenbart hatte, war hart genug, und wenn sie nicht schleunigst das Zimmer verließ, würde sie auch nicht länger die Haltung bewahren können. Natürlich ging es ihr nahe zu sehen, wie die Schultern ihrer Mutsch immer mehr nach vorn sackten und die Mundwinkel nach unten fielen. Aber sie hatte lange genug damit gewartet, und sie wusste, dass es am Ende auch für ihre Mutter das Beste sein würde. Das wollte Helga zumindest glauben.

Mit einem Kopfnicken in alle Richtungen verabschiedete sie sich von den Patienten und deren Angehörigen. Zum Glück kam auch gerade die Schwester mit dem Kaffeewagen zur Tür herein. So konnte Helga ohne ein weiteres Wort und ohne sich umzublicken verschwinden.

19.

Lüttjens nahm die runde Brille vom Gesicht und rieb sich über die Augen. »Sie erheben schwere Vorwürfe gegen einen renommierten Geschäftsmann, der viel für die Stadt getan hat«, sagte er, nachdem er den beiden, Ulrich, um genau zu sein, bereits seit über einer Stunde zugehört hatte. Evas Aufgabe war es eher gewesen, zu lächeln und zu nicken.

»Das ist korrekt, und beinahe schwerere gegen Ihren derzeit noch amtierenden Vorgänger«, bestätigte Ulrich ruhig. »Seit über neunhundert Jahren wird hier in Lüneburg in der Saline Salz gewonnen, und jetzt plötzlich sind die Häuser der Innenstadt so akut einsturzgefährdet, dass man den Stock mit sofortiger Wirkung schließen will und Frau Möreke den Zutritt verweigert, als hätte sie ein Schwerverbrechen begangen. Sie müssen zugeben, dass das nach einer ziemlich dubiosen Schikane aussieht.«

»Da, wo ich herkomme, hält man sich mit vorschnellen Bewertungen lieber erst mal zurück, aber ich gebe zu, dass der Sachverhalt Fragen aufwirft.« Lüttjens zog ein Taschentuch aus der Hose und putzte damit seine Gläser.

Fragen aufwirft? Nervös scharrte Eva mit der Sohle ihres Schuhs über das Parkett. Das Ganze stank zum Himmel.

»Was möchten Sie, dass ich für Sie tue?« Aus seinen wachen grauen Augen sah der neue Oberstadtdirektor Ulrich direkt an. »Ich gehe doch recht in der Annahme, dass Sie es seinerzeit waren, der die Rückgabe der NS-Immobilien forciert hat, richtig? Ging es nicht sogar um Ihr Elternhaus?«

Eva war überrascht, wie gut Lüttjens informiert war, und hoffte, dass diese Bemerkung Ulrich nicht provozieren würde. Dieser aber verzog keine Miene. »Es ist nicht mein Elternhaus, aber ja, mein Onkel, der ehemalige Direktor des Bankhauses Möreke, musste damals weichen.«

»Das wird ihm nicht gefallen haben.«

Ulrich unterdrückte ein Schmunzeln. »Sicher nicht, aber Herrn Blumberg wird es auch nicht gefallen haben, aus seinem Heimatland vertrieben und faktisch enteignet worden zu sein.«

»Da haben Sie recht!« Hermann Lüttjens erhob sich. »Ich kann die Verfügung nicht stoppen, aber ich werde eine sofortige Anhörung einberufen und ein Zweitgutachten vorschlagen. Ich gehe davon aus, dass sich die Sache damit für Sie ziemlich schnell erledigt haben wird, Frau Wolf.«

Eva wurde rot. »Möreke«, korrigierte sie leise.

Verdutzt sah Lüttjens von ihr zu Ulrich und wieder zu ihr, sagte aber nichts. »Wie Sie bei Herrn von Seefeldt weiter vorgehen, bleibt Ihnen überlassen. Da kann und da will ich auch nichts machen. Noch ist das Parteiengesetz nicht durch, und selbst wenn, gehört ein wenig Fantasie dazu, hier Bestechung zu unterstellen.« Erneut fixierte er Ulrich. »Und sobald so leidenschaftliche Gefühle wie Rache und Ehre ins Spiel kommen, hört die Politik für mich auf.«

Er ging zur Tür und öffnete sie. An dem Platz, an dem auch Helga hätte sitzen können, erwartete sie ein junges Fräulein, das sich die Haare seitlich zu zwei Zöpfen geflochten hatte und ein grünes Hütchen trug, das auf Eva mit der goldenen Stickerei exotisch wirkte. Eigenwillig, sich so im Vorzimmer des neuen Oberstadtdirektors zu präsentieren, aber vielleicht wollte der damit auch nur seine Weltoffenheit unterstreichen. Evas Respekt hatte er sich jedenfalls jetzt schon verdient. Mutig, sich in der konservativen Garnisonsstadt derart unkonventionell zu präsentieren.

Kaum schloss sich die Tür hinter ihnen, eilte Eva die Stufen hinab zum Ausgang. Sie konnte es nicht erwarten, Ulrich um den Hals zu fallen und ihm für seinen Einsatz zu danken. Selbst wenn sie bei Lüttjens wenig Überzeugungsarbeit hatten leisten müssen, so war Eva sich doch bewusst, dass sie ohne seine Hilfe und seine brillanten, klar vorgetragenen Argumente kein ganz so leichtes Spiel gehabt hätte.

Als sie schließlich draußen auf dem Marktplatz standen, konnte auch Ulrich sich ein breites Grinsen nicht verkneifen. »Ist doch ganz gut gelaufen.«

»Ganz gut?«, rief Eva erregt und wedelte tanzend mit den Armen. »Das war fantastisch, Ulrich Wolf. Das war Königsklasse!« Sie drehte sich einmal im Kreis, bis sie von Ulrich sanft unterbrochen und zu ihm herangezogen wurde, so nah, dass sie seinen Atem an ihrer Wange spürte.

»Für meine Königin«, raunte Ulrich ihr ins Ohr und umfasste Evas Taille noch ein wenig enger.

Eva hatte Mühe, nicht einfach ganz in Ulrichs Arme zu sinken. Sie spürte seine starken Muskeln an ihrem Rücken, seine pulsierende Wärme, und es kostete sie alle Kraft, nicht einfach die Augen zu schließen und eins mit ihm zu werden. Es war, als hätte ihr Körper jahrelang in einem Winterschlaf verharrt, um jetzt hungrig und bereit wieder aufzuwachen und sich endlich zu nehmen, wonach er sich verzehrt hatte. Alles an Ulrich fühlte sich richtig an. Jede Mulde, jede Sehne, selbst die widerspenstigen Haare aus seiner Stirnlocke, die ihre Nasenspitze kitzelten, fühlten sich vertraut und vermisst an. »Oh, Ulrich!«, entfuhr es ihr dann auch mit einem Seufzer, bevor sie sich dennoch frei machte und kurz nach rechts und links blickte, um sich zu vergewissern, dass nicht zufällig ein Nachbar, ein Angestellter oder sonst ein Bekannter dieses verbotene Stelldichein beobachtete. Doch zum Glück war da niemand.

»Hast du dir das mit Berlin überlegt? Zwei, drei Tage. Länger würde ich dich auch nicht von deiner, von unserer Tochter loseisen wollen«, hauchte Ulrich ihr leise ins Ohr, ließ aber noch nicht zu, dass sie sich ganz aus seiner Umarmung löste, legte ihr kurz seine Lippen an den Hals.

»Jetzt gleich meinst du? Wie stellst du dir das vor?«, fragte Eva atemlos. »Ich kann doch hier nicht …«

Bevor sie weitersprechen konnte, verschloss er ihren Mund mit einem flachen Kuss. »Doch, das kannst du. Vor Montag wird sich nichts Neues ergeben, mindestens. Deine Mitarbeiter wissen Bescheid. Ihr habt also alle unfreiwillig ein verlängertes Wochenende geschenkt bekommen. Für Sabine ist durch den Kindergarten und Jadwiga gesorgt. Auch wenn ich sie am liebsten mitnehmen würde. Wir drei … das wäre noch mal etwas ganz anderes … Und Lothar …« Ulrich machte eine Pause. »Mit ihm wirst du sowieso sprechen müssen, wenn du es nicht schon getan hast.«

Was auch immer er damit meinte, ließ Ulrich offen, aber insgeheim musste sie ihm recht geben. Es gab keinen triftigen äußeren Grund, nicht zu fahren, da sie ja ohnehin schon zugesagt hatte. Ihre aufgeregten Mitarbeiter hatte sie heute früh schon ins Bild setzen müssen. Zum Glück war sie wenigstens nicht von einem Polizeiaufgebot am Betreten der Saline gehindert worden – so weit wollte Siemers dann wohl doch nicht gehen, was, aus jetziger Sicht betrachtet, durchaus weise war, da es dem Ansehen des Politikers mehr schaden als nutzen hätte können. Trotzdem hatte Eva es nicht darauf ankommen lassen wollen und hatte die Belegschaft wegen »juristischer Unklarheiten« bis auf Weiteres nach Hause geschickt. Bestimmt würde sie morgen im Lüneburger Anzeiger einen großen Artikel dazu lesen. Schaden konnte das sicher nicht.

Sie sah zu ihm auf, in seine tiefen blauen Augen, aus denen er sie ansah, abwartend, ruhig. Der Wind blies Eva eine Strähne ins Gesicht, die Ulrich ihr hinters Ohr steckte. »Die hat sich früher schon immer gelöst«, sagte er. »Genauso widerspenstig wie ihre Trägerin«, fügte er hinzu und verzog einen Mundwinkel nach oben.

»Wann wolltest du los?«, fragte Eva und wandte den Kopf, um mit ihren Lippen Ulrichs Hand zu berühren, die immer noch an ihrem Gesicht lag.

»Morgen früh«, erwiderte er.

»Wo übernachtest du?«

Er wies mit dem Kopf in Richtung der Hauptgeschäftsstraße, in der auch das Wellenkamp lag.

Eva lachte auf. »Hätte ich mir auch denken können.« Als Ulrich weiterhin schwieg, blickte Eva verlegen zu Boden. Ihr war mehr als bewusst, dass die Zimmer im Wellenkamp immer Platz für zwei boten, selbst wenn man ein Einzelzimmer gebucht hatte. »Wollen wir noch etwas essen gehen? Es hat hier ein neues Fischgeschäft aufgemacht, Kutter un' Krabben. Die haben einen ganz guten Mittagstisch.«

»Klingt verlockend«, erwiderte Ulrich, ließ die Strähne los und legte Eva als Zeichen des Aufbruchs sacht die Hand auf den Rücken. Obwohl er nur leicht den Stoff berührte, spürte sie die Gänsehaut unter ihrer Bluse.

* * *

»Ich werde morgen mit Ulrich nach Berlin fahren.« Mit dem Brotmesser schnitt Eva den Laib in fingerdicke Stullen.

»Gibt's wieder eine Truppenparade zu sehen? Die hat der Goebbels doch so gern.« Heiner Benningsen nestelte an der

Klammer des Küchenhandtuchs, das Eva ihm seit geraumer Zeit zum Essen um den Hals band. Seine Finger waren zu steif, um sie zu öffnen, und so hörte er irgendwann damit auf. Nur selten kam es vor, dass er sich wütend das ganze Tuch abriss.

»Ich will auch nach Bellin«, begehrte Binchen freudestrahlend. »Onkel Uli hat gesagt, da gibt es einen richtigen Kinderzoo, wo man Ziegen und Esel und Ponys streicheln kann.«

»Also, wenn ich nach Berlin dürfte, würde ich als Erstes ins KaDeWe gehen. Da gibt es Parfum aus Paris und echten Champagner.« Karla nahm sich die erste Scheibe Brot und bestrich sie dick mit Butter. »Kann mir mal jemand den Käse geben?«

Eva legte das Messer zur Seite, griff nach der Packung und trennte eine Scheibe aufreizend langsam von der darunter liegenden.

»Was ist Champagner?«, wollte Bine wissen.

»Ein völlig überschätztes und unanständig teures alkoholisches Getränk«, erwiderte Eva gereizt und legte die Packung Käse am Tischende ab, als hätte sie Karlas Bitte nicht gehört.

»Es gab Zeiten, da hast du dich gern mit einem Glas verwöhnen lassen«, meldete sich nun Lothar zu Wort, und auch wenn er leise sprach, war die Schärfe in seiner Stimme doch zu hören.

Eva setzte sich und bestrich sich eine Scheibe Brot mit Teewurst. Dazu hob sie ihr Wasserglas an. »Ich kann mich nicht erinnern, wann wir jemals zusammen Champagner getrunken hätten.«

»Wer sagt, dass ich von uns gesprochen habe?«

Eva wusste genau, dass sie sich besser nicht provozieren lassen sollte, aber die Wut in ihrem Innern fing an zu brodeln. Anstatt dass Lothar mal nachhakte, wie der Termin gelaufen war, oder sich nach Details der Reise, von der er theoretisch ja wusste, erkundigte, erging er sich in zweideutigen Anspielungen, die ihr womöglich ein schlechtes Gewissen machen sollten. *Pah!* »Du hast Recht, wie dumm von mir. Auf so eine Idee würdest du natürlich nicht kommen!« Genüsslich biss sie in ihr Brot und würdigte ihren Mann keines Blickes. »Noch jemand Tee?«

Erst als sie den Knall hörte, das Besteck auf dem Tisch klirrte und Bines Mundwinkel zu zucken begannen, sah sie erschrocken zu Lothar hinüber, der mit geballten Fäusten von seinem Stuhl aufgesprungen war und sie mit puterrotem, vor Zorn förmlich glühendem Gesicht anstarrte. »Ich erkenne dich nicht wieder, Eva!«, presste er zwischen zusammengebissenen Zähnen hervor, wobei seine Kieferknochen sich auf und ab bewegten. »Seit wann bist du zu so einem billigen … zu so einem …«

»Meintest du Flittchen? Sprich es ruhig aus«, sagte Eva kühl, »und dann erklärst du Sabine, was es mit dem Wort auf sich hat und was ihre Mutter deiner Meinung nach getan hat, um damit beschimpft zu werden.«

Im Raum war es mucksmäuschenstill geworden. Selbst Heiner Benningsen brummelte nur Unverständliches vor sich hin, als könnte er sich damit in seiner Welt gegen die reale draußen schützen.

»Es reicht«, sagte Lothar nur und richtete sich zu seiner vollen Größe auf. »Ich denke, wir setzen diese Unterhaltung an anderer Stelle fort.«

»Ich denke«, erwiderte Eva mit leicht erhobener Stimme, »wir setzen *diese* Unterhaltung gar nicht fort. Gern aber können wir darüber sprechen, was du in den Tagen meiner Abwesenheit zu Hause beachten solltest. Wie du weißt, muss Binchen in den Kindergarten und Papa braucht seine Tabletten. Vielleicht lässt sich meine Schwester ja sogar dazu herab, ihren Vater abends ins Bett zu bringen.« Erwartungsvoll sah Eva zu Karla, die nur mit den Augen rollte, sich ebenfalls erhob und aus dem Zimmer stürmte.

Nun verließ auch Lothar kommentarlos den Raum, und als Eva die Haustür ins Schloss knallen hörte, zuckte sie einmal kurz zusammen, bevor sie dann, nach außen hin seelenruhig, Sabines Brot in Häppchen schnitt. Im Innern hingegen tobte weiter ein Sturm in Eva, den sie nur mühsam unter Kontrolle hielt. Sie konnte selbst nicht fassen, mit welch niederen Geschützen sie hier auf ihre Liebsten losging, und selbst wenn der Haussegen mit Lothar alles andere als gerade hing, so war es doch überhaupt nicht ihre Art, solche Gemeinheiten von sich zu geben. Selbst wenn sie der Meinung war, dass Lothar sie herausgefordert hatte. Sie war entsetzt, wie schnell tiefe Zuneigung in fast so etwas wie blanken Hass umschlagen konnte. Und noch entsetzter war sie, als sie feststellen musste, dass es ihr auch Genugtuung bereitete, sich von ihrem Mann nicht in ihre Schranken weisen zu lassen, sondern ihn, wenn man so wollte, aus dem Feld zu schlagen. Vielleicht hatte Eva es einfach satt, eine Rolle zu spielen. Vielleicht war es wirklich an der Zeit, reinen Tisch zu machen, auch wenn es wehtat.

Verstohlen sah sie zu Sabine hinüber, die schweigend und verunsichert auf ihrem Brot herumkaute. Wie gern hätte sie ihre Tochter jetzt tröstend in den Arm genommen, ihr über den Kopf gestreichelt und ihr zugeflüstert, dass alles gut sei, dass Mami und Papi sich ein bisschen in der Wolle hatten, aber sich später auch wieder versöhnen würden. Sie hätte es so gern getan, aber das wäre die nächste Lüge gewesen. Also ließ sie es und fragte stattdessen: »Möchtest du vielleicht lieber einen Kakao?«

Doch Sabine schüttelte nur den Kopf, ohne sie anzublicken. Seufzend stand Eva auf und ging hinüber zu ihrem Vater. »Komm, Papa, mach wenigstens du heute kein Drama. Ich bring dich rüber und mach dir den Fernseher an.«

Was auch immer Heiner Benningsen davon verstanden hatte, er erhob sich tatsächlich und ließ sich schlurfend nach drüben begleiten. Bevor sie wieder zu ihrer Tochter zurückging, lehnte Eva kurz die Stirn gegen den kalten Türrahmen und atmete einmal tief durch. Wenn sie ehrlich war, freute sie sich auf den morgigen Tag. Auf Ulrich, natürlich, sie konnte es nicht verhehlen. Aber mehr noch darauf, einfach mal rauszukommen aus ihrem Alltag, dem Trott, den Unstimmigkeiten, dem Zwist, der ganzen Verantwortung. Eva und Lothar hatten in all den Jahren nie groß Urlaub gemacht. Eine Woche im Allgäu im vergangenen Jahr war das Höchste, was sie sich erlaubt hatten. Und da hatte es dann nur geregnet.

Einmal also keine Pflichten zu haben, weder für ihren Vater noch für ihre Tochter und auch nicht für ihren Mann oder die Saline da sein zu müssen, kam Eva gerade wie das Himmelreich auf Erden vor.

Sie hoffte, sie würde nicht in einer anderen Hölle ankommen.

20.

Helga ließ sich von dem leisen Kratzen des Spachtels über die frisch verputzte Wand, dem Abklopfen der Leitung und dem erneuten Ausprobieren der Spülung regelrecht einlullen. Sie genoss es, wie Hans noch einmal akribisch durch alle Räume ging und sein eigenes Werk kritisch unter die Lupe nahm. Es hatte für sie, deren Nerven fast blank lagen, etwas ungeheuer Beruhigendes. Seit acht Uhr in der Frühe waren sie schon zugange, wenngleich Helga zugeben musste, dass *er* zugange war und sie eher wie Falschgeld hin und her lief, ein Bild an die eine Wand hielt, es abstellte, dann mit dem selbst gebastelten Drahtgestell, an dem nun einzelne alte Haken aus der ehemaligen Schmiede hingen, durch den Raum ging, um einen geeigneten Platz zu finden, auch dies abstellte, um dann eine Yuccapalme in einer Ecke zu positionieren, die sie kaum fünf Minuten später in eine andere Ecke schob.

Helga war nervös, und dies aus unterschiedlichen Gründen. Seit dem Gespräch mit Elke hatte die Anwesenheit von Hans etwas Beklemmendes für sie. Sie bildete sich ein, ihn nun besser zu kennen und verstehen zu können. Allein, er wusste von all dem ja nichts, und so war Helga auch nicht sicher, ob und was sie von dem, was Elke berichtet hatte, preisgeben durfte.

Sie musste jedoch zugeben, dass sie ihn nun, da sie um seine schwierige Beziehung zu seiner Mutter wusste, sofort um Längen attraktiver fand. Statt Abwehr sah sie Unbeholfenheit. Statt Distanz nahm sie ein stilles Geben wahr, das ohne große Worte auskam. Die Krankenschwester in Helga hätte den Riesen am liebsten in den Arm genommen und an sich gedrückt; die Frau in ihr hätte ihm gern die Wärme und Verbundenheit vermittelt, die sie empfand und der er vertrauen durfte. Helga hätte ihn nicht enttäuscht. Niemals.

Aber all das war ihr nicht gestattet. Immer mal wieder warf sie Hans einen Blick zu, um zu prüfen, ob er sie vielleicht ebenfalls verstohlen musterte, konnte jedoch nichts dergleichen feststellen.

Und dann war da noch die Nervosität, weil sie heute Mittag direkt zu Lothar in die Bank wollte, um mit ihm über das Hypothekendarlehen zu sprechen. Wenn ihre Mutter das unterschrieb, musste ja nicht gleich das halbe Haus auf Helga übertragen werden. Ziemlich genau einen Monat war es jetzt her, dass sie den Prospekt vom Kreidebergquartier mit nach Hause genommen hatte, und sie konnte nur hoffen, dass die Wohnungen doch nicht so schnell verkauft worden waren, wie Lothar es angedeutet hatte. In der vergangenen Nacht, in der sie kein Auge zugetan hatte, hatte Helga sich in den glühendsten Farben ausgemalt, wie es sein mochte, wenn sie morgens ihr Frühstück auf dem Balkon mit Blick über Lüneburg einnahm, bevor sie sich zurechtmachte und den Weg zu *ihrem* Café einschlug, in dem es nach frisch gemahlenem Kaffee duftete und nach Kräutern, und wo der feine Hauch des Kakaos, den Elke in ihren Pralinen verarbeitete, in der Luft hing. Wie schön konnte solch ein Leben sein und wie zum Greifen nah schien es!

In Gedanken versunken hatte sie einen Metalleimer umgetreten, der nun polternd über die hübschen, rötlich geflammten

Fliesen polterte, während der Rest des Wischwassers sich seine Bahnen durch die Fugen suchte.

»So ein Mist«, murmelte Helga und suchte nach einem Putzlappen, der zum Glück über einem der Barhocker hing. Als sie danach griff, riss sie den Hocker auch beinahe noch um.

Grinsend kam Hans auf sie zu und nahm ihr den Lappen aus der Hand. »Du hast heute Morgen aber auch einen Kasper gefrühstückt, was?« Mit routinierten Bewegungen wischte er mit dem Fuß über die nasse Stelle, die sofort nachtrocknete.

Manche Dinge waren wirklich einfach, wenn man sie sich einfach machte, dachte Helga und fühlte sich ein wenig schuldig. Etwas unbeholfen tat sie einen Schritt zur Seite. »Danke.«

»Mhm«, murmelte Hans und nickte. »Bist du denn zufrieden mit der Inspektion?«

»Was?« Helga war nicht bewusst gewesen, dass sie offenbar doch kritischer in alle Ecken geschaut hatte als beabsichtigt. »War das so offensichtlich?«, fragte sie peinlich berührt.

»Na ja, zumindest habe ich noch keine Frau gesehen, die die Kupferrohre der Abwasserleitungen abklopft.«

Helga musste lachen. Das stimmte. Das hatte sie tatsächlich gemacht. Aber nicht, um Hans zu kontrollieren, sondern weil sie von ihrem Vater gelernt hatte, dass das Klopfen auf neu verlegte Leitungen Ratten angeblich davon abhielt, sich dort einzunisten. Ein bisschen kam außerdem dazu, dass sie die glänzenden Rohre einfach schön fand und es für sie einen besonderen Reiz hatte, dass sie über Putz verlegt worden waren. »Sagen wir, es war ein Ritual meines Vaters«, meinte sie stattdessen, »und ich bin bislang noch nicht in den Genuss gekommen, es selbst einmal zu vollziehen.«

Hans hob die Brauen, erwiderte aber nichts.

»Und ja, Hans, es ist wunderschön geworden«, ergänzte Helga nun und strich mit dem Finger über die glatte weiße Wand. »Alles. Die Fliesen verströmen das Flair von Norditalien. Der leicht geschwungene Tresen des Tischlers hat etwas Einladendes. Die lindgrünen Toiletten erinnern an eine Sommerwiese, und nicht zu vergessen die alte Brunnenpumpe«, sagte sie und zwinkerte Hans zu. »Eine Mischung aus Tradition, Handwerk, Ursprünglichkeit und …«, sie überlegte, »Selbstbestimmung vielleicht.«

Hans pfiff durch die Zähne. »Helga Lackner, du beeindruckst mich zutiefst. Erst klopfst du Rohre ab, als wären es Goldminen, und jetzt erklärst du mir die psychologisch-philosophische Bedeutung einer rostigen alten Brunnenpumpe. Auf die Idee muss man auch erst mal kommen.« Er machte einen Schritt auf sie zu, vor dem Helga jedoch zurückwich. Was wurde das hier? Stand jetzt wieder Annäherung auf der Tagesordnung? Alles an Hans wirkte verbindlich, freundlich und ehrlich. Aber sie hatte das bereits zweimal erlebt, und mit dem, was sie von Elke erfahren hatte, fiel es ihr auch nicht gerade leichter, ihre Vorbehalte über Bord zu werfen.

»Entschuldige«, sagte Hans dann auch sofort. »Das sollte keine Beleidigung sein. Eigentlich sogar eher ein Kompliment«, fügte er leise hinzu.

Helga spürte den Aufruhr in ihrem Innern. Dass sie kaum ein Auge zugetan hatte, trug auch nicht gerade zu ihrer Entspannung bei. »Ich habe es auch nicht als Beleidigung empfunden«, erwiderte sie. »Es ist nur …« Sie stockte. Was genau sollte sie sagen?

»Schon gut«, entgegnete Hans etwas unwirsch und machte eine wegwerfende Handbewegung. »Ich verstehe schon. Der Mohr hat seine Schuldigkeit getan.« Er griff nach dem Eimer und machte sich auf den Weg nach draußen zu seinem Wagen. »Wenn noch was ist, du weißt, wo du mich findest …«

Helga schnappte nach Luft, so empört war sie. »Ja, Monsieur Fournier, es ist noch was. Es ist sogar entschieden noch was!«, rief sie ihm aufgebracht hinterher und stapfte ebenfalls nach draußen.

Verwundert hielt Hans inne und sah sich nach Helga um.

»Weißt du, was ist: Es ist, dass du ankommst und sofort wieder abhaust. Es ist, dass du einem in einem Moment das Gefühl gibst, etwas Besonderes zu sein, und im nächsten schaust du einen nicht mit dem Hintern an. Es ist, dass man dich nicht greifen kann und du ganz blöde Spielchen spielst, Hans Fournier. *Das ist!*« Helgas Augen funkelten wütend, sie hatte sich regelrecht in Rage geredet.

Verdattert brachte Hans kein Wort heraus. Er wollte offenbar etwas erwidern, denn er öffnete den Mund einmal, zweimal, ohne dass jedoch Töne dabei herauskamen. »Wie meinst du das?«, stammelte er dann.

»Welchen Teil von Komm-her-geh-weg hast du denn nicht verstanden?« Helga war noch immer stocksauer. Die Wut und Ratlosigkeit, die sich in den vergangenen Wochen in ihr aufgestaut hatten, brachen jetzt mit Macht aus ihr heraus. Sie wusste selbst, dass das alles nicht nur Hans betraf, sondern auch ihre Mutter, Siemers und ihre Kündigung, die unbefriedigende Wohnsituation; sogar ihre brüchige Freundschaft mit Eva spielte hier mit rein. Aber das konnte sie Hans nicht auch noch alles erklären. Es war jetzt ohnehin egal. Spätestens nach diesen Vorwürfen würde er sich sicher endgültig aus dem Staub machen.

»Du denkst, ich würde dich erst anlocken und dann absichtlich wieder zurückweisen?« Hans sah sie an, als hätte er ein Ufo vor sich.

War er wirklich so schwer von Kapee? »Ich weiß nicht, ob du es absichtlich machst«, sagte sie nun etwas vorsichtiger, »aber so wirkt es auf mich, ja, absolut.«

Hans wischte sich mit seiner großen Pranke über das Gesicht, sodass sich danach ein paar schmutzige Streifen abzeichneten und Helga schon wieder lachen musste.

»Was?«, fragte er ungehalten. »Findest du das komisch?«

Die Anspannung in Helga begann sich zu entladen, und mit jedem Atemzug konnte sie das Lachen weniger unterdrücken und prustete nun förmlich los, wobei sie mit dem Finger versuchte, auf sein Gesicht zu zeigen, da sie die Worte gerade nicht mehr aussprechen konnte.

»Helga! Das ist jetzt auch nicht wirklich nett!«

Sie wedelte sich Luft zu und machte dann kurzerhand einen Schritt auf ihn zu, zog sich ihren Blusenärmel über den Daumen und wischte Hans den Staub aus dem Gesicht. Den dunklen Fleck auf ihrer Bluse hielt sie ihm dann unter die Nase. »Du bist ganz fleckig«, japste sie, noch immer nach Luft ringend.

Hans sah auf den Fleck, verstand, und seine Miene hellte sich auf. »Ach, das war das«, sagte er und räusperte sich. »Aber vorher hast du doch etwas anderes gemeint, oder?«

Auch Helga wurde nun wieder ernst. Das Lachen hatte ihr gutgetan. Sie war nicht sicher, ob sie zu dem anderen schwierigen Thema zurückkehren wollte. »Ach, schon gut. Vielleicht habe ich es ja auch falsch verstanden«, wiegelte sie ab. »Ich bin heute sowieso mit dem falschen Fuß aufgestanden.«

Hans ging wieder hinein in die neu installierte Küche, und Helga hörte das Wasser laufen. Als Hans zurückkam, waren die Streifen weg. »Ich glaube nicht, dass es daran liegt«, sagte er schließlich, und Helga spürte, wie viel Mühe ihn dieser Satz kostete. »Und ich bin dir dankbar, dass du mich darauf aufmerksam gemacht hast.« Nervös sah er zur Decke, als gäbe es dort eine Fliege zu betrachten. »Ich merke das selbst wohl gar nicht, aber ich kann dir nur so viel sagen …« Er machte eine Pause und kratzte sich im Nacken. »Also, wie ich schon vorhin meinte … Ich finde, du bist eine wirklich beeindruckende Frau,

Helga, und ich möchte dich ganz sicher nicht vor den Kopf stoßen oder dir das Gefühl geben, du wärst mir egal. Das bist du nicht.« Ernst sah er sie an, und Helga wäre am liebsten im Erdboden versunken. Hätte sie doch bloß den Mund gehalten.

»Ja, also … das ist hier wirklich alles ganz toll geworden«, erwiderte sie hilflos und kam sich sofort wieder völlig dumm vor. Was redete sie da für einen ausgemachten Unsinn? »Und jetzt muss ich aber auch los«, schob sie eilig hinterher. »Ich wollte heute Mittag noch zur Bank, weißt du. Vielleicht kaufe ich jetzt doch die zwei Wohnungen am Kreidebergsee, und da muss ich aber mit Lothar wegen der Finanzierung …«

Entschlossen ging Hans auf sie zu und legte ihr sanft den Finger auf den Mund. »Schon gut, Helga Lackner, du musst dazu jetzt nichts sagen. Ich bin nicht gut im Komplimente machen, aber du auch nicht im Annehmen. Können wir uns darauf einigen? Lassen wir es für heute einfach so stehen, einverstanden?«

Helga schluckte trocken. Das war die beste Idee des Tages. »Können wir«, sagte sie mit rauer Stimme, denn der Finger an ihren Lippen irritierte sie. Er störte sie nicht. Er *irritierte* sie. Sie trat einen Schritt zurück, griff nach ihrer Handtasche und verließ das Café erneut durch den Hinterausgang. Fast wäre sie falsch abgebogen, so sehr war sie in Gedanken, als sie versuchte, diese merkwürdige Unterhaltung in eine halbwegs verständliche Ordnung zu bringen. Aber Tatsache war doch wohl, befand sie, als sie in die Straße am Sande einbog, dass Hans offenbar wirklich nicht so abweisend wirken wollte, wie er ihrer Meinung nach gewesen war. Und dass sie selbst erhebliches Kauderwelsch gefaselt und sich auch noch über ihn und sein schmutziges Gesicht lustig gemacht hatte, was er ihr anscheinend aber nicht bis in alle Ewigkeit übel zu nehmen schien.

Und schließlich – und womöglich war genau das das Beste: Er mochte sie trotzdem. »Beeindruckend«, hatte er gesagt.

Helgas Mundwinkel hoben sich zu einem breiten Grinsen, als sie über das Kopfsteinpflaster marschierte. Und egal war sie ihm auch nicht. Helga begann, ein Lied zu pfeifen, das sie neulich im Radio gehört hatte. »Liebeskummer lohnt sich nicht, my Darling …« Das Schöne daran war: Hans war ihr auch nicht egal. Wie sehr sie es sich auch hatte einreden wollen. Es stimmte nicht. Aufgeregt betrat sie das Bankhaus. Spätestens bei der Eröffnung nächste Woche würde sie Hans wiedersehen. Bei dem Gedanken wurde ihr ganz warm im Bauch.

Erst als sie am Informationsschalter stand und nach Lothar Möreke fragte, fiel ihr auf, dass sie gar keinen Termin vereinbart hatte. Sie hoffte, dass Lothar dennoch eine halbe Stunde für sie hatte und war froh, als ihr die ältere Dame im Kostüm dann auch bestätigte, dass Herr Möreke gleich für sie da sei. Offenbar war es geistesgegenwärtig von ihr gewesen, den Grund ihres Besuches – den Kauf einer Wohnung nämlich – direkt zu nennen.

Als Lothar mit schleppendem Gang die Treppe herunterkam, zuckte Helga unwillkürlich zusammen. Wann war er so gealtert? Sie hatte ihn doch erst vor zwei Tagen gesehen, aber heute schien er noch gebückter und eingefallener zu sein. Ob das an Ulrich lag? Sie wusste gar nicht, ob er noch in der Stadt war. Und Eva? Wie unaufmerksam von ihr, aber sie hatte im Café gar nicht darauf geachtet, ob in der Saline Betrieb herrschte.

»Helga«, sagte Lothar, als er unten bei ihr angekommen war. »Was verschafft mir das unerwartete Vergnügen?«

Helga war sich nicht sicher, meinte aber, neben dem müden auch einen spitzen Unterton aus der Begrüßung herauszuhören. Der Zauber, den sie bei der letzten Begegnung zu spüren gemeint hatte, war vollständig verflogen. Sie öffnete ihre Handtasche und zog das inzwischen völlig zerknickte und abgegriffene Papier heraus. Sie hätte sich einen etwas feierlichen Rahmen für diese für sie so große Bekanntgabe gewünscht. »Ich möchte gern eine dieser Wohnungen kaufen«, erklärte sie. »Um genau zu sein, die im dritten Stock. Die mit den zwei Zimmern und der Einbauküche«, fügte sie aufgeregt hinzu.

Lothar warf kurz einen Blick auf den Prospekt mit den Grundrissen. »Ich fürchte, die ist bereits vorgemerkt. Aber komm mal mit in mein Büro. Da kann ich es dir genauer sagen.«

Helga schlug das Herz bis zum Hals. Sie hatte es schon befürchtet und gleichzeitig nicht wahrhaben wollen. Natürlich war ihre kleine Traumwohnung schon weg. Wie sollte es auch anders sein? Aber vielleicht irrte Lothar sich ja auch. Er konnte ja nicht alles im Kopf haben. Nervös folgte sie ihm in sein Büro und wartete, bis er den dicken Aktenordner durchgeschaut und offenbar an einer Seite hängen geblieben war, die für sie die richtige war.

»Ja, das stimmt leider. Die Wohnung mit den zweiundfünfzig Quadratmetern ist bereits vorgemerkt und die Finanzierung steht auch fast. Ich glaube nicht, dass sich da noch was ändert.«

»Oh«, machte Helga nur und ließ sich auf den breiten ockerfarbenen Sessel sinken.

»Hattest du nicht aber auch Interesse an der Erdgeschosswohnung?«, hakte Lothar nach.

Helga merkte, wie sich Tränen in ihren Augen sammelten. »Die hätte für meine Mutter sein sollen, aber, und entschuldige, wenn das unmenschlich klingt, die werd ich aus dem Haus nicht rauskriegen.«

Lothar setzte sich nun auch hinter seinen Schreibtisch und wartete einen Moment ab. »Bist du sicher, dass du die Wohnung wirklich willst?«

Erstaunt sah Helga Lothar an. »Wie meinst du das? Natürlich will ich sie.«

Lothar blätterte in dem Ordner ein paar Seiten weiter. »Ich frage nur, weil man sich manchmal Dinge in den Kopf setzt, von denen man glaubt, dass man sie braucht. Am Ende stellt sich dann heraus, dass es um etwas ganz anderes ging.«

Helga hatte den Eindruck, dass er mit diesem Satz eher seine eigene Situation meinte als ihre, fragte aber nicht nach. »Hast du mir nicht neulich selbst gesagt, ich solle etwas egoistischer sein und auch mal an mich denken? Nun, genau das wollte ich gerade tun, und nun sagst du mir, dass die Wohnung weg ist. Dann wohl nicht.« Trotzig schob sie das Kinn nach vorn. Sie wusste selbst, dass es nicht Lothars Schuld war, wenn sie vier Wochen brauchte, um sich zu entscheiden.

»Das stimmt. Das habe ich. Ich will auch nur sichergehen, dass es dir wirklich um eine eigene Wohnung geht und nicht darum, vor deiner Mutter davonzulaufen.«

Helga richtete sich kerzengerade auf. Die Tränen waren bereits versiegt. Lothars Bemerkung traf einen Nerv, aber sie machte sie auch wütend. Wenn Helga in all den Jahren einen Fehler gemacht hatte, dann den, viel zu lange bei ihrer Mutter auszuharren. Sich dafür verantwortlich zu fühlen, sie glücklich und zufrieden zu sehen. Erstaunlicherweise hatten die Kündigung und der Unfall ihrer Mutter eher dazu geführt, genau diesen Irrtum einzusehen und endlich auf die Idee zu kommen, dass es auch mal um sie selbst gehen durfte und dass es ihr – egal, wie sehr sie es sich wünschte – niemals gelingen würde, ihrer Mutter die Zufriedenheit zu schenken, die sie ihr durchaus mehr als gegönnt hätte. Nein. Sie lief ganz sicher vor nichts davon. Sie lief auf etwas zu, das sich richtig anfühlte.

»Danke, Lothar, ich weiß deine Fürsorge zu schätzen, aber du bist völlig auf dem Holzweg, wenn du meinst, ich hätte nicht endlich nach einem Ort gesucht, an dem ich ein wenig aufblühen kann. Vielleicht wäre es nicht der richtige gewesen, aber ich weiß, dass ich es ausprobieren muss. Und zwar genau *jetzt*!« Helga erhob sich. »Es gibt ja noch mehr Immobilienbüros in der

Stadt. Ich sollte die einfach mal abklappern. Vielen Dank für den wertvollen Hinweis. Das hat mir noch mal sehr geholfen.«

Zu ihrer Überraschung huschte nun ein Lächeln über Lothars Gesicht und er setzte seine Brille wieder auf, die er zwischenzeitlich abgenommen hatte. »Nun mal langsam, liebe Helga. Nichts anderes wollte ich hören. Ich musste nur sichergehen.«

Verdattert sah Helga ihn an. »Sichergehen, wobei?«

Er zog ein Blatt aus einer Schutzhülle und legte es auf seinem Schreibtisch vor sie, sodass sie es sehen konnte. »Sichergehen, dass ich dir das hier zumindest mal zeige.«

Helga starrte auf einen Grundriss, auf dem ihr vor allem eine Terrasse, auf der schon vier Stühle und ein Tisch eingezeichnet waren, die Einbauküche natürlich und zahlreiche Fensterfronten ins Auge fielen. Zumindest interpretierte sie die Bauzeichnung so. »Was ist das?«, fragte sie irritiert.

»Das ist die Dachwohnung. Wir nennen sie den Glaspalast.«

»Welche Dachwohnung?« Sie blätterte in dem Prospekt. »Da ist keine Dachwohnung.«

Lothar schien Helgas Verwirrung offenbar zu genießen, denn er ließ sich alle Zeit der Welt. »Das stimmt. Sie ist nicht abgebildet, weil wir die zwei Wohnungen, sagen wir, für exklusive Kunden reserviert haben. Es gibt wie gesagt zwei. Die eine hat eine Süd-West-Terrasse. Die ist schon weg. Aber die andere geht nach Osten und Süden raus, wäre für deinen morgendlichen Kaffee perfekt und hat ohnehin den schöneren Ausblick, wenn du mich fragst.«

Helga wusste nicht, was sie tun oder sagen sollte. Sie war noch dabei, die Informationen in ihrem Kopf zu verarbeiten. Demnach war der dritte Stock ja gar nicht der höchste. Offenbar gab es noch etwas obendrüber. Etwas mit noch mehr Weite und einem Ausblick sogar in zwei Richtungen. Das klang nun wirklich zu schön, um wahr zu sein. »Aber du erklärst mir bestimmt auch gleich den Haken, oder?«, fragte sie skeptisch nach.

Lothar wiegte den Kopf hin und her. »Einen richtigen Haken gibt es nicht.« Er blätterte wieder in seinen Unterlagen. »Allerdings ist der Kaufpreis höher, weil die Wohnung größer ist. Vierundsechzig Quadratmeter. Und den Blick muss man schon auch bezahlen. Aber wenn ich mich richtig an dein Budget erinnere und wir im Moment ja auch nur von einem Objekt sprechen, sollte das für dich machbar sein.«

Helga umklammerte mit den Fingern den Griff ihrer Handtasche. Ihre Handinnenflächen waren schon ganz nass geschwitzt. »Na komm, sag schon, wie viel.«

»24 000 Mark«, entgegnete Lothar. »Courtagefrei.«

24 000. Die Summe sirrte durch Helgas Kopf. Wenn sie beide Wohnungen gekauft hätte, wären das 31 000 Mark gewesen. Jetzt redete sie »nur« von 24 000. Und vielleicht noch mal 2 000, die sie zusätzlich aufnehmen würde, um eine Pflegerin für ihre Mutter die ersten sechs Monate bezahlen zu können. Das war ziemlich genau die Hälfte von dem, was das Haus Lothars Aussage nach wert war. Es war exakt ihr Anteil. »Du denkst immer noch, dass unser Haus etwa 50 000 Mark wert ist?«, fragte sie vorsichtshalber nach.

»Mindestens«, kam es wie aus der Pistole geschossen.

»Meine Mutter müsste der Beleihung des Hauses zustimmen«, sagte sie mehr zu sich als zu Lothar.

»Das, oder sie überschreibt dir wirklich die Hälfte des Hauses. Auf lange Sicht vermutlich der bessere Weg. Dann wäre die Wohnung von Anfang an deine.«

Helga nickte. »Und was müsste ich tun, wenn ich jetzt sage: Ich interessiere mich und erbitte Bedenkzeit.«

»Nichts«, erwiderte Lothar. »Ich merke dich hiermit vor, und du gibst mir bis Montag Bescheid, ob es dabei bleibt und wir die Kreditprüfung vornehmen sollen.«

Helga biss sich auf die Unterlippe und verzog den Mund. »Meinst du denn, dass jemand wie ich, die … also, ich bin ja faktisch arbeitslos.«

»Da würde ich mir ehrlich gesagt keine Sorgen machen. Du bist bald selbstständige Unternehmerin. Mit Glück gibt es da sogar Fördergelder. Und das Café könnte als Sicherheit dienen. Nein. Was das angeht, habe ich keine Bedenken.«

Helgas Miene hellte sich auf. »Darf ich das Blatt noch mal sehen?«

Lothar lächelte sie an. In der halben Stunde, die sie hier zusammensaßen, war wieder etwas Leben in seine Züge gekommen. Offenbar machte er seine Arbeit wirklich gern. Oder das Gespräch lenkte ihn von seinen eigenen Grübeleien ab. »Du darfst es sogar mitnehmen«, sagte er und schob ihr die Seite zu.

Helga nahm das Blatt und drückte es sich an die Brust. »Eine Dachwohnung. Das klingt elegant, findest du nicht?«

»Sehr«, antwortete Lothar, stand auf und öffnete ihr die Tür.

21.

»Das sieht alles so anders aus. Wann bist du umgezogen?«

Eva war mit Ulrich die knarrenden, mit rotem Sisalteppich ausgelegten Stufen hinauf in den zweiten Stock des Berliner Altbaus gestiegen. Auf den Zwischenetagen gab es eine kleine Holzbank, die zum Verweilen einlud, und die Fenster waren aus buntem Mosaikglas. Eva glaubte, noch nie so viele Stufen hinauf in die nächste Etage genommen zu haben, außer vielleicht im Rathaus. Die Räume mussten immens hoch sein. Auch eine Eingangstür wie die, die zu Ulrichs Wohnung führte, hatte sie noch nie gesehen. Sie war zweiflüglig, und im oberen Teil gab es Kassettenfenster mit Milchglasscheiben. Das Ganze wirkte sehr elegant, aber auch fremd auf Eva.

»Stimmt«, erwiderte Ulrich, »du kennst ja noch das Zimmer bei Frau Keller in Steglitz. Da bin ich schon lange nicht mehr. Charlottenburg ist schöner zum Wohnen. Ruhig und grün. Und hier in der Bleibtreustraße findest du alles, was du zum Leben brauchst: kleine Geschäfte, Restaurants und angenehme Menschen. Angeblich ist das hier das Künstler- und Intellektuellenviertel«, sagte er lachend. »Ich würde eher sagen, hier sitzt das Kapital.«

»Dazu gehörst du wohl auch«, entfuhr es Eva, die nun den Flur betrat, in dem es nach frisch gewachstem Holz roch. Das musste ein Boden sein, der aus echten Bohlen gefertigt war, nicht so ein Parkett, wie sie es kannte.

»Das stimmt, aber ich bin vor zwei Jahren trotzdem eher zufällig hier gelandet.« Ulrich lotste sie den Flur entlang hin zu einem gigantisch groß anmutenden Raum, der Fenster hatte, die Eva eher in einer Kirche erwartet hätte, groß und nach oben geschwungen. Dieses Zimmer ging, geteilt durch eine geöffnete, weiß lackierte Flügeltür, direkt in das nächste über, das wie ein Esszimmer aussah. Durch die Fenster schaute sie direkt auf eine große Kastanie, deren weiße Rispen in voller Blüte standen. Sie trat an das Fenster und sah hinab in einen begrünten Innenhof, in dem von den lauten vierspurigen Straßen der Stadt absolut nichts zu hören war. »Das ist wirklich wunderschön hier«, sagte Eva leise.

»Wart mal ab, bis du dein Zimmer gesehen hast.« Er stellte sich neben sie und zeigte links auf die Wand mit einem bodentiefen Fenster und französischem Balkon.

»Das ist doch schon das Nachbarhaus«, meinte Eva verdutzt.

»Könnte man denken, aber die alten Berliner Wohnungen erstrecken sich oft über das Vorderhaus und den Seitenflügel. Dort haben früher die Bediensteten gewohnt. Wenn du so willst, bist du hier fast in der Beletage.«

»Beletage?«

»Ja, eigentlich das erste Stockwerk in diesen alten Bürgerhäusern, und eigentlich zog sich die Wohnung früher auch über die ganze Etage des Gebäudes, doch das hat man inzwischen fast überall geteilt. Aber das, was übrig geblieben ist, finde ich immer noch ganz charmant.«

»Das kann man wohl sagen.« Eva spürte Ulrichs Atem im Nacken. Sie hatte schon am Knacken der Planken gehört, dass er hinter sie getreten war.

»Komm, ich zeig dir dein Zimmer, und wenn du möchtest, kannst du dich noch etwas frisch machen, bevor wir wieder aufbrechen.«

Eva traute sich nicht, sich umzudrehen. Die Fahrt hatten sie einsilbig verbracht, was Eva nicht gestört hatte. Sie hatte die Landschaft an sich vorbeiziehen lassen, war immer mal wieder eingenickt und genoss, dass sie für nichts zuständig war, an nichts denken musste. Die Gewissheit, dass Ulrich sich auf den Verkehr konzentrieren musste, hatte ihr dabei jedoch auch geholfen. Es konnte nicht zu Momenten der Nähe kommen, in denen sie sich entscheiden musste, wie sie sich verhielt. So wie jetzt. Sie machte einen Schritt zur Seite und wandte sich erst dann ihm zu. »Bist du sicher, dass du heute noch nach Pankow willst?«

»Nein. Das geht gar nicht. Aber ich möchte heute noch den Passierschein beantragen, den wir mit Glück dann morgen abholen können.« Mit dem Finger streifte er über Evas Arm. »Soll ich dir jetzt dein Zimmer zeigen?«

Eva hatte sofort am ganzen Körper eine Gänsehaut. Jede Faser zog sie in Ulrichs Nähe. Doch sie wollte diesem Drang nicht nachgeben. Noch nicht. Ohne mit Ulrich über sich und ihn und die gesamte Situation gesprochen zu haben, wäre sie sich wirklich wie eine Ehebrecherin vorgekommen; wie das, was Lothar neulich in der Küche zu ihr hatte sagen wollen. Ein Flittchen.

Doch weder sie noch Ulrich hatten bislang auch nur ein Wort in diese Richtung fallen lassen. Was, wenn sie einander einfach nur begehrten, um am Ende doch festzustellen, dass ihre Verbindung niemals eine Zukunft haben konnte? Noch einmal würde Eva das nicht durchstehen. Wenn sie jetzt die Linie überquerten, dann nur, um den weiteren Weg gemeinsam zu beschreiten.

Eva folgte Ulrich zurück in den Flur, von dem ein weiterer Gang abzweigte und sie in eine herrliche Küche führte, in der es noch alte Kacheln und einen gusseisernen Ofen gab und von der aus man ebenfalls einen wunderschönen Blick in den Innenhof hatte. Da es bereits Nachmittag war, ergoss sich das dunkelgelbe Sonnenlicht satt und fast wie ein goldener Fluss ins Innere des Raumes. Von der Küche aus erreichte man schließlich das letzte Zimmer, das relativ schmucklos wirkte mit dem schmalen Bett und einem alten Holzschrank sowie einem Stuhl und einem Tisch, auf dem eine alte Waschschüssel mit Krug stand. Aber in dieser Einfachheit hatte es doch auch seinen Reiz. Es war so anders als ihr Heim in Lüneburg, wo alles vollgestopft war mit Möbeln, Teppichen, Bildern, Vorhängen. Es wäre ihr vorher nicht aufgefallen, aber nun dachte sie, dass diese ganze Wohnung mit ihren so unterschiedlichen Gesichtern ihr Raum zum Atmen gab.

»Das Badezimmer ist leider am anderen Ende«, sagte Ulrich entschuldigend. »Deswegen ist dieser Waschkrug vielleicht doch nicht nur zur Zierde da«, fügte er mit einem schiefen Lächeln hinzu. »Wollen wir uns in einer halben Stunde wieder im Salon treffen? Die Antragsstellen schließen um sechs.«

Eva nahm sich den Seidenschal ab und hängte ihn über die Stuhllehne. »Kein Problem. So lange brauche ich nicht«, erwiderte sie, ohne ihn anzuschauen.

Als sie hörte, wie er die Tür hinter sich schloss, ließ sie sich auf das frisch duftende Bett sinken. In Berlin hatte sich schon einmal ihr Schicksal besiegelt. Möglicherweise passierte es jetzt wieder.

* * *

»Und du bist sicher, dass sie so um vier nach Hause kommt?«

»Ja.«

»Die Adresse stimmt auch?«

»Ja.«

»Und du möchtest dich nicht vorher irgendwie ankündigen?«

Ulrich trat scharf auf die Bremse – eine Mutter mit Kinderwagen lief eilig über den Zebrastreifen – und sah Eva von der Seite an. »Evchen, ich bin selber wirklich sehr nervös, also bitte lass die Fragerei. Und wie sollte ich mich ihr ankündigen, ohne dabei unangekündigt vor ihr zu stehen? Wir werden um das, sagen wir, Überraschungsmoment nicht herumkommen.«

Da hatte Ulrich natürlich recht, aber wahrscheinlich war Eva mindestens genau so aufgeregt wie er. Sie selbst war ebenfalls weitgehend ohne Mutter aufgewachsen, und sie hatte ihre etwa im selben Alter verloren wie Ulrich seine. Wenn es bei ihr auch anders gelagert war, da ihre bei Karlas Geburt gestorben war. Sie war damals acht Jahre alt gewesen und konnte sich an manches noch sehr gut erinnern. An ihren Geruch zum Beispiel. Ihre Mutter hatte stets nach Veilchenwasser, Zuckerbrot und warmem Sand gerochen. So kam es ihr zumindest vor. Und sie hatte ihr Gedichte vorgelesen, als Eva noch ganz klein gewesen war. Französische Gedichte, weil Eva den Klang der Sprache so mochte. Daraus resultierte wohl damals auch ihr Wunsch, Lehrerin zu werden. Ihr Großvater, der Vater ihrer Mutter, war auch Lehrer gewesen.

Ulrich hatte immer steif und fest behauptet, keine Erinnerung an seine leiblichen Eltern zu haben. Sie hatten ihn gegen Kriegsende in Sicherheit bringen wollen – nach Lüneburg zu Johanna Möreke, der Schwester von Ulrichs Mutter Elisabeth Wolf. Kurz darauf waren seine leiblichen Eltern angeblich bei einem Bombenangriff in Berlin ums Leben gekommen.

Eva hatte noch nicht herausbekommen, wie Ulrich genau zu der Lüge seiner Mutter stand. Bislang hatte er immer erstaunlich positiv über sie gesprochen. Vielleicht war er einfach froh, dass er sie gefunden hatte. Dass es sie *gab*. Während sein Vater ja offenbar wirklich gestorben war.

Den Passierschein hatten sie in dem Schulgebäude in der Joachimsthaler Straße ohne Komplikationen sowohl beantragen als auch am Vormittag abholen können. Ein wenig mulmig war Eva am Vortag dabei schon gewesen. Menschen in matschgrünen Uniformen, mit geradem Scheitel und zu viel Pomade in zu wenig Haaren waren ihr nicht geheuer. Und tatsächlich hatte der DDR-Beamte keine Miene verzogen, als er ihr Begehren entgegennahm. Da Eva und Ulrich nicht verheiratet waren, gab es zum Thema Verwandtschaftsbesuch kritische Nachfragen, aber die Devisen, die sie als Visumsgebühr zahlen mussten, fielen dann wohl mehr ins Gewicht als der nicht vorhandene Trauschein. Ulrich hatte ihr auch erklärt, dass nur sehr linientreue Kommunisten für diese Art von Arbeit infrage kamen, denn immerhin führte sie ihre Tätigkeit jeden Tag nach Westberlin, also, wenn man so wollte, in die Freiheit. Diejenigen, die freiwillig jeden Abend wieder in den Ostteil zurückkehrten, mussten also schon sehr überzeugt von ihrer realsozialistischen Heimat sein und wahrscheinlich auch Familie und gewisse Vergünstigungen dort haben.

Sie waren danach nur noch kurz in einer Berliner Eckkneipe eingekehrt, um eine Kleinigkeit zu essen – es wurden schließlich Würstchen mit Brot –, und hatten den Abend früh beendet. Ulrich war schon am Tag zuvor spürbar aufgeregt gewesen, und Eva musste dann doch auch wieder an die Saline denken. Sie hoffte inständig, dass Lüttjens wirklich relativ schnell die Aufhebung der Schließung bewirken konnte. Ulrich war da sehr zuversichtlich, aber das schien zu seinem Beruf zu gehören. Ob sie später auch gegen von Seefeldt vorgehen würden, hatten sie noch nicht entschieden. Ulrich war dafür. Er meinte, man könne ihn wegen Verleumdung und unlauterer Vorteilsnahme gegenüber politischen Parteien drankriegen. Aber bevor der Erhalt der Saline nicht gesichert war, wollte Eva nicht weiteres Öl ins Feuer gießen.

Als sie schließlich um kurz nach zehn in ihrem schmalen Bett lag, hatte sie noch eine Weile auf die unbekannten Geräusche gelauscht und überlegt, ob Ulrich sich wohl ihrer Tür nähern würde. Aber darüber war sie dann auch schnell eingeschlafen. Am nächsten Morgen hatte Ulrich frische Brötchen geholt – Schrippen hießen die hier –, und sie hatte sich mit den Eiern, der Erdbeermarmelade und dem Speck fast gefühlt wie im Hotel. Danach hatte er ihr ein wenig von Charlottenburg gezeigt. Sie waren im Schlossgarten spazieren gegangen und hatten an dem offenbar berühmten Savignyplatz einen Kaffee getrunken, bevor sie sich nach dem Mittag in Richtung Pankow auf den Weg gemacht hatten.

Ein bisschen hatte die Bummelei durch das sonnige Berlin ihr die Leichtigkeit zurückgebracht, die sie einst mit Ulrich verbunden hatte. Aber Eva wusste, dass sie ihr nicht trauen durfte, dass sie vielleicht ebenso wenig sicher und vertrauenswürdig war wie diese Stadt: Bog man zu früh in eine unübersichtliche Seitenstraße ein, konnte das schnell böse enden.

Die Passkontrolle an der Bornholmer Straße verlief ohne Zwischenfall, und Eva konnte bloß hoffen, dass später der Weg zurück in den Westteil ebenfalls reibungslos vonstattengehen würde. Ihr war nicht wohl bei dem Gedanken, dass sie jetzt in gewisser Weise in der Sowjetunion gelandet waren. Woher sollte sie wissen, ob man sie nicht einfach in ein ostdeutsches Gefängnis steckte, weil man ihr unterstellte, ein Spitzel zu sein? Viel wusste sie nicht über die DDR, nur, dass mit den Grenzbeamten dort nicht zu spaßen war. Erst im Februar war ein fünfundzwanzig Jahre alter Mann bei einem Fluchtversuch von einem DDR-Soldaten erschossen worden. Für Eva war das unvorstellbar. Ein deutscher Mann hatte einen anderen deutschen Mann erschossen, nur weil dieser eine andere Vorstellung von Freiheit gehabt hatte und an einen Ort wollte, der nur wenige Jahre zuvor zum selben Deutschland gehört hatte wie das jetzige Ostberlin. Das war doch Irrsinn.

Die Fahrt nach der Grenze führte sie in nördliche Richtung durch eine unerwartet schöne und ausgesprochen grüne Gegend, in der es ziemlich viele Villen gab, die Eva eher an ihr eigenes Haus in Lüneburg erinnerten. Damit hatte sie nicht gerechnet. Sie hatte gedacht, alles im Osten sei grau und trostlos. Und so ähnlich sagte sie es auch. »Das ist wirklich hübsch hier. So ruhig und friedlich. Ich habe es mir anders vorgestellt, trister.«

»Das stimmt. Ich war auch überrascht, als ich das erste Mal hier war. Sieht man mal von den grässlichen Plattenbauten ab, die sie derzeit hier hochziehen, hat Pankow fast dörfliche Strukturen und wurde ja auch erst 1920 Berlin angeschlossen. Und weil es hier eben so repräsentative Villen gibt, haben sich viele Botschaften rund um das Schloss Schönhausen niedergelassen.«

»Weißt du, wo deine Mutter arbeitet?«

»Jedenfalls bei keinem der sogenannten Bonzen«, erwiderte Ulrich und lachte kurz auf. »Sie wohnt selbst zwar auch in einem sehr schönen Haus, muss aber jeden Tag eine ganze Ecke fahren, um in die Zigarettenfabrik zu kommen. Wobei, wenn ich so darüber nachdenke … Die jüdischen Eigentümer, die Brüder Garbáty, mussten 1938 ihre Fabrik an einen Kölner Unternehmer verkaufen. Was der in den Dreißigerjahren so trieb und welches Parteibuch er hatte, darüber schweigt sich die Firmengeschichte offiziell aus, aber immerhin wird hier nun die berühmteste Zigarettenmarke der DDR gefertigt, die Königin von Saba.«

»Was für ein außergewöhnlicher Name für eine Zigarette.«

»Wir sind da.« Ulrich parkte das Auto auf dem Seitenstreifen.

Eva sah aus dem Fenster. »Das gelbe?«

»Nein, das daneben. Das mit den braunen Fensterläden.«

Eva schaute auf das Haus mit der Nummer 4. Gewiss hatte es schon bessere Tage gesehen. Als hätte man es einfach zu lange vernachlässigt, was ja wahrscheinlich auch so war. Dennoch haftete ihm noch ein großbürgerlicher Charme an. »Wem gehören all diese Häuser eigentlich?«

»Ich bin mir nicht sicher, aber ich glaube, das ist mehr oder weniger alles Volkseigentum.«

»Das gehört allen?«

»Faktisch gehört es dem Staat, der dann Nutzungsrechte vergibt.«

»Und das funktioniert?«

Skeptisch musterte Ulrich die Fassaden. »Wenn du mich fragst, sieht es eher nicht so aus.«

Er stieg aus, ging um das Auto herum und öffnete Eva die Tür. Von der Nervosität am Vorabend war kaum mehr etwas zu spüren. Ulrich wirkte inzwischen ruhig und gefasst, fast als wäre er zu einem Geschäftstermin hier.

Eva sah auf die Uhr. Es war zwanzig vor vier. »Was machen wir jetzt? Ist es nicht noch etwas früh, wenn deine Mutter in der Fabrik arbeitet?«

»Wir setzen uns auf die Bank da drüben und warten.« Er zeigte auf eine dunkelgrüne Parkbank neben einem kleinen Brunnen, der allerdings kein Wasser führte.

Eva folgte Ulrich widerspruchslos und setzte sich neben ihn. Zum Glück war es angenehm warm und in dem kleinen Park zwitscherten die Vögel. Eine ältere Dame führte ihren nicht minder alten Hund Gassi. Ansonsten waren nicht viele Leute unterwegs.

»Bevor das alles gleich losgeht«, sagte Ulrich dann, ohne sie anzusehen, »wollte ich dir kurz sagen, dass ich sehr froh bin, dass du mich begleitest. Ich weiß nicht, ob ich ohne dich den Mut aufgebracht hätte.«

Auch Eva blickte nur geradeaus. »Ich bin auch froh, dass ich dich begleiten darf«, antwortete sie, nachdem sie einen Moment gezögert hatte.

»Bist du?«, fragte er überrascht.

»Ja«, sagte sie überzeugt, »bin ich.«

»Du zahlst einen ziemlich hohen Preis dafür, dass du heute hier sitzt.«

»Nein, das stimmt nicht«, entgegnete Eva, und plötzlich schien alles, was sie die ganze Zeit nicht in eine sinnvolle Ordnung hatte bringen können, an seinen Platz zu fallen. Es war, als hätte sie genau auf dieser harten grünen Bank sitzen müssen, um mit einem Mal das ganze Bild zu sehen. »Den Preis habe ich viel früher schon bezahlt. Ich habe bezahlt und bezahlt, obwohl meine Schuld längst abgetragen war. Und was heißt Schuld? Heute bin ich nicht mal sicher, ob ich Schuld auf mich geladen habe. Mit Ausnahme einer Sache.« Eva dachte an ihre Tochter. An ihre *gemeinsame* Tochter. »Ich habe damals eine Entscheidung getroffen. Und heute treffe ich eine neue Entscheidung. Sie hat Konsequenzen, wie alles, was man im Leben tut, nicht wahr?« Nun schaute sie doch zu Ulrich, der ihr gebannt zuhörte, aber nicht zu ihr sah. »Insofern, ja, das hat auch seinen Preis. Aber es hat nichts mit Abbitte oder mit Strafe zu tun. Verstehst du, was ich meine?« Langsam hatte Eva ihre Hand zu Ulrich ausgestreckt und jetzt spürte sie auch die Finger, die sich langsam mit ihren verhakten.

»Ich glaube schon.« Noch immer sah Ulrich unverwandt nach vorn, während er ihre Hand zu seinen Lippen führte und ihre Knöchel küsste. »Eva, ich …« Bevor er den Satz beenden konnte, sprang Ulrich plötzlich auf. »Da ist sie!«, rief er erregt. »Die Frau mit dem hellen Mantel.«

Evas Blick folgte Ulrichs Finger. Sie kniff die Augen zusammen, um die Frau besser erkennen zu können. Sie trug ein hellblaues Kopftuch, das sie unter dem Kinn zusammengebunden hatte. Sie war groß, wie Eva etwa. Und schlank, aber nicht biegsam dabei, eher zupackend, kraftvoll. Definitiv nicht wie jemand, der sich die Butter vom Brot nehmen ließ oder ständig auf die Hilfe anderer angewiesen war. Aber auch nicht wie jemand, der gern Schlaflieder sang und unbedingt jemanden zum Bemuttern brauchte. Vielleicht hätte Eva das nicht überraschen sollen, denn hätte die Frau andernfalls ihren Sohn einfach weggegeben und nie wieder nach ihm gefragt? Jetzt, wo sie Elisabeth Wolf das erste Mal gesehen hatte, wuchs ihre Anspannung. Was, wenn sie Ulrich einfach vom Hof jagte? Sich empörte, dass er sie aufgesucht hatte? Vielleicht *wollte* sie ihren Sohn gar nicht wiedersehen. Bei dem Gedanken lief Eva ein kalter Schauer über den Rücken. Hastig nahm sie seine Hand und drückte sie.

»Na komm«, sagte er und begann die Straße zu überqueren, gerade in dem Moment, als Ulrichs Mutter den Kopf in ihre Richtung drehte und erstarrte.

22.

»Ich verstehe nur nicht, warum es so eilig ist, dass Sie noch heute protokollieren wollen«, sagte der Notar und sah Helga an, als hätte sie ihn um aktive Sterbehilfe oder Schlimmeres gebeten.

»Ich wiederum verstehe nicht, was das für einen Unterschied machen sollte. Heute ist nicht schlechter als Montag oder Dienstag; nur, dass ich am Montagmorgen dann schon direkt zur Bank gehen und den Kreditantrag unterschreiben kann. Ich habe Ihnen ja erklärt, dass ich hier bin, weil ich eine Wohnung kaufen möchte«, sagte Helga entschlossen und teilweise erbost über das Misstrauen des Notars, der mit Menschen wie ihr immerhin eine ganze Menge Geld verdiente. »Und außerdem brauche ich das Geld, um eine Pflegerin für meine Mutter einzustellen. Auch das habe ich Ihnen bereits erklärt. Vermutlich wird meine Mutter nämlich direkt am Montag entlassen. Was also ist Ihr Problem?« Wütend funkelte Helga den Notar, Dr. Sigmund Berger, an. Wahrscheinlich hatte der ein Frauchen zu Hause, das sich um die Kinder und um die Schwiegereltern jederzeit aufopferungsvoll kümmerte, während er im edlen Anwaltsclub Zigarren rauchte und sich mit seinesgleichen über die jüngste Rechtsprechung austauschte. Sie konnte es leider nicht ändern, dass ihre Familienverhältnisse all das nicht erlaubten. Aber das war immer noch kein Grund, sie wie eine Bittstellerin zu behandeln.

Mit einem Seufzer gab er klein bei. »Ich meine nur, dass solche Dinge gut überlegt werden wollen.«

»Und woher wissen Sie so genau, dass wir das nicht getan haben?«, konterte Helga. »Finden Sie es nicht eher sehr vernünftig, das Haus zur Hälfte der Tochter zu überschreiben, wenn die Mutter gerade einen Unfall hatte, dessen Langzeitfolgen noch gar nicht absehbar sind?«

Dr. Berger winkte ab. »Schon gut. Ich habe es ja verstanden und lasse den Schenkungsvertrag gleich aufsetzen. Das Büro ist bis sechzehn Uhr besetzt. Wenn Sie bis dahin die Unterschrift samt Ausweis Ihrer Mutter bringen, würden wir ihn ausnahmsweise vorab beglaubigen und an das Grundbuchamt weitergeben. Sie müssen mir nur versprechen, innerhalb der nächsten zehn Tage nochmals mit Ihrer Mutter hier vorstellig zu werden. In Ordnung?«

Helga schluckte trocken. Mit so viel menschlichem Entgegenkommen hätte sie niemals gerechnet.

»Dann warten Sie bitte draußen. Meine Sekretärin meldet sich, wenn sie so weit ist.«

Helga blätterte noch ein wenig in einer Illustrierten, die im Wartebereich ausgelegt war, und stieß dort auf ein Interview mit dem amerikanischen Präsidenten Lyndon B. Johnson über den geplanten Abzug der US-Truppen aus Deutschland, über den in den Zeitungen und Nachrichten viel diskutiert worden war. Sie verstand nicht, weshalb davon so ein Aufheben gemacht wurde. Von ihr aus konnten auch die Briten Niedersachsen wieder verlassen. Zum Glück bekam man wenig von ihnen mit, aber das Wenige reichte ihr schon. Die Männer wirkten ungebildet und roh. Und wovor sollten sie sie noch beschützen? Sie glaubte nicht an einen Einmarsch der Sowjettruppen. Für

Berlin allerdings mochte so eine Entscheidung schon andere Konsequenzen haben. Sie dachte an Eva. Die war jetzt seit zwei Tagen mit Ulrich unterwegs. Ob sie seine Mutter getroffen hatten? Und wie die beiden sich wohl verstanden? Gestern hatte sie es sich verkniffen, Lothar zu fragen, wie es ihm mit all dem ging. Es stand ihr nicht zu, schon allein, weil sie Evas Freundin war. Aber wenn er am Montag wieder so zerknittert aussehen würde, musste sie es tun, fand sie.

Genau in dem Moment öffnete sich auch schon eine Tür, und die Sekretärin überreichte ihr mit einem geübten, aber nicht unfreundlichen Lächeln ihren Vertrag in einer braunen Pappmappe mit dem goldenen Logo der Kanzlei. Helga drückte sie mit klopfendem Herzen an sich und machte sich direkt auf den Weg ins Krankenhaus.

Mit jedem Schritt, den Helga sich dem Patientenzimmer näherte, wurden ihre Füße schwerer. Sollte sie wirklich jetzt mit dieser offiziellen Urkunde, die zwar Schenkung hieß, aber faktisch einer halben Enteignung gleichkam, ihre Mutter belasten? Am Krankenbett? Vor den Augen wildfremder Menschen? Das schlechte Gewissen drohte sie nun doch einzuholen. Sollte ihre Mutsch doch erst mal nach Hause kommen. Dann konnte sie ihr den Vertrag immer noch unter die Nase halten. Andererseits war sie extra ins Notariat gegangen, und wenn alles gut lief, könnte sie am Montag wirklich den Kreditantrag unterschreiben und sich dann auch direkt um eine Pflegekraft kümmern. So einfach war es ohnehin nicht, eine gute zu finden. Helga war hin- und hergerissen. War sie eine herzlose Tochter, die sich eine Luxuswohnung gönnte und ihre Mutter einfach alleinließ? Und dann auch noch so verrückt war, ein eigenes Café zu eröffnen? Wie gern hätte sie mit Eva darüber gesprochen. Die hatte von dem ganzen Thema überhaupt noch nichts mitbekommen. Oder mit Elke. Sie war sich ziemlich sicher, dass Elke sie verstehen würde.

»Helga, was für eine Überraschung! Besuchst du deine Mutter?«

Diese Stimme hätte Helga unter Hunderten wiedererkannt, auch wenn sie sie länger nicht gehört hatte. Es hatte Zeiten gegeben, da hatte sie sehr für sie geschwärmt, und vor allem für den Mann, zu dem sie gehörte. Aber das war lange her. »Curt! Was machst du denn hier?«, fragte Helga erfreut. Insgeheim war sie froh, dass Curt so früh herausgefunden hatte, dass seine Liebe dem eigenen Geschlecht galt. Es wäre ihr schwerer gefallen, ihn mit einer anderen Frau zu sehen. Außerdem hatte sie Pierre vom ersten Augenblick an gemocht. Die beiden passten einfach zu gut zusammen.

»Ich hole Pierre ab«, erklärte Curt. »Stell dir vor, er hat ein Vorstellungsgespräch.«

»Hier?«, fragte Helga verdutzt. »Ich dachte, ihr lebt in Bad Bevensen.«

»Das tun wir auch«, erwiderte Curt. »Noch. Denn, gelinde gesagt, hat es ein homosexuelles Paar, von dem der eine Schwarzafrikaner ist, dort nicht ganz leicht, Fuß zu fassen.«

»Und du meinst, das ist in einer alten Garnisonsstadt wie Lüneburg besser?«, fragte Helga skeptisch.

Unentschlossen hob Curt die Achseln. »Immerhin gibt es hier eine Universität mit internationalen Austauschstudenten. Und ich habe eine Galerie gefunden, die eine Ausstellung mit mir plant«, fügte er grinsend hinzu.

»Nein!«, rief Helga aufrichtig begeistert. »Das ist ja wundervoll. Was für fantastische Neuigkeiten!«

»Ja, und hier könnte Pierre auch als Krankengymnast arbeiten, nicht bloß als Masseur. Einen Versuch ist es wert, finden wir. Mich zieht es einfach nicht in Städte wie Berlin oder Frankfurt.«

Helga nickte. Das verstand sie nur zu gut. »Und die Nähe zu …« Helga überlegte, wie sie es sagen sollte.

»Zu meinem Vater?« Curt schüttelte den Kopf. »Wenn ich ehrlich bin, war er sogar mit ein Grund, es hier zu versuchen. Mit seiner Krankheit wird es ja für Eva auch nicht einfacher. Irgendwann braucht er wirklich medizinische Hilfe. Da wäre es auch ein Vorteil, wenn Pierre hier wäre.«

Helga wurde ganz warm ums Herz. Wenn sie sich vorstellte, wie sehr Curt unter seinem Vater gelitten hatte, der ihn in das ungeliebte Bergwerk nach Grasleben befohlen hatte, wo er diesen furchtbaren Unfall nur mit Glück überlebt hatte, an dessen Folgen mit den schlimmen Verbrennungen er immer noch litt … Und trotzdem war er bereit, jetzt für ihn da zu sein. Helga nagte an ihrer Unterlippe. Sie hingegen war gerade dabei, ihre Mutter gnadenlos im Stich zu lassen. Bei dem Gedanken schossen Helga unvermittelt Tränen in die Augen.

»Helga, was ist denn los, habe ich etwas Falsches gesagt?«, fragte Curt bestürzt und fasste sie am Arm.

Peinlich berührt sah Helga zur Seite. »Nein, schon gut, es hat nichts mit dir zu tun. Im Gegenteil, ich freue mich so für dich«, schniefte sie.

»Danach sieht es ehrlich gesagt aber gerade nicht aus«, bemerkte Curt. »Nun komm schon, was ist los?«

Da brachen bei Helga alle Dämme. Sie erzählte von der Schwermut ihrer Mutter, die ihr schon seit Jahren die Luft zum Atmen zu nehmen drohte, von dem verhassten alten Haus, in dem die Erinnerungen an ihren Vater klebten wie Spinnweben, die man nicht wegwischen konnte. Von der Idee, sich eine Wohnung zu kaufen, um wenigstens ein bisschen freier zu sein, ein bisschen mehr selbst entscheiden zu dürfen, wer und wie man sein wollte. Und dass sie dafür Geld brauchte und als Sicherheit das Haus beleihen wollte, weswegen sie eine Schenkungsurkunde vorbereitet hatte. Am Ende ihrer Rede hielt sie Curt die braune Mappe hin. »Und jetzt sag du es mir, wie schwarz ist meine Seele? Wahrscheinlich will ich mich mit dem Geld für die Pflegekraft auch nur freikaufen, damit ich mich nicht ganz so mies fühle.«

»Welches Geld für eine Pflegekraft?«

Also erzählte sie Curt diese Geschichte auch noch. Bevor er etwas dazu sagen konnte, kam Pierre um die Ecke gebogen. Seinem Gesichtsausdruck nach zu urteilen war das Gespräch nicht ganz so erfolgreich verlaufen wie erhofft.

»War es nicht gut?«, fragte Curt direkt, nahm seinen Freund in den Arm und gab ihm einen kurzen Kuss auf den Mund.

Pierre zuckte mit den Achseln. »Wie wir denn in Angola etwa klassische Bandscheibenvorfälle diagnostizieren würden. Dabei könne man immerhin erheblichen Schaden am Nervensystem verursachen …«, sagte Pierre kopfschüttelnd. »Glauben die, wir hocken da in Zelten und machen bongo-bongo, oder was?«

Curt unterdrückte ein Lachen. »Also eher nicht?«

»Ich sollte ihn behandeln, als hätte er ein entzündliches Schultergelenk. Dem hab ich so in die Supraspinatussehne gedrückt, dass ihm die Augen tränten. Das fand er wohl gut«, meinte Pierre mit einem breiten Grinsen.

»Vielleicht steht er auf Schmerz«, erwiderte Curt kokett, worauf Pierre nur die Augen verdrehte.

»Nein, im Ernst«, fuhr er fort, »am liebsten würde ich hier eine Zusatzausbildung machen, damit sie meine überhaupt anerkennen, und meine eigene Praxis eröffnen. Egal, ob sie mich nehmen oder nicht. Für die werde ich doch immer der Aushilfsneger sein.«

»Jetzt hör aber auf, dieses hässliche Wort zu benutzen«, schimpfte Curt.

»Wieso, das hat euer Bundespräsident doch auch gesagt«, meinte Pierre und erinnerte damit an den peinlichen Auftritt des Bundespräsidenten in Liberia zwei Jahre zuvor.

»Das hat man ihm in den Mund gelegt«, widersprach Curt.

»Aber er könnte es gesagt haben.«

»Es fand aber niemand witzig.«

»Ich schon«, sagte Pierre. »Wie auch immer«, fuhr er dann fort. »Wobei habe ich euch denn gerade gestört? Hallo erst mal. Helga, wie schön, dich zu sehen.«

Helga nickte nur. Sie wusste nicht, was sie sagen sollte. Es war ihr peinlich, dass Menschen mit anderer Hautfarbe oder anderen Gewohnheiten in Deutschland so schlecht behandelt wurden. Als hätte das Land nicht genug Schuld auf sich geladen.

Auch Curt schwieg einen Moment. Er schien über etwas nachzudenken. »Meinst du das ernst?«, fragte er schließlich.

»Was jetzt, das mit dem Aushilfsneger?«

»Nein«, wiegelte Curt ungehalten ab. »Das mit deiner eigenen Praxis.«

Pierre legte den Kopf schief. Er schien genau zu wissen, wenn Curt etwas ausheckte, das von Bedeutung war. »Jaa«, meinte er lang gezogen. »Wieso?«

»Also, es ist ja nur eine erste Idee. Und vielleicht taugt sie nicht. Aber vor dir stehen schon jetzt zwei Menschen, die deine Arbeit als Krankengymnast und Therapeut dringend gebrauchen könnten. Wenn man so will, sogar drei.«

Irritiert blickte Pierre von einem zum anderen. »Wie meinst du das?«

Helga hingegen hatte bereits erstaunt den Mund geöffnet und ihn noch nicht wieder geschlossen. Sie wusste genau, was Curt meinte, und ohne weiter darüber nachzudenken, schien ihr dieser Gedanke schlicht genial.

»Helgas Mutter hat sich vor zwei Wochen die Hüfte gebrochen und wird demnächst entlassen.«

»Am Montag«, ergänzte Helga.

»Am Montag«, wiederholte Curt mit einem Kopfnicken. »Und Helga sollte wohl nicht diejenige sein, die sich konstant um sie kümmert. Das kann sie auch gar nicht, schließlich muss sie arbeiten.« Curt wartete, bis die Botschaft langsam bei Pierre ankam. »Von meinem Vater weißt du bereits. Darüber haben wir gesprochen. Auch er benötigt Hilfe. Hier übernimmt vielleicht sogar die Krankenkasse die Kosten.« Wieder pausierte er einen Moment, um dann seinen Kopf an Pierres Schulter zu legen. »Und dann bin da ja auch noch ich«, sagte er leise. »Dein dich liebender Dauerpatient.«

Schweigend strich Pierre ihm über die blonden Haare, die ihm fast bis zur Schulter reichten. »Weißt du eigentlich, dass ich dich genau für all das so liebe?«

»Ja«, sagte Curt, »das weiß ich.« Dann wandte er den Blick wieder Helga zu. »Wir können das nicht hier und heute entscheiden, und du musst jetzt sicher auch los. Aber was ich sagen wollte, bevor wir so ungestüm unterbrochen wurden …« Kurz boxte er Pierre in die Seite. »Du hast vollkommen recht, Helga. Es wird höchste Zeit, dass du für dich sorgst. Erinnere dich an meine Worte: Am Ende tust du deiner Mutter einen Gefallen. Sie wird aus ihrem Loch nicht herauskommen, solange sie nicht dazu gezwungen ist. Für mich hört sich das alles goldrichtig an, was du erzählst. Und ich hätte gern eine Freundin mit einer gläsernen Dachwohnung. Das inspiriert den Künstler«, sagte er und lachte sie an, sodass Helga wieder an den Jungen dachte, in den sie vor zehn Jahren so verknallt gewesen war.

Dankbar drückte sie seine Hand. »Wir hören uns, oder?«

»Und ob wir das tun«, sagte nun Pierre, der aus seiner Erstarrung erwachte. »Manchmal frage ich mich, warum ich nicht selbst auf solche Ideen komme.«

»Das bist du doch«, entgegnete Curt. »Ich habe es nur weitergedacht.«

Beschwingt machte Helga sich nun auf den Weg. Was für ein glücklicher Zufall, die beiden getroffen zu haben. Vielleicht fügte sich ja doch alles noch zum Wohle aller.

23.

Obwohl es völlig überflüssig war, hielt Eva den Atem an. Selbst auf die Distanz von fünf Metern war die Anspannung zwischen Ulrich und seiner Mutter zu spüren. Zum Glück war der Güllweg eine wenig befahrene Nebenstraße, sodass sich niemand darüber beschwerte, als Ulrich mitten auf der Fahrbahn stehen blieb. Eva selbst blieb etwas seitlich versetzt hinter ihm. So behielt sie den Verkehr im Auge – falls doch gleich ein Auto um die Ecke gebogen wäre – und störte keinen der beiden. Wer von ihnen würde sich wohl als Erster rühren? Und was würde dann geschehen? Eva sah, wie Ulrich die Fäuste ballte. Bestimmt mahlten auch seine Kiefer hart aufeinander, aber das konnte sie nicht sehen. Bereute er seinen Entschluss?

In dem Moment ließ Ulrichs Mutter ihre Einkaufstasche fallen und ging wie in Zeitlupe auf Ulrich zu. Ihre Bewegungen wirkten steif, wie die einer Marionette, und ihr Blick, aus dem Eva keine Regung herauslesen konnte, war fix auf Ulrich gerichtet. Dieser stand einfach da wie angewurzelt. Als sie noch ein guter Meter trennte, verharrte die Frau in ihrer Bewegung, breitete ihre Arme aus und ging dann in die Knie, brach förmlich zusammen, und über die leere Straße hallte ein tiefer, schmerzvoller Schluchzer, der eher von einem Tier als von einem Menschen zu kommen schien. Den einen Arm immer noch ausgestreckt, verbarg die Frau ihr Gesicht in der anderen Hand und Eva betete, Ulrich möge sich endlich bewegen, sonst nämlich wäre sie zu der Frau geeilt und hätte sie in den Arm genommen, sie fest an sich gedrückt. Sie stellte sich vor, wie es wäre, von Sabine getrennt zu werden, und allein der Gedanke drohte sie in Stücke zu reißen. Was das anging, hatte sie auch so schon genug Schuld auf sich geladen, und allein die Zukunft würde zeigen, ob dies zu einem Bruch mit ihrer Tochter führen würde. Sie hoffte inständig, dass es nicht so weit käme.

Nun machte endlich auch Ulrich die zwei verbleibenden Schritte, ging in die Hocke und legte vorsichtig beide Arme um die Schultern seiner Mutter. Eva konnte nicht anders: Die Tränen liefen ihr stumm über das Gesicht, und sie hielt sich die Hand vor den Mund. Langsam ging sie zu ihnen, ohne die vertraute Innigkeit, die die beiden ausstrahlten, zu stören. Ulrich half seiner Mutter auf die Beine, die sich mit einer Hand an seinem Unterarm festhielt, während Eva die Straße überquerte und die Tasche der Mutter aufhob. Ein Buch war herausgefallen, ein völlig zerlesenes Exemplar von Tolstois »Krieg und Frieden«. Schweigend wartete Eva, bis die beiden bei ihr waren. Die Tränen hatte sie sich schnell abgewischt. Ulrichs Mutter, Elisabeth Wolf, lächelte verlegen von einem zum anderen. Es stand völlig außer Frage, dass sie ihren Sohn sofort erkannt hatte. »Ich weiß nicht, was ich sagen soll«, meinte sie dann fast hilflos mit einer erstaunlich dunklen Stimme. »Vielleicht kommt ihr erst mal mit rein, oder?« Fragend und auch bittend sah sie ihren Sohn an. Der nickte nur. Eva fiel auf, dass eine seiner Hände noch immer zur Faust geballt war. »Es kommt mir schrecklich banal vor, aber …«, jetzt lachte sie leise auf, »ich habe nicht aufgeräumt.«

»Ich glaube nicht, dass wir wegen deiner Wohnung gekommen sind«, sagte Ulrich mit belegter Stimme.

»Natürlich … natürlich nicht. Entschuldigt.«

Eva reichte ihr die Tasche, weil sie davon ausging, dass sie sie brauchte, um ihren Schlüssel daraus hervorzuholen.

Elisabeth Wolf nahm sie ihr ab, wollte offenbar etwas sagen, tat es dann aber nicht. Auch Eva schwieg. Das Vorstellen überließ sie Ulrich. Dieser Teil des Ganzen war immerhin auch nicht selbsterklärend.

Mit zitternden Fingern schloss Elisabeth Wolf die Tür auf, und sofort schlug ihnen ein muffiger, kühler Hauch aus dem Hausflur entgegen. Was von draußen noch relativ herrschaftlich wirkte, gab drinnen ein ganz anderes Bild ab: Die Wände waren grau und feucht, die Stufen ausgetreten und die Briefkästen zerkratzt und verbeult. Die Sache mit dem Volkseigentum schien wirklich nicht besonders gut zu funktionieren.

»Sieht schlimm aus, ich weiß«, sagte Elisabeth Wolf, als hätte sie Evas Gedanken erraten. »Aber es fehlt an allem, selbst an Farbe. Man gewöhnt sich dran.«

Peinlich berührt dachte Eva an das Malergeschäft in Lüneburg. Bei Petersen war nicht die Frage, ob man Farbe, Tapeten oder Bodenbeläge kaufen konnte, sondern *welche*. Gab es etwa auch keine neuen Briefkästen?

Im ersten Stock schloss Ulrichs Mutter die Wohnungstür auf und ließ den beiden den Vortritt. Hier drinnen wiederum schien sich eine andere Welt zu öffnen. Zwar hätten auch diese Wände mal neuen Putz vertragen, aber trotzdem strahlte schon der Flur eine heimelige Atmosphäre aus. An den Wänden hingen jede Menge Schwarz-Weiß-Fotografien, und auf einer weißen Kommode stand eine hohe lilafarbene Vase, in der Margeriten steckten. Das Wohnzimmer umfasste ein Sammelsurium unterschiedlicher Sessel in Gold, Ocker und Grün, alles etwas zerschlissen, aber es wirkte trotzdem eher künstlerisch als abgelebt. Elisabeth Wolf ließ sie Platz nehmen. Ulrich hatte die ganze Zeit noch kein Wort gesagt. Nervös rieb seine Mutter sich die

Hände. »Also, echten Kaffee kann ich euch nicht anbieten, aber ich hab noch etwas Muckefuck. Den kann ich aufbrühen, wenn ihr ein Tässchen mögt?« Hilfe suchend sah sie ihren Sohn an. »Ihr bleibt doch ein bisschen länger, oder?«

»Mach mir gern eine Liste, was du brauchst. Ich bringe es das nächste Mal mit«, sagte er, statt direkt auf die Frage einzugehen.

»Das nächste Mal …«, murmelte sie, um dann aus dem Raum zu gehen und gleich wieder zurückzukommen. »Ulrich, ich …« Elisabeth Wolf hatte erneut Tränen in den Augen. »Ich weiß einfach nicht …«, sagte sie schluchzend und hob die Arme in die Luft, als wüsste sie nicht, was sie sonst tun sollte. Auf Eva wirkte sie furchtbar verloren. Ulrich stand auf, näherte sich ihr jedoch nicht. Seine ganze Haltung war noch immer angespannt. Eva konnte sehen, dass auch er nicht genau wusste, was er tun sollte. Sicher hatte er sich diese Situation hundertmal vorgestellt, aber jetzt, wo er nach neunzehn Jahren wieder vor seiner Mutter stand, schienen auch ihm seine ganze Vorbereitung, sein Wissen und sein Verstand nicht zu helfen. Sein Herz musste sprechen, und das gelang ihm noch nicht. »Ich wollte mich melden«, fuhr seine Mutter nun fort, jedes Wort durch einen Schluchzer vom anderen getrennt, »aber ich wollte dich nicht rausreißen aus deinem neuen Leben, wo das hier in Berlin noch so unsicher war. Und weg aus Berlin konnte ich auch nicht. Dein Vater wurde bei dem Bombenangriff sehr schwer verletzt.« Sie starrte kurz ins Leere. »Der Teil der Geschichte stimmt. Berlin wurde zum Ende des Krieges von schweren Großangriffen der Amerikaner getroffen. Ein Granatsplitter zerschmetterte ihm das Rückenmark. Er war von da an querschnittsgelähmt und starb im Frühjahr 1950 an den Folgen seiner Verletzungen. Ich hätte ihn doch nicht alleinlassen können …« Sie schluckte und stützte sich an der Sessellehne ab.

Ulrich machte einen Schritt auf sie zu und begann seinen Arm auszustrecken. Einen Schritt. Eine halbe Armlänge.

»Immer wieder habe ich überlegt, dich zu holen. Aber Johanna schrieb mir, wie gut es dir bei ihnen ging, wie aufgeweckt und …«

»Tante Johanna hat dir *geschrieben*?« Ulrich war ganz rot im Gesicht geworden.

Überrascht sah Elisabeth Wolf auf. Eine Träne trocknete auf ihrer Wange. »Ja, natürlich. Die ersten Jahre regelmäßig. Später wurde es dann weniger. Und nach dem … Bruch hat sie den Kontakt abgebrochen. Wusstest du das nicht?«

Erneut mahlten Ulrichs Kieferknochen. »Nein, das wusste ich tatsächlich nicht.« Er wischte sich mit der Hand über das Gesicht. »Und auch nach diesem … Bruch … kamst du nicht auf die Idee, dich bei mir zu melden? Ich meine, ich war hier, in Berlin. Das wusstest du ja demnach. Du hättest einfach zu mir in die Kanzlei oder an die Universität spazieren können. Bis '61 war viel Zeit dafür.« Wut lag in seiner Stimme. Eva hoffte, dass es nicht zu einem Streit kam. Es lag so viel unsortiert auf dem Tisch, so viel, was für immer kaputtgehen konnte, wenn man den Gefühlen jetzt unkontrolliert freien Lauf ließ.

»Ich weiß, Ulrich, ich weiß«, hauchte seine Mutter nun und sackte erneut merklich in sich zusammen. »Und ich verlange auch nicht, dass du das verstehst, aber …« Sie stockte und sah ihren Sohn fast flehend an. »Ich habe mich so unendlich geschämt.«

Eva hielt den Atem an. Wenn Ulrich jetzt nicht den entscheidenden Schritt auf seine Mutter zuging, wollte sie selbst es tun. Zweimal ballte Ulrich nun die Hände zu Fäusten und öffnete sie wieder, beugte sich nach vorn, richtete sich auf, sah sie an. »Und ich hätte dich so unendlich gebraucht, Mutter.« Und dann machte er beinahe einen Satz, als müsste er über einen Graben springen, und umfasste seine Mutter mit den Armen, die darin so zart und zerbrechlich wirkte, dass sie fast völlig versank und man ihr ihre Größe gar nicht mehr anmerkte.

»Ich weiß, ich weiß«, wimmerte sie und umklammerte dabei ihren Sohn, als wollte sie all die nicht erlebten Umarmungen nun in einer einzigen nachholen. »Es tut mir so leid, und ich schäme mich unendlich. Ich habe dich vermisst, Ulrich, das musst du mir glauben. Jeden Tag, jede Minute meines Lebens. Und ich habe mich dafür gehasst, dass ich zu feige war, zu dir zu gehen. Dir die Wahrheit zu sagen. Ich bitte dich nicht, mir zu vergeben. Das kannst du sicher nicht. Aber ich bitte dich, mir jetzt eine Chance zu geben und nachher nicht …«, sie schluchzte auf, »nicht für immer zu gehen.«

»Ist schon gut, Mutter, schon gut«, sagte Ulrich mit belegter Stimme und klopfte seiner Mutter behutsam auf den Rücken. Dabei sah er jedoch mit schmerzverzerrtem Gesicht zu Eva hin. »Manchmal ist es zu schwer, die Wahrheit zu sagen. Manchmal verursacht die Wahrheit Probleme, die man nicht lösen kann. Manchmal schützt man die, die man liebt, vielleicht besser, wenn man die Wahrheit verschweigt.«

Eva hörte die Worte und sah betreten zu Boden. Hatten sie ihr gegolten?

Elisabeth Wolf machte sich aus der Umarmung frei und wischte sich eine Strähne, die sich aus ihrem Dutt gelöst hatte, hinters Ohr. Das an sich brünette Haar war mit ersten grauen Strähnen durchsetzt, die, so fand Eva, Ulrichs Mutter aber gut tragen konnte. Sie hätte sich die Frau auch auf einem Gestüt vorstellen können. Besser als in einer Zigarettenfabrik jedenfalls. Ihr haftete etwas von einer Landfürstin an.

»Jetzt will ich mich aber um den Kaffee kümmern«, sagte sie dann und gewann etwas an Haltung zurück. »Was muss die junge Dame nur für einen Eindruck haben.« Mit offenem Blick sah sie nun zu Eva. Nicht neugierig, nicht musternd, einfach interessiert.

»Die junge Dame«, sagte Ulrich, »ist Eva Möreke.«

Wenn Elisabeth etwas in der Hand gehabt hätte, hätte sie es jetzt fallen lassen. Dessen war sich Eva sicher. »Eva *Möreke*?«

Ulrich nickte. »Die Tochter von Heiner Benningsen. Ich weiß nicht, ob du ihn kennst.«

Elisabeth Wolf schüttelte den Kopf. »Ich kann mich nicht erinnern, dass Johanna ihn je erwähnt hat.« Das Fragezeichen verschwand dennoch nicht aus ihrem Blick.

»Sie ist mit Lothar verheiratet«, erklärte Ulrich trocken.

»Mit Lothar?« Ulrichs Mutter rieb sich das Kinn. »Und doch ist sie jetzt hier. Mit dir.«

»Daran gibt es nichts zu deuteln.«

Elisabeth Wolf ging nun auf Eva zu und reichte ihr die Hand. »Willkommen, Frau Möreke, und danke, dass Sie meinen Sohn begleitet haben. Es wird ihm viel bedeuten, dass Sie das tun, nehme ich an.«

Elisabeth Wolfs Hand war schmalgliedrig, ihr Händedruck jedoch fest. Eva fiel auf, dass sie ihren Ehering noch trug. »Nennen Sie mich Eva, bitte. Ulrich und ich kennen uns, seit wir *so* waren …« Sie hielt sich die Hand auf Höhe ihrer Hüfte. »Da war ich noch lange keine Frau Möreke«, sagte sie, und ihr fiel auf, dass sie es wie eine Entschuldigung vortrug.

»Also dann Eva. Freut mich. Ich koche uns jetzt endlich den Muckefuck. Schmeckt nicht nach Kaffee, sieht aber immerhin fast so aus.«

Eva war es plötzlich unangenehm, allein mit Ulrich in einem Zimmer zu sein. Die Anspannung der letzten Stunden und Tage war innerhalb von Minuten von ihnen abgefallen und öffnete Räume für das, was die ganze Zeit noch zwischen ihnen gestanden hatte und nun durch die schlichte Nennung ihres Namens mit einem Schlag wieder da war. Eva Möreke. *Sie ist mit Lothar verheiratet.* Mit dem Neffen von Ulrichs Mutter. Mit

Ulrichs Cousin, und nicht mit ihm, wie es ihnen doch eigentlich vorherbestimmt gewesen war.

Um sich von ihren eigenen Gedanken abzulenken, nahm sie Ulrichs Hand. »Wie geht es dir?«, fragte sie leise.

Mit einem schmalen Lächeln sah er sie an. »Ich weiß es noch nicht. Frag mich das morgen noch mal.«

»Sie ist nett«, meinte Eva und hörte selbst, wie hohl das klang.

»*Nett* …« wiederholte Ulrich. »Sie ist eine starke Frau.«

Die Aussage überraschte Eva, aber sie verstand, was Ulrich meinte. »Und dein Vater kam wirklich in den letzten Kriegstagen um?«

Ulrich nickte. »Ja. Das stimmt. Ich habe mir im Januar auch noch mal das Sterberegister angeschaut. Dort stand es.«

Elisabeth Wolf kam mit einem Tablett und drei Tassen sowie einem Kännchen zurück. Darunter hatte sie aber auch noch etwas anderes. Sie stellte das Tablett ab und legte eine rote, DIN-A4-große Kladde auf den Tisch. Sie schob sie Ulrich hin. »Viele sind es nicht, aber ein paar Fotos habe ich schon. Wenn du gucken möchtest.«

Ulrich schlug die Mappe auf. Kleine vergilbte Bilder mit weißem Zackenrand waren auf beigefarbene Pappen geklebt. Ein etwa vierjähriger Junge saß auf einem riesigen Pferd. Der stattliche Mann, der das Tier hielt, strahlte stolz in die Kamera.

»Das ist dein Vater«, sagte Ulrichs Mutter und zeigte auf das Bild. »Erinnerst du dich noch an ihn?«

Ulrich legte den Kopf schief. Er hatte einmal mit einem Klienten, einem Doktor der Psychologie, darüber gesprochen, dass er kaum mehr Erinnerungen an seine Eltern hatte, obwohl er doch erst mit neun Jahren nach Westdeutschland geschickt worden war. Seines Wissens mussten aber Kinder in diesem Alter schon relativ viele Erinnerungen gespeichert haben. Der Psychologe hatte gemeint, dass sogenannte Traumata dazu führen konnten, dass etwas, was zu schmerzhaft sei, in einem dem Bewusstsein nicht zugänglichen Teil des menschlichen Gehirns verschlossen werde. Aber, hatte Ulrich erwidert, die Zeit damals in Berlin müsse doch eher schön gewesen sein. Das eigentliche Trauma habe doch, wenn überhaupt, erst danach eingesetzt. Daraufhin hatte der Psychologe gemeint, dass genau das das Widersprüchliche in der menschlichen Seele sei. Der Verlust des Schönen und Unbeschwerten könne so wehtun, dass man es vollkommen ausblende. Etwas nicht zu vermissen, sei manchmal einfacher, als es zu tun und zu wissen, dass man es nie wiederbekomme. Ulrich hatte damals nicht gewusst, ob er dem Mann glauben sollte, aber jetzt, wo er das Bild betrachtete und sich nichts in ihm regte, fiel es ihm wieder ein. Nur das Lächeln seines Vaters kam ihm vage bekannt vor. Aber das konnte auch daran liegen, dass es seinem so ähnlich war. Seine Mutter zeigte auf ein zweites Bild auf derselben Seite. Hier saß derselbe Junge mit gegrätschten Beinen vor einem mit Lametta geschmückten Tannenbaum und hielt ein Häuschen mit unterschiedlich geformten Löchern in die Höhe: Dreieck, Stern, Quadrat, Kreis … »Das kenne ich noch!«, rief Ulrich nun aus. »Das kenne ich. Ist damit nicht irgendwas passiert?«

Elisabeth Wolf lachte. »Ja, das kann man wohl sagen. Du hattest es mit in den Stall genommen und dort in der Sattelkammer liegen gelassen. Heinrich, unser Stallbursche, hat es gefunden und an die Kinder von dem Wanderzirkus verschenkt, der seinerzeit in Bernau gastierte. Die Steine waren ja nicht dabei und er hielt es für nutzlos.«

Ulrich dachte offenbar angestrengt nach. »Und dann?«

»Als du irgendwann gemerkt hast, dass dein geliebtes Haus weg war, hast du Zeter und Mordio gebrüllt. Uns blieb nichts anderes übrig, als zum Zirkus zu gehen und es zurückzuholen. Es hat uns einen Sack Hafer und fünf Lutscher gekostet. Ein Vermögen damals.«

Ulrich lachte. »Ich kann mich nicht mehr erinnern, aber irgendwas dämmert da.«

»Vielleicht ist damals dein Sinn für Gerechtigkeit geboren worden«, meinte Eva gelöster. »Zumindest passt die Geschichte zu dir.«

»Habt ihr Heinrich dafür bestraft?«

Elisabeth wiegte den Kopf hin und her und schenkte den dünnen Kaffee ein. »Sahne?«

Eva bedankte sich mit einem Nicken und sah zu, wie die dickflüssige Milch Schlieren in dem Getränk bildete.

»Wie man es nimmt, er hat es ja nicht mit böser Absicht getan«, fuhr Ulrichs Mutter dann fort. Ihr schelmisches Lächeln erreichte ihre Augen. »Er musste eine Woche lang den Stall der wilden Berta ausmisten.«

»Der wilden Berta?«

Nun schaute Elisabeth Wolf überrascht auf. »Kannst du dich an die auch nicht mehr erinnern? Die wilde Berta. Ein Mistvieh von einer Haflingerstute. Trat und biss, sobald man nur in ihre Nähe kam. Jemand muss ihr in jungen Jahren ganz übel mitgespielt haben. Sie kam halb tot zu uns auf den Hof.« Nachdenklich nahm sie einen Schluck von dem Gebräu. »Der Einzige, der sich ihr unbeschadet nähern konnte, warst du. Frag mich nicht, wieso, aber bei dir war sie lammfromm.«

Die ganze Zeit überlegte Eva, wie sie die Frage anbringen konnte, ohne in ein Fettnäpfchen zu treten, aber ihre erste Assoziation, dass Elisabeth Wolf auf einem Gestüt gelebt hatte, schien ja gar nicht so falsch. »Was ist aus dem Hof geworden?«, erkundigte sie sich dann.

»Was mit so vielem passiert ist, das zu weit im Osten lag. Die Russen haben ihn sich geholt. Wir mussten ihn '44 verlassen.« Sie wollte das Buch zuklappen, doch Ulrich hielt sie davon ab und blätterte weiter nach hinten zu einer ausgebeulten Seite, hinter der ganz viele Zeitungsausschnitte lagen. »Ich war einmal da und hab ihn mir angeschaut. Aber das war mir zu traurig. Würde ich nicht noch mal machen. Ist jetzt Teil einer LPG.«

»LPG?«, fragte Eva.

»Landwirtschaftliche Produktionsgenossenschaft«, erklärte sie. »Wenn man so will, der Zusammenschluss vieler alter Bauernhöfe zu einem.«

»Das sind Artikel, in denen ich erwähnt werde«, stellte Ulrich fest und nahm zwei der Schnipsel in die Hand. Auf einem sah man ihn, wie er Willy Brandt die Hand schüttelte. »Das muss auf der Großen Kunstausstellung 1958 gewesen sein.« Seine Stimme hatte kaum Ton.

Ulrichs Mutter wollte ihm die Mappe wegnehmen, aber er hielt sie zurück. »Und das hier, das war bei einem Gespräch zum Friedensvertrag mit Walter Ulbricht in Ostberlin? Auch '58.«

»Wo du überall warst«, entfuhr es Eva.

Seine Mutter nickte verlegen. »Später war es schwierig, weiter zu sammeln. Es gibt hier ja keine Westzeitungen.« Sie strich das Bild glatt, wie sie es vermutlich schon hundertmal zuvor getan hatte. »Ich war so stolz auf dich!«, sagte sie leise.

Ulrich legte ihr eine Hand auf den Arm. »Von irgendwem muss ich es wohl haben, oder?«

»Na«, wiegelte Elisabeth Wolf ab. »Von mir sicher nicht. Ich bin nicht so mutig.«

»Doch, das bist du«, sagte Ulrich nun beinahe zärtlich. »Das bist du ganz bestimmt. Eine mutige, kämpferische Frau!«

Zwei Stunden blieben sie noch im Güllweg, bis alle das Gefühl hatten, dass es für einen ersten Besuch vielleicht reichte. Die Stunden, das Reden, das Sich-langsam-Annähern hatten jeden auf seine Art angestrengt. Für Eva war klar, dass dies nicht der letzte Besuch sein würde, und sie freute sich für Ulrich.

Als sie wieder unten auf dem Gehsteig standen, nahm Ulrich Eva in den Arm und küsste sie auf die Stirn. Es wirkte wie eine freundschaftliche Geste, aber Eva spürte die Hitze von

Ulrichs Körper darunter. »Wir gehen jetzt etwas essen, Eva, und bevor ich es mir später wieder anders überlege, sage ich es dir direkt auf den Kopf zu: Ich möchte wissen, woran ich bei dir bin, Eva Benningsen. Denn ich liebe dich. Und ich möchte, dass du meine Frau wirst und ich für Sabine endlich das sein darf, was ich biologisch bin: ihr Vater. Versprichst du mir, dass wir noch heute Abend darüber reden werden?«

Eva schluckte trocken. Die direkte Ansprache überrumpelte sie völlig. Trotzdem kam sie nicht unerwartet. Aus dem Augenwinkel glaubte sie wahrzunehmen, dass Elisabeth Wolf oben am Fenster stand und die beiden beobachtete. »Ja, Ulrich, das verspreche ich dir.«

24

Als sie das Zimmer ihrer Mutter betrat, stellte Helga erleichtert fest, dass es außer ihr ausnahmsweise einmal keine Besucher gab. Frau Meier hielt ein Schläfchen und die andere Dame am Fenster bekam meistens ohnehin wenig mit, da sie selten ihr Hörgerät eingeschaltet hatte. Das vierte Bett war inzwischen leer. Mit dem Schwung, den sie durch die Begegnung mit Curt und Pierre bekommen hatte, näherte sie sich dem Bett. Sie war sich sicher, dass ihre Mutter sie gehört hatte und absichtlich nicht in ihre Richtung schaute. Sie straffte die Schultern und ermahnte sich mit jedem Schritt, dass sie nur das Beste für sie alle wollte, dass sie auch aus einem Verantwortungsgefühl für ihre Mutter heraus diese Schritte geplant hatte. Das hatte nichts mit im Stich lassen zu tun. Trotzdem merkte Helga, wie sich ihr Magen verkrampfte, je näher sie dem Bett kam.

»Hej, Mutsch«, sagte sie, als sie dort angekommen war.

Ihre Mutter hatte den Blick abgewendet und sah nach rechts über das andere Bett hinweg zum Fenster.

»Ich habe gerade Curt und Pierre getroffen«, sagte Helga, und dabei brannte ihr die braune Mappe wie Feuer in den Händen.

»Wer ist Pierre?«, kam es knapp zurück.

Erst jetzt wurde Helga klar, dass ihre Mutter Curts Freund kaum kannte und vielleicht Ressentiments gegenüber einem dunkelhäutigen und noch dazu homosexuellen Pfleger hegen konnte. Daran hatte sie überhaupt nicht gedacht.

»Er ist ausgebildeter Krankengymnast und hat Curt nach dem Unfall sehr geholfen«, antwortete sie. »Er … er könnte sich auch um dich kümmern.«

»Das hast du alles schon arrangiert, nicht wahr?« Die Bitterkeit in der Stimme ihrer Mutter war nicht zu überhören.

Helga atmete einmal tief durch. Immerhin kein Tobsuchtsanfall. »Nein, habe ich nicht. Wie ich schon sagte: Ich habe die beiden eben zufällig getroffen. Aber tatsächlich wäre es eine gute Möglichkeit, dich zu unterstützen. Und du wirst Hilfe brauchen, Mama.«

Erst jetzt sah Inge Lackner ihre Tochter direkt an. In ihrem Blick lag eine Hilflosigkeit, die Helgas Herz vor Schmerz beinahe zerspringen ließ. Am liebsten hätte sie all die dummen Pläne sofort wieder über den Haufen geworfen, den Vertrag zerrissen und wäre am Montag mit ihrer Mutter zusammen nach Hause gegangen. Doch dann erinnerte sie sich an Curts Worte: *Am Ende tust du deiner Mutter einen Gefallen. Sie wird aus ihrem Loch nicht herauskommen, solange sie nicht dazu gezwungen ist.* Sie durfte jetzt nicht einknicken.

»Ich weiß, Helga, dass ich am Anfang langsam machen muss und nicht alles allein schaffen werde. Und ich weiß auch, dass ich dabei nicht auf dich zählen kann … zählen darf«, verbesserte sie sich. »Was ich nicht weiß, ist, ob so ein Leben für mich noch lebenswert ist.« Mit den Fingernägeln kratzte sie über die Bettdecke. »Als dein Vater noch lebte … da haben wir alles gemeinsam gemacht. Wir haben alles besprochen, und wenn es mal Probleme gab, haben wir zusammen überlegt, wie wir sie lösen können. Aber jetzt …« Sie stockte. »Soll ich etwa *Pierre* fragen, ob es besser ist, am Anfang mit einer Bettpfanne auszukommen? Und der schiebt sie mir dann unter den Hintern? Machst du dir einen Begriff davon, wie *unwürdig* das ist?«

»Das verstehe ich, Mama, aber immerhin ist Pierre für genau so etwas ausgebildet. Ich glaube nicht, dass dir das vor Papa weniger unangenehm gewesen wäre.« Helga hielt ihrer Mutter zwar Argumente entgegen, aber sie verstand nur zu gut, wie sie sich fühlte. Sie war allein, auf Hilfe angewiesen und über den Tod ihres geliebten Mannes noch nicht hinweg. Natürlich war das nicht schön. Trotzdem kam sie mit Selbstmitleid keinen Millimeter weiter. »Ich meine, versuche es doch wenigstens. Und ich bin ja nicht aus der Welt. Ich werde auch für dich da sein. Wer weiß, vielleicht wird das alles besser, als du denkst.« Es kann ja nur besser werden, ergänzte Helga im Stillen.

»Was hast du da in der Hand?«, fragte Inge Lackner, ohne auf die Worte ihrer Tochter einzugehen. »Meine Enteignung? Du lässt ja wirklich nichts anbrennen, das muss man dir lassen.« Inge Lackner war wieder in ihre Bitterkeit verfallen.

Vielleicht tobte auch in ihr ein Kampf, den Helga nur erahnen konnte. Sie bemühte sich, ruhig zu bleiben. »Das ist eine Schenkungsurkunde für die Hälfte des Hauses«, sagte sie ruhig. »Damit kann ich meine eigene Wohnung kaufen und dafür sorgen, dass wir jemanden wie Pierre bezahlen können.«

»Du erwartest jetzt nicht, dass ich Freudensprünge mache, oder?«

Wie doppeldeutig, dachte Helga. »Nein, das erwarte ich keineswegs. Aber ich wäre dir dankbar, wenn du unterschreibst. Und letztendlich hat es auch für dich einen Vorteil. Egal, was am Haus gemacht werden muss, stehen wir nun beide in der Pflicht. Ich ebenso wie du.«

Inge Lackner schob ihr die knochige, dünne Hand zu. Sie zitterte leicht. »Nun gib schon her, bevor ich es mir anders überlege«, sagte sie.

Helga öffnete die Mappe, holte einen Stift aus ihrer Tasche und legte ihrer Mutter beides auf die Bettdecke, die Mappe als feste Unterlage unter dem Dokument.

Mit krakeligen Buchstaben setzte ihre Mutter die Unterschrift unter den Vertrag. »Und wann ziehst du aus?«

Helga spürte, wie sie allein bei dem Gedanken eine Woge der Erleichterung erfasste. Egal, wie bedrückt die Stimmung auch war, ihr selbst schien eine Tonnenlast von den Schultern genommen worden zu sein. Die eigenen vier Wände. Eine Tür, die sie hinter sich schließen konnte. Und öffnen, wem und wann sie wollte. Einen kurzen Moment dachte sie an Hans. An das Kompliment, das er ihr am Mittwoch gemacht hatte. Sie hätte es gern noch einmal gehört, wenn sie nicht gerade einen Eimer umgetreten hatte. »Das ist der nächste Pluspunkt«, sagte sie schließlich. »Die Wohnung ist frühestens im Spätsommer bezugsfertig. Vielleicht auch erst im Herbst. Wir haben also noch genug Zeit, um alles zu organisieren und uns an die neuen Abläufe zu gewöhnen. Wir müssen nichts überstürzen.«

»Ach so«, erwiderte ihre Mutter ehrlich überrascht. »Das ist ja wirklich noch etwas hin.«

Nun endlich wagte es Helga, sich dem Bett ihrer Mutter noch einen Schritt zu nähern und ihr sanft über die Wange zu streichen. Diese ließ es geschehen. »Ja, Mama. Es ist noch etwas hin, und du wirst sehen, es wird am Ende besser, als du denkst.«

* * *

Helga beugte sich nach vorn über die Küchenanrichte und hielt ihr Gesicht in die Maisonne, die geradewegs durch das Fenster schien. Im Hintergrund gurgelte die Kaffeemaschine und verströmte den satten, wohligen Geruch nach gerösteten Bohnen. Ein tiefer innerer Frieden erfüllte Helga in diesem Moment, und sie wünschte, ihr Vater hätte sie so sehen können. Welche Kapriolen hatte ihr

Leben in den vergangenen Wochen geschlagen! Und schon heute schien nichts mehr so, wie es noch Mitte April gewesen war. Sie musste sich selbst immer wieder in Gedanken aufzählen, was alles passiert war, welche kleinen und großen Wunder sich ereignet hatten, aber auch, welche Hürden sie gemeistert hatte, um nun hier zu stehen und zu wissen, dass nichts mehr so sein würde, wie es all die Jahre gewesen war. Helga hatte ihren vermeintlich sicheren Posten im Rathaus verloren. Sie war – Zufall? – mit Elke ins Gespräch gekommen, und die Idee des Cafés war geboren worden, das in nur zwei Wochen tatsächlich eröffnet werden sollte. Weil Elke ihr dabei half und weil Hans plötzlich zur Stelle war – Zufall? Parallel dazu der Wunsch, endlich auf eigenen Füßen zu stehen, die mögliche Wohnung im Kreidebergquartier, der Unfall ihrer Mutter, der geplatzte Traum, der sich nun doch – und zwar viel besser – zu erfüllen schien. Alles nur Zufall?

Helga glaubte noch immer nicht an Gott. Aber an den Zufall glaubte sie auch nicht mehr. Da musste es etwas geben zwischen Himmel und Erde, das ihr zur Seite stand. Das ihr doch irgendwie liebevoll nickend ein bisschen von dem Gestrüpp auf dem Weg zur Seite räumte. Wohlig seufzend holte sie sich eine Tasse aus dem Schrank und schenkte sie halb voll. Wie es wohl sein würde, wenn sie dann im Herbst auf ihrer Dachterrasse stand, eine leichte Brise spürte, die ihr Haar verwehte, und sie den Blick über die Dächer von Lüneburg schweifen ließ? Vielleicht würde sogar jemand von hinten an sie herantreten und sie mit seinen großen Händen und starken Armen umfangen. Instinktiv lehnte Helga sich ein wenig zurück, sodass sie fast das Gleichgewicht verloren hätte. Ein bisschen Träumen war ja erlaubt, aber bitte nicht übertreiben, ermahnte sie sich. Sie wollte sich gerade setzen und einen Keks in ihren Kaffee stippen, als es klingelte. Helga sah auf die Uhr. Kurz vor drei. Früher Freitagnachmittag. War das Eva? Sie war so gespannt zu hören, wie es der Freundin in Berlin ergangen war. Mit Ulrich und natürlich bei der Begegnung mit seiner Mutter.

Trotzdem hoffte sie, dass es nur der verspätete Postbote war. Helga hätte nämlich gern noch ein wenig vor sich hin sinniert. Als sie die Tür öffnete, schrak sie zusammen. Mit diesem Besuch hätte sie niemals gerechnet. Vor allem nicht in dieser Verfassung. Vor ihr stand eine gekrümmte Karla, der das verschwitzte Haar an der Stirn klebte und die so blass war, mit dunklen Ringen unter den Augen, dass sie bestimmt neununddreißig Grad Fieber hatte.

»O mein Gott, Mädchen, was ist denn mit dir passiert?«, rief Helga und fing Karla auf, bevor sie auf der Türschwelle zusammenbrechen konnte.

»Entschuldige«, stammelte diese, »ich wusste einfach nicht, wohin ich sollte, und … mir geht es nicht so gut.«

»Nein, das ist offensichtlich. Komm rein.« Sie zog Karlas Arm, den sie vor ihren Unterleib gepresst hatte, zu sich, um sie so besser stützen zu können, hielt aber schockiert in der Bewegung inne. Da war Blut, überall, an Karlas Hand, ihrem Unterarm. Ein riesiger Fleck zeichnete sich auf ihrem Kleid ab und sickerte sichtbar mit jeder Sekunde weiter durch den Stoff. »Um Himmels willen, Karla, du brauchst sofort einen Arzt.« Sie legte sich selbst Karlas Arm um die Schulter und zog das Mädchen ungeachtet des Blutes, das nun auch ihr Gesicht und ihre hellblaue Bluse verschmierte, ins Wohnzimmer. Dort legte sie Karla vorsichtig ab, deren Atem extrem flach und stoßweise kam. Dann eilte sie in den Flur und wählte die Nummer von Dr. Lübke, aber natürlich ging da am Freitag niemand mehr ran. Sie überlegte, einen Krankenwagen zu rufen, entschied sich aber dann dagegen. Hektisch blätterte sie im gelben Telefonbuch und fand den Eintrag: Lübke, H., Ginsterweg. Das musste er sein. Sie wählte die Privatnummer und hoffte inständig, dass der Doktor nicht noch auf Hausbesuchen war.

»Lübke«, meldete sich eine Frauenstimme.

»Frau Dr. Lübke, mein Name ist Helga Lackner, und ich müsste dringend mit Ihrem Mann sprechen. Ist er zufällig zu Hause?«, fragte sie atemlos.

»Also«, kam es zögerlich von der Gattin, »ich weiß nicht so recht. Die Praxis ist geschlossen und wir …«

»Frau Dr. Lübke, bitte, ich würde nicht anrufen, wenn es sich nicht um einen Notfall handeln würde. Ich habe hier eine Patientin mit sehr starken Blutungen.«

Im Hintergrund hörte sie Gemurmel. Die Frau hatte offenbar die Hand auf die Muschel gehalten und beriet sich mit jemandem. Helga konnte nur hoffen, dass es der Arzt selbst war.

»Lübke«, hörte sie dann die dunkle Stimme.

Erleichtert atmete Helga auf. »Herr Dr. Lübke, Gott sei Dank. Können Sie bitte sofort kommen? Ich habe Angst, das Mädchen stirbt mir sonst unter den Händen weg.«

Knapp eine Stunde später hielt der Notarztwagen vor der Tür im Köppelweg und brachte die noch immer benommene, aber schon wieder leicht rosige Karla ins Krankenhaus. Helga wollte nachkommen, vorher aber vom Lambertiplatz noch ein paar Sachen für Karla holen und Bescheid sagen. Zumindest Jadwiga musste ja da sein. Der Kaffee hatte einen braunen Rand in der Tasse gebildet und war inzwischen kalt. Von der Leichtigkeit, die sie eben noch verspürt hatte, war nichts mehr geblieben. Sie beobachtete Dr. Lübke, der seine Tasche wieder zusammenpackte. Glukoselösung, Kochsalz, Verbandsmull, die leeren Kanulen. Die blutigen Binden hatte Helga schon im Hausmüll entsorgt.

»Das war knapp«, sagte er und ließ den Verschluss seiner Tasche einschnappen. »Sie hat viel Blut verloren.«

Helga nickte. Sie war sich nicht sicher, ob er ihr vorwarf, nicht direkt einen Krankenwagen gerufen zu haben. Vielleicht war es verantwortungslos gewesen. Aber irgendwie hatte sie Karla beschützen wollen. Im Krankenhaus hätte sich die Nachricht von ihren Umständen ganz sicher herumgesprochen wie ein Lauffeuer. Und Helga konnte sich nicht vorstellen, dass das Karla besonders recht gewesen wäre.

»Wussten Sie davon?«, fragte Dr. Lübke.

Helga schüttelte den Kopf. Sie war sich noch nicht mal sicher, ob es außer Karla überhaupt jemand wusste. Ob Karla selbst sich darüber im Klaren war.

»Ich bin kein Gynäkologe. Genaueres werden die Kollegen im Krankenhaus feststellen, aber aufgrund des Blutverlustes und des Gewebeabstoßes gehe ich davon aus, dass jemand einen Abruptio graviditatis vorgenommen hat. Jemand, der nicht besonders viel davon verstand. Um nicht zu sagen, ein mieser Stümper, der nicht nur ein Kind getötet, sondern auch das Leben der Mutter mutwillig gefährdet hat.« Lübke war bei seinen letzten Worten hochrot im Gesicht geworden. »Wenn mir so einer mal unter die Augen kommt, dann Gnade ihm Gott, Fräulein Lackner, das schwöre ich Ihnen bei meinem hippokratischen Eid.«

Helga war innerlich zusammengezuckt. Karla hatte abgetrieben? Sie mochte sich nicht vorstellen, welche Höllenqualen das Mädchen in den vergangenen Wochen durchgestanden haben musste. Wie groß musste ihre Verzweiflung gewesen sein, wenn sie, ohne sich jemandem anzuvertrauen, zu irgendeiner Hinterhofengelmacherin gegangen war? Wieder einmal verfluchte sie das deutsche, von Männern gemachte Rechtssystem, das es den Frauen strikt verbot, einen Schwangerschaftsabbruch vorzunehmen. Man sah ja gerade, wohin das führte.

»Und der Kindsvater gehört gleich mit hinter Gitter«, schimpfte Lübke weiter. »Wie kann ein Mann nur so ehr- und verantwortungslos sein, so ein junges Ding mit seinem Kind unter dem Herzen alleinzulassen. Hat sie denn einen festen Freund?«

»Nicht, dass ich wüsste«, antwortete Helga wahrheitsgemäß. Aber dafür wusste sie, wem Karla zuletzt ihr kokettes Lächeln geschenkt hatte und wer sicher große Freude daran gehabt hatte, sie um den kleinen Finger zu wickeln. Wenn das stimmte, dann würde Rainer von Seefeldt das teuer bezahlen müssen. Mit dieser Nummer würde er nicht ungestraft durchkommen. Niemals.

»Auf Wiedersehen, Fräulein Lackner«, verabschiedete sich Lübke. »Und danke, dass Sie sich zuerst bei mir gemeldet haben. Das war richtig so.«

25

Nachdem der Kellner die Bestellung für die Getränke aufgenommen hatte, breitete sich ein bedrückendes Schweigen zwischen ihnen aus, das durch die Geräusche und das Stimmengewirr an den Nachbartischen nur noch unangenehmer wurde. Nervös fuhr sich Eva über die Brauen, dann über das Tischtuch, bevor ihr Blick zu den Schwarz-Weiß-Aufnahmen wanderte, die an den Wänden hingen und die Mitglieder einer italienischen Familie zeigten, die offenbar am Meer zu Hause war. Ulrich hatte ihr das Ristorante da Mario als Geheimtipp angekündigt. Einer der ersten Gastarbeiter hatte es vor sechs Monaten eröffnet, weil er fand, dass die Deutschen einfach keine so gute *Pasta* machen konnten wie seine *Mamma*. Und in der Tat war es fast bis auf den letzten Platz belegt. So vieles ging Eva durch den Kopf, dass sie nicht wusste, wie sie das Gespräch eröffnen sollte, und *welches* überhaupt. Sollte sie Ulrich nach seinen Gefühlen zu der Begegnung heute fragen? Immerhin hatte er das erste Mal seit Jahren mit seiner Mutter gesprochen! Das musste ihn doch ziemlich aus der Bahn werfen. Oder etwas zu Sabine sagen? Oder direkt von ihm und ihr und Lothar und der ganzen komplizierten Geschichte dahinter anfangen? Ihr schwirrte der Kopf und sie wagte es kaum, Ulrich anzusehen, nicht zuletzt, weil sie nicht einschätzen konnte, wie er reagieren würde. Erst recht nach diesen Sätzen vor dem Haus seiner Mutter.

Ich liebe dich. Ich möchte, dass du meine Frau wirst.

Eva kam das alles so unwirklich vor, dass sie es kaum glauben konnte. Auch wenn ihr Herz bei dem Gedanken daran raste und sie sich nichts Schöneres vorstellen konnte, als in Ulrichs Armen zu versinken und nie wieder daraus aufzutauchen. Aber genau das ging nun einmal nicht, und sowohl ihre Vergangenheit als auch ihre Gegenwart schienen Eva so sehr gegen eine erneute und endgültige Verbindung mit Ulrich zu sprechen, dass sie keinen Ton herausbekam und vor Angst fast wie gelähmt war.

Der Kellner kam, stellte eine Karaffe mit einem halben Liter Weißwein auf den Tisch, der so kalt war, dass das Glas außen beschlug, und schenkte jedem ein wenig davon ein. Dann zeigte er auf die Tafel mit den unterschiedlichen Gerichten. Eine Speisekarte in dem Sinne gab es nicht. Eva musste zugeben, dass sie nur die Hälfte davon verstand. Sie wusste weder, was »Frutti di mare« sein sollte, noch »Penne all'arrabbiata«, und auch unter »Linguine vongole« konnte sie sich nichts vorstellen. Ulrich musste ihre Ratlosigkeit bemerkt haben, denn er brach schließlich das Schweigen: »Wenn sich an deinen Vorlieben nichts Grundlegendes geändert hat, könnte ich für uns beide bestellen. Natürlich nur, wenn es dir nichts ausmacht.«

Eva schüttelte stumm den Kopf, merkte, dass das möglicherweise keine klare Antwort war, nickte dann, schüttelte wieder den Kopf, bis Ulrich auflachte und ihr die Hand auf den Arm legte. »Schon gut, lass dich überraschen. Du wirst es mögen«, sagte er und gab die Bestellung auf. Erst in dem Moment spürte Eva, wie hungrig sie war. Sie hatte seit dem Frühstück nichts mehr gegessen, und die Gerüche nach

Knoblauch und Meeresfrüchten, die aus der Küche drangen, ließen ihren ohnehin angespannten Magen knurren. Sie hoffte, dass sie wenigstens einen Bissen hinunterbekam.

»Cheers«, sagte Ulrich und hob sein Glas.

Sie stießen an und Eva nahm drei große Schlucke, die ihr angenehm wohlig die Kehle hinabrannen. Sie wusste, dass sie aufpassen musste. Sie trank normalerweise keinen Alkohol. Aber das hier war in jeder Hinsicht eine Ausnahmesituation.

»Können wir jetzt kurz über etwas anderes sprechen?«, fragte Ulrich sie, und als sie schon verwundert erwidern wollte, dass sie doch über gar nichts geredet hatten, sah sie sein schalkhaftes Blinzeln. Damit war der Damm ein wenig gebrochen.

»Wie geht es dir jetzt?«, fragte Eva und hoffte, damit das Thema auf seine Mutter lenken zu können. »Ich meine, nach der Begegnung. Das war sicher sehr aufwühlend«, setzte sie nach.

»Ja, das war es«, erwiderte er. »Aber es gibt Dinge, die wühlen mich mehr auf. Du, zum Beispiel.« Eindringlich sah er sie an. Wie gern hatte sie schon früher immer in das Blau seiner Iris geschaut – es hatte so viele Nuancen, über Grau und ein leichtes Braun, als wäre es wirklich der Spiegel seiner Seele mit all ihren Facetten. »Es ist viel passiert, seit wir uns das letzte Mal gesehen haben.«

Eva zwirbelte die Enden ihres bunten Haarbandes zwischen den Fingern. Viel passiert. Das war wohl die Untertreibung des Jahrhunderts. Noch immer wusste sie nicht, was sie sagen, wie sie ihren Gefühlen Ausdruck verleihen sollte.

»Wann hättest du es mir gesagt, Eva? Hättest du überhaupt? Ich meine, wenn die aktuelle Situation nicht dazwischengekommen wäre.«

Eva wusste genau, was gemeint war, und vielleicht war es wirklich am einfachsten, mit dieser Lüge anzufangen. »Ich weiß es nicht, Ulrich«, antwortete sie wahrheitsgemäß und sah ihn dabei direkt an. Sie wollte einen weiteren Schluck aus ihrem Glas nehmen, doch das war bereits leer. Ulrich schenkte ihr nach. »Ich habe versucht, dich anzurufen, als ich von der Schwangerschaft erfahren hatte. Zwei Mal.« Sie wartete kurz, bis der Kellner die Vorspeisen brachte. Insalata Caprese hatte Ulrich bestellt, und ihr wurde ein Teller mit Tomaten und einer Art weichem Weißkäse mit frischem Basilikum serviert, das köstlich duftete. »Das ist natürlich keine Entschuldigung, ich weiß. Aber ich hatte damals einfach das Gefühl, ich und dann auch noch ein Kind passten nicht in dein Leben. Du warst auf dem Weg, ein brillanter Anwalt zu werden. Du hast das alles so geliebt. Ich wollte dich zu nichts zwingen, und deine Karriere zerstören wollte ich erst recht nicht. Ich wäre damals nicht aus Lüneburg weggegangen. Das ging nicht. Selbst heute würde ich das nicht tun«, setzte sie hinterher. »Ich wäre mir wie Ballast vorgekommen. Und unser Kind … Wie hätten wir Binchen in Berlin großziehen wollen? Das alles kam mir so … falsch vor.«

Eva war erstaunt, wie flüssig und klar ihr diese Sätze über die Lippen gekommen waren. Wahrscheinlich, weil sie sie seit fünf Jahren vor sich hin betete. Weil sie seit dem Tag, als sie von ihrer Schwangerschaft erfahren hatte, nichts lieber wollte, als Ulrich davon zu berichten.

Ulrich nickte, doch in seinem Blick lag Zweifel. »Wir haben beide früh die Erfahrung gemacht, was es heißt, mindestens einen Elternteil zu verlieren. Und doch hast du mir die Existenz meiner Tochter verschwiegen. Wenn du dabei schon nicht an mich gedacht hast: Wie, glaubst du, wird Sabine das aufnehmen, wenn sie es eines Tages erfährt und versteht?«

Eva nagte an ihrer Unterlippe. Damit hatte Ulrich den wundesten Punkt getroffen, den Eva jedes Mal, wenn er ihr in den Sinn kam, sofort verdrängt hatte. Denn auf diese Frage hatte sie keine vernünftige Antwort. Vielleicht hatte sie geglaubt, dass es dazu nie käme. »Ich weiß es nicht«, sagte sie und spürte den

Kloß in ihrem Hals. »Ich kann nur hoffen, dass Sabine stark genug ist, um den Schmerz zu verwinden. Und auch wenn sie mir nicht verzeiht, bete ich, dass sie nachvollzieht, warum ich so gehandelt habe. Ich weiß, dass ich es nicht darauf schieben kann, aber als unverheiratete schwangere Frau hast du es nicht leicht in diesem Land. Und ich war für die Saline verantwortlich.«

Ulrich hatte die Lippen zusammengekniffen. Ihm schien nicht zu gefallen, dass Eva nun mit den fehlenden Rechten der Frauen argumentierte. Was er sagte, ging jedoch in eine andere Richtung. »Und praktischerweise hat sich dann ganz selbstlos mein werter Cousin angeboten, das Problem ganz mannhaft zu lösen, was?«

Eva sah auf. Das war der wilde, ungestüme Ulrich, den sie von früher kannte. Sie war sich nicht ganz im Klaren, wem sein Zorn gerade galt: ihr oder Lothar oder beiden. »Es scheint das Möreke-Gen zu sein«, fuhr Ulrich fort. »Das können sie alle gut: scheinbar ganz selbstlos den eigenen Vorteil durchsetzen.«

»So ist es nicht …«, versuchte Eva, ihren Mann in Schutz zu nehmen, aber Ulrich hob die Hand.

»Ich weiß, es wirkt nicht so. Lothar war immerhin da, als du jemanden brauchtest, und natürlich hast du auch deinen Anteil daran, und dennoch …« Ulrich sah auf seinen noch unberührten Teller, spießte Tomate und ein Stück Käse auf die Gabel und kaute genüsslich, nachdem er es sich in den Mund geschoben hatte. »Ich an seiner Stelle hätte dich trotzdem niemals geheiratet, ohne mir Bescheid zu geben. Niemals! Es ist und bleibt Verrat, verstehst du?«

Eva legte den Kopf schief. So hatte sie die Sache tatsächlich noch nie betrachtet. Sie war so mit ihrer eigenen Schuld beschäftigt gewesen, dass sie über den Anteil, den Lothar daran hatte, nie wirklich nachgedacht hatte. Aber Ulrich hatte recht. Lothar und er waren aufgewachsen wie Brüder, waren immer füreinander eingestanden. Und doch hatte Lothar nie den

Versuch unternommen, mit Ulrich darüber zu reden. Zu keinem Zeitpunkt hatte er sein etwaiges schlechtes Gewissen seinem Cousin gegenüber erwähnt.

»Ich frage dich heute nicht, ob du ihn liebst. Das habe ich vor Jahren auf deiner Hochzeit getan und ich weiß, dass sich daran nichts geändert hat. Ich frage dich heute auch nicht, ob du mich liebst …« Ulrich sah sie dabei auf eine Weise an, dass Eva weiche Knie bekam und sich kaum aufrecht auf dem Stuhl halten konnte. Ihr Brustkorb hob und senkte sich mit jedem Atemzug. »Denn ich meine auch diese Antwort zu kennen.«

»Was fragst du mich dann?«, hauchte Eva.

»Ich frage dich, ob du bereit bist, das alles durchzustehen: eine Scheidung, die Folgen für Sabine, einen Neuanfang mit ungewissem Ausgang, denn … wir beide haben noch nie zusammengelebt. Wir waren verliebt, wir waren jung, wir hatten Bilder im Kopf, und wahrscheinlich sind wir auch füreinander bestimmt, aber ob wir den Alltag miteinander bestehen, ob wir unseren Platz in einer Familie finden, wo wir beide Familie nicht wirklich gut kennen, wissen wir nicht. Doch wenn wir einmal diesen Weg beschreiten, Eva, dann gibt es kein Zurück mehr. Und wenn es nicht funktioniert, dann werde ich dich auch nicht beschützen können. Dann kann dich auch Lothar kein zweites Mal retten. Das musst du wissen. Bist du also bereit dazu, Eva Benningsen?«

Eva schloss die Augen. Sie wusste nicht, wie lange sie hier noch die Fassung bewahren konnte. Sie hatte das Gefühl, jeder einzelne Nerv in ihrem Körper sei entzündet und sie werde gleich in Ohnmacht fallen aufgrund all der unausgesprochenen aufgestauten Zweifel, Unzufriedenheiten, Schuldgefühle und nicht erfüllten Hoffnungen, die sich nun nach Jahren mit aller Macht Bahn brechen wollten – um das Einzige und Wichtigste, das je für sie existiert hatte, freizulegen: ihre unverbrüchliche

Liebe zu Ulrich Wolf samt der unstillbaren Sehnsucht, ihr Leben mit ihm zu teilen.

»Ja«, wisperte Eva, »ja, das bin ich, schon immer gewesen.« Und dann wurde es dunkel um sie herum.

Zwei wild gestikulierende Männer mit schwarzen Haaren und Ulrich waren über sie gebeugt, als sie wieder zu sich kam und sich auf dem kühlen Steinboden des Restaurants wiederfand. Langsam rappelte sie sich auf und nahm Ulrichs Hand, die er ihr reichte.

»Oh, Giulia, bring der Signora einen Schnaps, schnell«, rief einer der Männer, sicher der Chef.

»Danke, es geht schon«, hauchte sie. Noch einen Schnaps wollte sie nach dem Wein ganz sicher nicht. »Bring uns weg von hier, Ulrich. Ich möchte nach Hause.«

Ulrich gab ihr einen Kuss auf den Mund. »Und ich erst.«

* * *

Die körperliche Liebe, die Vereinigung zweier bereiter und sich nach dem anderen verzehrender Körper war das Band, mit dem sie an diesem Abend ihre Verbindung besiegelten. Sie erfolgte auf eine tiefe, leise, nach außen kaum wahrnehmbare Art. In der Dämmerung eines frischen Berliner Maimorgens verschmolzen Ulrich und Eva miteinander, als wären sie nach all den Jahren endlich an die Quelle ihres Seins gelangt. Ohne Worte fanden ihre Hände die Mulden und Beugen des anderen, ihre Lippen und Münder die empfindsamsten Stellen, ihre Finger verursachten Gänsehaut und ihre Beine schlangen sich umeinander, als wollten sie einander umwinden wie Ranken einen Stock.

Die körperliche Liebe war der Schlusspunkt und auch der Höhepunkt einer Nacht, in der sie stundenlang geredet hatten, über Wichtiges und Unwichtiges, über Heiners Krankheit und das Gemälde eines Künstlers namens Gerhard Richter, das

Ulrich ersteigert hatte, eines der ersten, die der Maler nach seiner Flucht aus der DDR in Düsseldorf gemalt hatte, über Sabines ersten Zahn und die Tatsache, dass Eva den alten Gellersen vermisste, ihren ehemaligen Siedemeister. Über Evas wachsendes Unbehagen darüber, Karla könnte mit Rainer von Seefeldt anbändeln, und ihre Sorge, dass sie die Saline doch noch schließen musste. Über Helgas Pläne, ein Café neben der Saline zu eröffnen, und natürlich über die glückliche Beziehung, die ihr Bruder Curt mit seinem Krankengymnasten Pierre lebte. Ulrich erzählte, wie er sich im politischen Berlin engagierte, wann er den Entschluss gefasst hatte, nach seinen Eltern zu suchen, und wie er fast die Prüfung zu seinem Staatsexamen verpasst hatte, weil er auf einer Vernissage mit einer Kunststudentin völlig abgestürzt war. Das war der einzige Moment, in dem die Stimmung zu kippen drohte, denn über Ulrichs Liebesleben wusste Eva gar nichts, und sie war auch nicht sicher, ob sie davon hören wollte.

»Soso, eine Kunststudentin also?«, hakte Eva nach und zwickte Ulrich leicht mit dem großen und mittleren Zeh in die Wade. »So eine zweite Gisela?«

Gisela war die Tochter des Hoteliers Wellenkamp in Lüneburg. Ein Luder mit wilder roter Lockenmähne, das ihr Ulrich schon früher gern ausgespannt hätte und ihm sogar in Berlin nachgestellt hatte. Wie sie inzwischen wusste, ohne Erfolg.

Ulrich nahm ihre Hand und legte sich die Innenfläche an den Mund. »Viel hübscher und netter«, erwiderte er bewusst provokant, woraufhin ihm ein Kissen ins Gesicht flog. »Und bekennend lesbisch, falls dich das beruhigt.«

Erleichtert atmete Eva auf. »Aber es gab doch sicherlich jemanden, oder? Du wirst nicht die ganzen fünf Jahre nur juristische Kommentare gewälzt haben.«

Ulrich setzte sich auf und klemmte sich die Decke zwischen die Beine. »Ja, natürlich. Es gab Versuche, Liebschaften, Affären.

Aber, und das meine ich jetzt wirklich ernst: Ich konnte nicht. Immer wenn es hätte ernst werden können, musste ich gehen. Und das habe ich auch getan. Denn wenn ich eins nicht wollte, dann Frauen, die aufrichtig nach Liebe suchten, das Herz brechen.« Er legte ihr seine Hand auf den Oberschenkel. »Ich wusste einfach zu gut, was das heißt und welche Höllenqualen es mit sich bringt.«

Eva richtete sich ebenfalls auf. »Das verstehe ich, denn es sind dieselben Höllenqualen, wenn du mit jemandem zusammenlebst, den du *nicht* liebst, weil dein Herz einem anderen gehört.«

Die ersten Vögel begannen zu zwitschern, als Ulrich nun Evas Gesicht in seine Hände nahm, ihr zärtlich über die Wange strich und begann, ihren bereits halb nackten Körper mit seinen Küssen zu bedecken.

* * *

»Wie weit ist es noch?«, fragte Eva und schob ihre Sonnenbrille zum dritten Mal ins Haar. Die Maisonne stand noch so tief, dass Eva dauernd blinzeln musste. Sie waren seit Stunden unterwegs und hatten den Grenzübergang Helmstedt bereits hinter sich gelassen. Zum Glück ohne Probleme.

»Maximal eine halbe Stunde.«

Nervös rieb Eva sich die Hände. Sie hatten am Vormittag beim Frühstück beschlossen, dass sie direkt nach ihrer Ankunft in Lüneburg mit Lothar sprechen mussten. Er war derjenige, der am meisten zu verlieren hatte, und Eva mochte sich nicht ausmalen – obschon sie glaubte, ihren Mann gut zu kennen –, wie er reagieren würde. Ulrich hingegen war sich ziemlich sicher, dass er ein wenig melodramatisch wie ein geschlagener König das Schlachtfeld verlassen würde. Wissend, dass er nie König war. Aber das war eben Ulrichs Perspektive.

»Vielleicht ist er nicht da.«

»Wo soll er denn sein? Es ist Samstag. Er muss sich doch auch um Bine kümmern. Und um deinen Vater.«

»Ich habe Jadwiga gebeten, vorsichtshalber bis Sonntag bei uns zu bleiben.« Eva sah aus dem Fenster, doch die Büsche und Bäume am Straßenrand sausten konturlos an ihr vorbei. »Kannst du bitte etwas langsamer fahren? Mir wird schlecht.«

»Ich fahre gerade mal achtzig Stundenkilometer. Dir ist schlecht, weil du aufgeregt bist.« Beruhigend legte er eine Hand auf ihren Oberschenkel, aber Eva zog das Bein weg. Sie hatte das Gefühl, sämtliche Grenzen ihres Körpers bei sich behalten zu müssen.

Es stimmte. Sie war fürchterlich aufgeregt. Ihr Magen rebellierte, als hätte jemand mit dem Kochlöffel darin herumgerührt. Gleichzeitig war ihr Mund staubtrocken. »Das Schlimmste ist, dass er keinen Ort hat, an den er kann. Ich meine, sein Elternhaus wurde Herrn Blumberg zurückgegeben. Seine Eltern wohnen nun selbst in einem kleinen Reihenhaus. Da kann und will er sicher nicht hin. Nicht zu erwähnen, all das geschah auf deine Initiative hin. Und am Lambertiplatz kann er auch nicht bleiben.« Eva schaute einem Schwarm Wildgänse hinterher, verlor ihn aber schnell aus dem Blick. Sie hatten Bad Bevensen bereits hinter sich gelassen. Jetzt konnte es wirklich nicht mehr lange dauern.

»Wir haben das doch besprochen, Eva. Ich verstehe deine Sorgen ja, aber wir leben immerhin schon im Jahr 1964. Paare trennen sich und lassen sich scheiden. So was passiert. Lothar ist vernünftig, und wenn er obendrein auch noch schlau ist, wird er einsehen, dass eure Ehe auf Sand gebaut war, und sich früher oder später nach einer Frau umsehen, die ihn wirklich will. Traurig oder nicht: Junge, erfolgreiche und gut aussehende Männer Anfang dreißig sind nun mal immer noch in der

Unterzahl. Und für eine Weile auf eigenen Beinen zu stehen – ohne seine Eltern oder deine Familie – wird ihm guttun.«

»Glaubst du wirklich?« Eva konnte schon nicht mehr zählen, wie oft sie Ulrich diese Frage gestellt hatte.

»Ja, das glaube ich wirklich. Wie auch zuletzt vor einer halben Stunde.«

»Aber Binchen …«

»Hör auf, Eva«, sagte Ulrich, als er von der Kreisstraße abbog in Richtung Innenstadt. »Atme dreimal tief durch, und dann sind wir da. Der Rest wird sich finden.«

Das Haus war bereits in Sicht, als Eva ihre Handtasche öffnete, um den Schlüssel griffbereit zu haben. Da öffnete sich die Tür und eine Person kam wild mit den Armen wedelnd auf die Straße gelaufen. Das war doch Helga! Was machte sie denn am Lambertiplatz? Evas Herz setzte für einen Schlag aus. War ihrem Vater etwas passiert? War er wieder nachts ausgebüxt und womöglich überfahren worden? Oder ein Schlaganfall? Oder was, wenn Bine … Diesen Gedanken konnte sie nicht weiterdenken. Evas Hand krallte sich in Ulrichs Unterarm. Sie öffnete mit der anderen Hand schon die Wagentür, obwohl das Auto noch nicht ganz stand, und hastete nach draußen. Helga empfing sie mit ausgebreiteten Armen und schluchzte die ganze Zeit nur den einen Satz: »Es ist so furchtbar! Es ist etwas Schreckliches passiert, Eva. Es ist so furchtbar.«

»Was ist denn los?«, fragte Eva und sah aus dem Augenwinkel, dass Lothar im Türrahmen stand. Eva wertete das als gutes Zeichen. Wenn Sabine etwas passiert wäre, hätte er sie doch empfangen oder wäre gar nicht da gewesen, oder?

»Karla ist im Krankenhaus. Es geht ihr gar nicht gut.«

26

»Und du bist wirklich sicher, dass du mich dabeihaben willst?«

»Ich bin so was von sicher, das kann ich dir gar nicht sagen.«

Helga wusste, dass Eva hier keinen Widerspruch duldete. Wenn ihre Augen von einem derart dunklen Blau waren und man den Orkan darin förmlich sehen konnte, dann tat man besser, was sie verlangte. Und Helga konnte nicht sagen, dass ihr die Zustimmung schwerfiel. Einem Widerling wie Rainer von Seefeldt musste man das Handwerk legen. Allein, dass er Karla geschwängert und sie mit ihrem Problem offenbar völlig alleingelassen hatte, war für Helga schon kriminell. Aber als sie am Wochenende von Eva und Ulrich dann auch noch gehört hatte, dass er wahrscheinlich hinter der Schließung der Saline steckte und dafür womöglich Politiker bestochen hatte, um sich dieses Sahnestückchen selbst unter den Nagel zu reißen, gab es für sie kein Pardon mehr. Nicht auszumalen, was es geheißen hätte, ein Café zu eröffnen, wenn nebenan ein Ekelpaket wie von Seefeldt ein und aus marschierte, oder, noch schlimmer, das Gelände womöglich einfach schloss und die Gebäude abriss. Dann hätte sie sich ihre Zukunft als Cafébetreiberin abschminken können, noch bevor sie überhaupt begonnen hatte. Also hatte sie sofort zugestimmt, als Eva sie darum gebeten hatte, direkt am Montag früh nach Kassel zu fahren, wo die Kali und Salz ihren Stammsitz hatte. Sie konnten bloß hoffen, dass von Seefeldt auch wirklich vor Ort war. Angekündigt hatten sie ihren Besuch nämlich wohlweislich nicht.

Jetzt saßen sie bequem in dem fast leeren D-Zug nach Kassel, nachdem sie in Hannover einmal umgestiegen waren, und hatten noch knappe drei Stunden Fahrt vor sich. Sie würden am frühen Nachmittag ankommen, und genau so war es auch geplant.

Karla würde heute aus dem Krankenhaus entlassen werden. Offenbar hatte sie bei all dem Pech doch auch etwas Glück gehabt. Der Gynäkologe aus dem Krankenhaus meinte, dass ihre Gebärmutter trotz des dilettantischen Eingriffs der Engelmacherin – über deren Aufenthaltsort Karla beharrlich schwieg – wie durch ein Wunder nicht in Mitleidenschaft gezogen worden war. Letztendlich hatte sie eine Fehlgeburt erlitten und durch die späte Hilfe viel Blut verloren. Abgesehen von den psychischen Folgen, die die ganze Geschichte bei ihr womöglich hinterlassen würde, sollte sie körperlich jedoch bald wieder auf dem Damm sein. Immerhin!

Es brauchte nicht viel, um die Bestätigung zu erhalten, dass tatsächlich Rainer von Seefeldt der Kindsvater war. Laut Evas Erzählung hatte sie ihre Schwester selten so wütend und verzweifelt erlebt, wie in der Stunde, da Karla ihr davon berichtet hatte; wie er sie ausgelacht und nur achselzuckend gemeint hatte, dass sie künftig wohl nicht mehr vergessen würde, wie Empfängnisverhütung funktionierte. Als sie, Karla, vor ihm in Erwägung zog, das Kind zu bekommen, hatte er seine Augen zu Schlitzen verengt und ihr gedroht: »Wenn du glaubst, mich irgendwie erpressen zu können, werde ich jedem erzählen, was für eine billige Hure du bist.« Und dann hatte er ihr die Adresse einer »Krankenschwester« gegeben, die angeblich wusste, wie man in solchen Sachen vorgehe. Den Rest hatte Helga dann ja mitbekommen.

Zusammen mit Ulrich hatten sie das ganze Wochenende über zusammengetragen, was sie gegen von Seefeldt in der Hand hatten, und auch wenn sie nichts davon wirklich beweisen konnten, sollte es reichen, um ihn so unter Druck zu setzen, dass er das Papier, das Ulrich aufgesetzt hatte, am Ende unterschrieb. Da war sich Eva sehr sicher. Oder wollte es sein.

Eine Weile ratterten sie schweigend durch die wenig abwechslungsreiche niedersächsische Landschaft. Eva merkte, dass Helga etwas auf dem Herzen lag. Ihr selbst aber auch. Etwas, das sie viel zu lange hatte schleifen lassen: die Freundschaft zu ihrer liebsten Freundin. Eva schöpfte gerade Atem, um das Gespräch, das sie sich im Geiste mehrfach ausgemalt hatte, zu beginnen, als wohl auch Helga diesen Entschluss gefasst hatte, denn beide sagten ziemlich im selben Moment: »Aber nun erzähl doch mal …« Sie lachten und Eva hob sicherheitshalber den Zeigefinger. »Ich zuerst!«

»Na gut«, meinte Helga und holte ein in Stanniolpapier eingewickeltes Päckchen heraus, aus dem kurz darauf zwei Käsebrote und ein Ei zum Vorschein kamen.

»Was macht das Café? Bleibt es bei der Eröffnung Mitte Juni?«, fragte Eva. Dieses Projekt war das einzige, in das sie noch halbwegs eingebunden war. Deswegen wollte sie auch hiermit beginnen.

»Im Moment sieht alles danach aus. Wenn wir zurück sind, musst du es dir mal anschauen, es ist wunderschön geworden.« Sie bot Eva ein Brot an, doch diese schüttelte den Kopf.

»Und deine Mutter? Wie geht es ihr?«

»Sie kommt heute aus dem Krankenhaus. Aber Curt und Pierre sind bei ihr.«

»Curt und Pierre?«

Ein wenig einsilbig erzählte Helga Eva, dass Pierre eventuell die Pflege ihrer Mutter übernehmen werde. »Sie könnten sich im Übrigen auch um deinen Vater kümmern. Langfristig wirst du jemanden für ihn brauchen. Und Pierre will sich selbstständig …«

»Ich möchte doch so eine Käsestulle«, unterbrach sie Eva. Was sollte dieser unterkühlte Austausch von Informationen? Das genau wollte sie nicht mehr. »Und hast du auch Tomate?«

»Klar«, sagte Helga und griff nach einer diesen tollen neuen Plastikdosen mit Deckel.

»Aber Salz und Pfeffer hast du nicht zufällig mit?«

Helga grinste ihre Freundin an. »Rate!«

»Du hast!«, meinte Eva lachend und klatschte einmal in die Hände, bevor sie sich mit nachdenklicher Miene in den schmutzig grünen Sitz zurückfallen ließ. »Ich war dir in den letzten Wochen und Monaten keine so gute Freundin, stimmt's?«

Helga sah auf ihr Ei und versuchte hoch konzentriert, die Schale abzupulen.

»Ich weiß, dass ich das nicht war, und es tut mir schrecklich leid«, fuhr Eva fort. »Ich weiß auch, dass ich mich nicht damit rausreden kann, dass ich so viel um die Ohren hatte. Die Saline, mein Vater. Meine Ehe … Ich meine, wer hat das nicht? Und du, du hast sogar deinen Job verloren, und ich habe, glaube ich, nicht einmal gefragt, wie es dir damit …«

»Eva!«, unterbrach Helga die Freundin so laut, dass diese fast zusammenzuckte. »Die Botschaft ist angekommen. Ich habe dich auch vermisst.« Mit glasigen Augen sah Helga zu Eva, die bei ihrer kleinen Rede richtig rot geworden war, so sehr hatte sie sich hineingesteigert. »Und das Letzte, was ich jetzt will, ist, dass mein Mascara verschmiert und ich wie eine Eule vor diesem Seefeldt stehe!«

Gebannt starrte Eva sie an.

»Was ist? Stimmt doch!«

Eva fasste sich an die Lippe.

»Was ist denn? Ich wollte dich nicht unterbrechen. Wenn du also noch etwas sagen willst ...«

»Nein, das ist es nicht, aber du hast da was«, sagte Eva und musste ein Lachen unterdrücken.

»Wo?«

»Na da, an der Lippe.« Sie beugte sich etwas vor und zupfte Helga ein Stück Schale und Eihaut von der Unterlippe. »So. Jetzt kannst du weiteressen.« Sie strahlte die Freundin an. »Und du meinst, du kannst mir das nachsehen?«

Helga legte den Kopf schief. »Möglicherweise, sicher bin ich noch nicht.«

»Ach komm schon.«

»Evalein, glaubst du wirklich, dass ich nach zwanzig Jahren oder wie lange wir uns kennen aufhöre, auf dich aufzupassen und deine Freundin zu sein, nur weil das Leben wie eine große Welle über uns hinwegschwappt? Vielleicht ist es ganz gut für uns, mal zu merken, dass auch Freundschaft nicht selbstverständlich ist und gepflegt werden will. Ich habe mich auch schon dabei ertappt, mir zu überlegen, ob ich dich einfach durch Elke ersetzen kann.« Sie lächelte spitzbübisch.

»Was hast du?«, fragte Eva gespielt entsetzt. »Untersteh dich. Überhaupt: Wer ist Elke?«

Und nun erzählte Helga doch ausführlich, was sie in den vergangenen Wochen mit Elke und Hans, vor allem mit Hans, während der Renovierungen der alten Schmiede erlebt hatte, und Eva hörte geduldig zu, ebenso wie danach Helga ganz Ohr war, als es um das Wochenende mit Ulrich in Berlin ging und darum, dass sie beschlossen hatte, Lothar um die Scheidung zu bitten. Sie unterbrachen ihr Gespräch auch nicht, als der Schaffner kam, um die Fahrscheine zu kontrollieren. Denn eines wollte Eva noch wissen, bevor sie in den Kasseler Bahnhof einliefen: »Wie ernst ist es dir denn mit Hans und deinen Gefühlen für ihn?«

»Ich weiß es nicht«, erwiderte Helga. »Ich glaube, die Frage ist eher, wie ernst es Hans ist. Ich bin nicht sicher, ob er sich noch mal auf eine Partnerschaft einlassen könnte, nach allem …«

»Aber du wünschst es dir?«

Die Antwort darauf blieb Helga der Freundin schuldig, denn der Zug hatte soeben gehalten.

* * *

»Wir möchten zu Herrn von Seefeldt«, erklärte Eva entschieden, als sie am Empfang der Kali und Salz angekommen waren.

»Haben Sie einen Termin?«

»Sagen Sie ihm einfach, wer da ist, dann haben wir einen«, erwiderte Eva und ließ sich von dem verdutzten Blick der Empfangsdame nicht verunsichern.

Wie erwartet trat zwei Minuten später der strahlende Rainer von Seefeldt auf sie zu, die Hand zum Gruß ausgestreckt. Nichts an ihm verriet, ob der unerwartete Besuch ihn nervös machte. »Na, das nenne ich mal eine bezaubernde Überraschung an einem gewöhnlichen Montagmittag: Eva Möreke höchstselbst.« Dass Helga neben ihr stand, ignorierte er. »Was verschafft mir das Vergnügen?«

»Wollen wir direkt hier über Ihre Beteiligung an einem illegalen Schwangerschaftsabbruch reden oder doch besser an einem Ort, wo wir ungestört sind?«

»Schwangerschaftsabbruch?« Ein leises Unbehagen flackerte in seinem Blick auf, und die Empfangsfrau hob kurz den Kopf. »Ich weiß nicht, was Sie meinen, aber bitte, folgen Sie mir doch, und wir setzen diese Märchenstunde in unserem Konferenzraum fort, wenn es Sie erleichtert.«

Und wie es das wird, dachte Eva. Wenn du wüsstest, wie sehr!

Als sie in einem mit grauem Teppichboden und monochromen Bildern ausgestatteten Raum mit einem langen Tisch, an dem gut zehn Leute Platz fanden, angekommen waren, bat von

Seefeldt Eva, Platz zu nehmen. Helga ignorierte er weiter. Der schien das nichts auszumachen. Sie setzte sich und bediente sich bereits an den Schokokeksen, die dort auf einem Teller lagen. »Die sind pappig«, sagte sie und legte ein angebissenes Stück wieder weg.

Genervt rollte von Seefeldt mit den Augen. »Also, was wollen Sie?«, fragte er nun schon deutlich schärfer.

»So einiges«, erwiderte Eva, die noch immer stand und nun langsam zum Fenster schlenderte, von dem aus man auf einen begrünten Innenhof blicken konnte. »Schön hier«, sagte sie und sah dann direkt zu von Seefeldt. »Ist Ihnen eigentlich klar, dass jährlich auch in Deutschland Tausende von Frauen an den Folgen einer – illegalen und deswegen oft unsachgemäß durchgeführten – Abtreibung sterben?«

Von Seefeldt lächelte süffisant. »Da ich kein Arzt bin und zudem vermute, dass wir es hier mit einer nicht offiziellen Statistik zu tun haben, ist mir das nicht klar, nein. Es interessiert mich allerdings auch nicht besonders und ich habe weder die Zeit noch die Lust, mit Ihnen darüber zu debattieren, Frau Möreke. Ich dachte, Sie seien möglicherweise hier, um über eine Kooperation unserer beider Unternehmen zu sprechen.«

»Nun, mich interessiert diese Zahl schon«, erwiderte Eva, seinen Zusatz ignorierend, »denn meine Schwester Karla wäre am Samstag fast daran gestorben, wissen Sie?«

»Das tut mir leid zu hören.«

»So ist es«, sagte Eva, »und je nach Verlauf dieser kleinen Unterredung werde ich Sie direkt morgen wegen Anstiftung zu einer Straftat sowie versuchten Totschlags strafrechtlich verfolgen lassen.«

Von Seefeldt lächelte noch immer süffisant, aber nicht mehr ganz so selbstgefällig. »Frau Möreke, mit Verlaub, aber Sie sind übergeschnappt. Wie Sie gerade sagten, lebt Ihre Schwester, und ich kenne sie nicht gut genug, um mir ein Urteil darüber zu erlauben, wann sie mit wem und wie *verkehrt*, aber ich denke, ich wüsste, wenn ich etwas damit zu tun hätte.«

Damit hatte Eva gerechnet. »Möglicherweise hat der Alkohol im entscheidenden Moment Ihr Gedächtnis getrübt oder andere Umstände haben zu diesem Gedächtnisverlust geführt, aber ich sage es Ihnen, wie es ist: Das Wann interessiert auch mich nicht. Unerheblich, völlig unerheblich. Viel entscheidender ist, dass wir beweisen können, dass Sie der Vater des abgegangenen Fötus sind. Und ich würde sagen, das reicht.«

Nun wurde von Seefeldt blass. »Ich … der Vater? Woher wollen Sie das wissen?«

»Die Wissenschaft ist schon ganz schön weit«, sagte Helga von ihrem Platz aus. »Oftmals weiter als die Politik!«

»Es gibt eine Zeugin, meine Schwester«, fuhr Eva fort, worauf von Seefeldt nur ein geringschätziges »Pfff« hören ließ. »Es gibt eine weitere Zeugin, die aussagen wird, dass Karla nicht das erste Mädchen war, das Sie zu ihr geschickt haben … ihre Art der Wiedergutmachung, würde ich sagen.« Von Seefeldt machte eine wegwerfende Handbewegung. »Und wenn wir einen Blutgruppentest machen würden, wäre das Ergebnis sicher ein weiterer Beweis, den ein Richter in Anbetracht der allgemeinen Faktenlage richtig einordnen würde, nicht wahr?« Eva suchte von Seefeldts Blick. »Hätten Sie vielleicht ein Wasser? Die Luft hier ist sehr trocken.«

Tatsächlich war von Seefeldt ein wenig von seiner Arroganz aus dem Gesicht gewichen. Er wippte leicht von einem Fuß auf den anderen. Offenbar konnte er nicht einschätzen, ob Eva nur bluffte oder die Wahrheit sagte. Eva hingegen hatte keinen Zweifel daran, dass er genau wusste, worum es ging. »Haben Sie mich bis hierhin verstanden, Herr von Seefeldt?«

»Was wollen Sie? Schmerzensgeld? Wie viel?«

»Ts, ts, ts«, machte Eva und wackelte mit dem Zeigefinger von rechts nach links, als wollte sie ein ungezogenes Kind ausschimpfen. »Wir sind noch nicht ganz fertig. Es gibt da noch eine andere Sache, die ich heute gern bereinigen würde.«

»Eine andere Sache?«

»Und wenn Sie nach dem Wasser fragen, könnten Sie auch andere Kekse verlangen?«, meldete sich Helga zu Wort, die sichtlich Vergnügen an der Situation hatte.

»Sie haben mich ganz schön in die Bredouille gebracht mit Ihrem Gutachten zu der Grundwasserabsenkung«, fuhr Eva fort, die ebenfalls ordentlich in Fahrt kam. Die einzelnen Punkte war sie am Wochenende zig Mal mit Ulrich durchgegangen, und sie hoffte, dass sie gerade bei den juristischen Sachverhalten jetzt nicht durcheinanderkam. Sie wartete ab, bis von Seefeldt, der sich unauffällig mit dem Finger unter den Hemdkragen fuhr, seine Bestellung von Kaffee, Wasser und Keksen – »Na, Kekse eben, frische«, zischte er in den Hörer – aufgegeben hatte.

»Das ist doch wohl vom Tisch«, sagte er dann ungehalten in Evas Richtung. »Die Verfügung wurde aufgehoben, wenn ich recht informiert bin.«

»Nicht doch, nicht doch«, erwiderte Eva betont gefällig und machte eine wegwerfende Handbewegung. »Schnee von gestern. Es geht mir nicht um die Verfügung zur Schließung der Saline und damit um den drohenden Entzug meiner Existenzgrundlage – und der vieler anderer Menschen in Lüneburg.«

»Nicht?«

Eva schüttelte den Kopf. »Nein. Und es geht mir auch nicht, zumindest nicht an erster Stelle, um den Vorwurf der möglichen Bestechung nach dem Parteiengesetz …«

»… das es noch nicht gibt«, warf von Seefeldt ein, der vielleicht glaubte, Oberwasser zu gewinnen.

»Eben.«

Eine Mitarbeiterin kam herein und brachte auf einem Tablett Kaffee, Wasserflaschen und einen Teller mit Keksen, die genauso aussahen wie die auf dem Tisch vor ihnen.

»Na toll«, sagte Helga.

Als sie wieder weg war, fuhr Eva fort. »Wenn ich mich recht erinnere, haben Sie im Jahre 1958 Brunnenbohrungen vorgenommen. Oder war es '59? Egal. Offenbar wollten Sie seinerzeit in die Getränkeproduktion einsteigen. Wie auch immer.« Sie nahm eine der kleinen Wasserflaschen und betrachtete sie genauestens. Von Seefeldt starrte sie nur schweigend an. »Die Lizenz dazu wurde Ihnen nie erteilt«, sagte Eva dann. »Das hielt Sie jedoch nicht davon ab, noch ein wenig weiter zu bohren. Und vor allem hielt es Sie nicht davon ab, bis in eine Tiefe von nicht genehmigten hundertfünfundneunzig Metern zu bohren.« Sie goss sich das Wasser ein, das leise gluckernd in ihr Glas floss. Helga nahm sich einen Kaffee. Von Seefeldt beäugte sie weiter kritisch und stützte sich nun auf einer Stuhllehne ab. Viel fehlte nicht mehr. Das war deutlich.

»Was wollen Sie?«

Eva öffnete ihre braune Aktentasche und holte ein in einer Klarsichthülle geschütztes Dokument hervor. »Nennen wir es ein Friedensabkommen.« In Wahrheit kam es der totalen Kapitulation gleich, aber Eva wollte von Seefeldt nicht unnötig aufregen. Mit größeren Komplikationen hätte sie vielleicht doch nicht umgehen können. Aufreizend langsam legte sie das Papier auf den Tisch. »Wenn Sie das unterschreiben, und ich rate Ihnen dringend, es zu tun, wollen wir mal alle Augen zudrücken und einfach hoffen, dass unsere Wege sich nie wieder – wirklich NIE wieder kreuzen werden.«

Sie schob die Seiten von Seefeldt zu, der sie überflog und dabei puterrot im Gesicht wurde. »Sie sind doch wahnsinnig!«, polterte er.

Eva zog das Blatt wieder zu sich. »In Ordnung, dann also: Anstiftung zu einer Straftat, versuchter Totschlag, Verstoß gegen die Bauvorlagenverordnung, Betrug in mindestens drei minder schweren Fällen und, ach so … versuchte Vergewaltigung könnte ich auch noch anführen.« Evas Augen blitzten fast schwarz, als sie ihn anfunkelte, während sie auf eine Begebenheit anspielte, die lange zurücklag, die Eva jedoch nie vergessen hatte.

»Damit kommen Sie niemals durch!«, rief er, und eine Strähne löste sich aus seinem nach hinten gegelten Haar.

»Das werden wir ja sehen!«, erwiderte Eva und wollte das Papier wieder wegstecken, doch von Seefeldt entriss es ihr, nahm einen Kugelschreiber aus der Innentasche seines Jacketts und setzte einen furiosen Kringel unter das Dokument.

»Na also«, sagte Eva, »geht doch.« Im Hintergrund hörte sie Helga erleichtert aufseufzen. »Dürfte ich mir mal Ihren Stift ausleihen?« Zuckersüß lächelte sie ihn an, bevor auch sie den Vertrag unterschrieb, der ihnen nicht nur 30 000 Mark Entschädigung für »entstandene Unannehmlichkeiten« im Zuge eines »unvollständigen Bodengutachtens« zugestand, sondern auch von Seefeldts Verzicht auf etwaige Geschäftsbeziehungen mit der Firma KosmoPharm garantierte. Dass er auch Arabella als Kunden verloren hatte, wusste von Seefeldt wohl noch nicht.

Als die beiden Frauen weit genug vom Sitz der Kali und Salz weg waren, konnten sie nicht länger an sich halten und brachen in schallendes Gelächter aus. So sehr, dass Passanten sich nach ihnen umdrehten und Helga die Beine zusammenpressen musste, um sich nicht in die Hosen zu machen. »Hast du sein Gesicht gesehen?«, prustete sie ein ums andere Mal. »Und du dann noch ›nicht doch, nicht doch‹ … Ich dachte, ich brech gleich zusammen.«

»Und du immer mit diesen Scheißkeksen.«

Glücklich und erleichtert lagen sich die beiden in den Armen und es war fast wie früher. Was auch immer jetzt kommen würde, irgendwie würden sie es schon schaffen. Zusammen.

27

»Wo bleiben die denn alle?« Zum wiederholten Male drehte Helga zwei Wochen später ihre Runde durch das Café, in dem es bereits nach Kaffee, Kakao und dem Aroma von Karamell und Maraschino duftete. Sie zog erneut an den Zipfeln der bestickten Tischdeckchen, auf denen kleine Vasen mit Blumen standen: Sie hatte sich für Geißblatt entschieden – die zarten weißen und rosafarbenen Blüten an den eher blattlosen Stängeln hatten die filigrane Eleganz, die das Ambiente in der Salüne perfekt unterstrich. Außerdem passte das gut zu Edith Piaf und dem französischen Touch, den das Café mit Elkes Kreationen schon jetzt hatte. Gerade beim Anblick dieser Schönheit war sie richtig froh, dass sie mit Elke diesen Fondsvertrag geschlossen hatte. Wenn es gut lief, hatte sie in etwa fünf Jahren ihren Teil einbezahlt und wäre mit ihr zusammen gleichberechtigte Pächterin. So stand es jetzt da drin.

»Wo sollen sie denn bleiben?«, meinte Eva, die ihrer Freundin seit dem Vormittag zur Seite gestanden hatte. »Du hast die Eröffnung für vierzehn Uhr angekündigt, und jetzt ist es gerade mal kurz nach eins.«

»Trotzdem.«

Elke, beladen mit einer weiteren Etagere mit weißen, dunklen und mittelbraunen Kugeln darauf, einige getaucht in Krokant, andere in Nusssplitter, warf Eva achselzuckend einen wissenden Blick zu. So ist sie halt, sollte der wohl sagen, und er entging Helga nicht.

Sie hatte die feierliche Eröffnung bewusst auf einen Sonntag gelegt, weil ihre Chancen auf ein volles Haus dadurch sicher am größten waren. Natürlich würde sie später auch unter der Woche Kundschaft haben müssen, aber wenn heute viele kamen und begeistert waren, gab das dem Café vielleicht direkt zu Beginn den nötigen Anschwung.

Der Lüneburger Anzeiger hatte am Samstag über die Eröffnung berichtet und sogar ein Foto von ihr veröffentlicht. Zu schade, dass sie in Lüneburg nicht so eine schöne französische Mütze gefunden hatte. Die hätte ihrem Äußeren mit dem blau-weiß geringelten Oberteil, der dunkelblauen Marlenehose, die am Po und am Bund leider etwas zwickte, sowie dem feuerroten Lippenstift den nötigen Pfiff gegeben.

Die ersten Gäste waren auf Evas Geheiß hin die Benningsens. Karla mit Sabine an der Hand, Curt, Pierre, der Heiner Benningsen zielsicher und ohne dass man es merkte an sein Ziel lotste. Warum auch immer, aber Heiner Benningsen hatte ihn vom ersten Tag an akzeptiert und schien seine Gegenwart regelrecht zu genießen. Vielleicht, weil er in ihm seit Langem mal wieder jemanden gefunden hatte, den es nicht störte, wenn er mit »Christa« angesprochen wurde und der ihn auch im Bademantel auf die Straße ließ – so wie heute.

Mit Ulrich war verabredet, dass er sich eher im Hintergrund halten sollte. Hier vor allen Leuten direkt die neuen Familienverhältnisse zur Schau zu stellen, sowohl was Sabine als auch was Eva betraf, hatte niemand für eine gute Idee gehalten. Gerade mit ihrer Tochter wollten sie es auch langsam angehen lassen. Sabine war zu klein, um zu verstehen, dass Lothar plötzlich nicht mehr ihr Papa sein sollte. Und von Lothar wäre es in seiner Situation definitiv zu viel verlangt gewesen. Das würde sich mit der Zeit schon finden, dachte Helga und war froh, dass dies ausnahmsweise mal nicht ihr Problem war.

Helga ging zu dem Grüppchen, begrüßte jeden Einzelnen und zeigte auf den einzigen größeren Tisch am Fenster. Karla merkte man vordergründig von ihrem traurigen Krankenhausaufenthalt nichts mehr an. Ein wenig ernster war sie vielleicht geworden, ruhiger. Aber man konnte in die Menschen ja nicht reinschauen. Sicher würde sie noch eine Weile damit zu tun haben, womöglich auch mit der Frage, ob sie das Kind unter anderen Umständen hätte bekommen wollen.

Pierre setzte sich nicht. Er wisperte Curt etwas ins Ohr, der daraufhin nickte, und dann verschwand er nach draußen. Vielleicht hatte er etwas für Heiner Benningsen vergessen.

Kaum hatte Helga die Familie bedient, kamen auch schon die nächsten Gäste, zu ihrem Erstaunen war es der neue Oberstadtdirektor Lüttjens mit seiner Frau und seinen drei Kindern. Er war erst vor einer Woche in seinem Amt bestätigt worden, und wie es hieß, suchte er noch nach einer fleißigen Sekretärin.

»Fräulein Lackner«, begrüßte er sie mit Handschlag. »Ich bin hin- und hergerissen, was ich Ihnen für dieses – übrigens wunderschön eingerichtete – Café wünschen soll. Ich habe da so einen gewissen Interessenkonflikt«, meinte er und zwinkerte ihr zu.

»Na, ich hoffe doch, Sie erkennen schon jetzt die infrastrukturelle Bedeutung für die Stadt, werter Herr Lüttjens«, konterte Helga, »und werden uns zum Beispiel bei der Frage der Außengastronomie wohlwollend entgegenkommen.« Helga hatte eine Lizenz für sechs Außentische beantragt und hoffte, dass sie diese Schankgenehmigung auch zügig bekam. »Dann wollen wir doch mal schauen.« Sie verfrachtete die Familie an zwei Tische in der Mitte und nahm die Bestellung auf. Frau Lüttjens empfahl sie die Apfeltarte.

Und wer dann noch so alles einströmte, ehe das Café bis auf den letzten Platz besetzt war und sogar draußen schon behelfsmäßig Tische aufgebaut wurden – erst mal ohne Lizenz, was sollte schon passieren? –, konnte Helga gar nicht mehr so genau übersehen. Sie war viel zu beschäftigt damit, eilig alle Bestellungen aufzunehmen und sie, nachdem Eva und Elke sie fertig gemacht hatten, an die Tische zu bringen. Am schwersten fiel es ihr dabei, keine längeren Schwätzchen zu halten, aber dafür war es einfach zu voll. Helga glühte das Gesicht und sie pustete sich gerade eine aus ihrem eigentlich streng nach hinten gebundenen Dutt entflohene Strähne vom Gesicht, als sie eine bekannte Stimme vernahm.

»Das ist wirklich sehr, sehr schön geworden, Helgalein. Dein Vater wäre stolz auf dich gewesen.« Helga schaute auf und sah erst nichts, bis sie weiter unten direkt in das Gesicht ihrer Mutter blickte, die in einem wackeligen Rollstuhl saß, der von Pierre geschoben wurde.

»Sie hätte es auch zu Fuß geschafft«, sagte er lachend, »aber ich glaube, so ist es besser. Sie muss ja den ganzen Weg auch noch zurück.«

»Dieser junge Mann ist ganz schön frech«, kommentierte ihre Mutter und hatte dabei etwas im Blick, was Helga schon so lange nicht mehr bei ihr gesehen hatte: Freude. Aber konnte das sein? »Immer weiß er alles besser.«

»So ist es, Madame«, bestätigte er.

»Und er nennt mich *Madame*«, sagte sie, als hätte Helga das nicht gehört. »So ein kleiner Charmeur!«

Fassungslos bestaunte Helga das Schauspiel. Nicht dass sie nicht mitbekommen hätte, dass Pierre wirklich alle zwei Tage bei ihnen vorbeikam und Übungen mit ihrer Mutter machte. Aber wahrscheinlich war sie zu beschäftigt gewesen, um auch zu erkennen, wie gut die beiden sich verstanden.

»Möchtest du nicht unsere Bestellung aufnehmen?«, fragte ihre Mutter, amüsiert – und vermutlich auch ein wenig erleichtert – über die Sprachlosigkeit ihrer Tochter. Sie waren sich seit dem denkwürdigen Freitag im Krankenhaus weitgehend aus dem Weg gegangen und Helga hatte über ihren Kaufvertrag und die Schenkung des Hauses kein weiteres Wort verloren, aber dass ihre Mutter auf stille Art versuchte, sich mit ihr auszusöhnen, war ihr nicht entgangen. Sie hoffte so sehr, dass Curt am Ende recht behalten würde und ihre Mutter durch Helgas Auszug doch noch einmal neuen Lebensmut schöpfte und nicht gänzlich in ihrem Kummer versank – wonach es gerade definitiv nicht aussah.

»Natürlich, natürlich«, stammelte sie, »dann schießt mal los.«

Dr. Lübke kam vorbei und lobte vor allem die Mokkatrüffel, und selbst Dr. Siemers hatte es nicht lassen können und sich unter die Menge gemischt, doch Helga gelang es, ihn geflissentlich zu übersehen. Der konnte sie mal.

Als sie um kurz nach sechs alle Teller wieder zusammenräumten, die Fächer in der Kasse so gefüllt waren, dass man sie, ohne zu stopfen, gar nicht mehr zubekam, und Elke ein ums andere Mal ausrief, dass ihr wirklich noch nie, »NIE!«, die kompletten Bleche Champagnertrüffel ausgegangen seien, da wusste Helga zwei Dinge: dass die Eröffnung ein voller Erfolg gewesen war. Und dass zwei Menschen auf ihrer Liste sich nicht hatten blicken lassen.

Der eine war Lothar, was sie nicht weiter verwunderte. Eva hatte ihr gleich gesagt, dass er es sich nicht zumuten würde, dasselbe Parkett wie Eva und Ulrich zu betreten. Dafür war die Wunde noch zu frisch und sein Schmerz darüber, auf diese Weise »abserviert« worden zu sein, zu groß. Dass sich auch sein Umgang mit Sabine würde ändern müssen, schien ihn ebenfalls hart zu treffen. Gleichwohl war er bereits zweimal mit einer

Kollegin aus der Bank gesehen worden. Eva konnte noch nicht einschätzen, ob er einfach nicht allein sein wollte oder ob er wirklich schon offen für etwas Neues war. Helga hielt beides für möglich. Trotzdem hätte sie Lothar gern bewirtet. Immerhin hatte sie ihm viel zu verdanken. Nicht zuletzt ihren Glaspalast. Neulich hatte sie schon auf dem Dach des Neubaus gestanden, also quasi auf ihrem Fußboden, wo demnächst die Penthouse-Wände hochgezogen werden würden. Das war himmlisch gewesen!

Dass aber der andere nicht gekommen war, versetzte Helga einen tiefen Stich. Ausgerechnet Hans, der mehr mit der Entstehung des Cafés zu tun hatte als jeder andere, hatte sich einfach nicht blicken lassen. Wahrscheinlich war sie ihm eben doch nicht wichtig genug, oder schon wichtig, aber er konnte seine Ängste dem weiblichen Geschlecht gegenüber möglicherweise nicht überwinden, sosehr Helga in den vergangenen Wochen auch versucht hatte, ihn vom Gegenteil zu überzeugen.

»Na, was bläst du denn für Trübsal?«, fragte Elke im Vorbeigehen. »So schlimm ist das mit den Trüffeln nun auch nicht. Wir konnten ja zum Glück auch auf Cognac umschwenken.«

Helga versuchte sich an einem schiefen Lächeln. »Hat Hans irgendwas zu dir gesagt? Ob er woanders zu tun hat oder so?«, fragte sie zaghaft.

»Ach, das ist es …« Elke stellte den Topf zur Seite und kam zurück. Freundschaftlich legte sie den Arm um Helga. »Du weißt doch, wie er ist. Er kommt und geht ein bisschen, wie er will. Und wenn es brenzlig wird, kommt er lieber nicht. Hm?«

Helga vermied den Blick in Elkes Gesicht. Sie sollte ihre Tränen nach diesem fulminanten Auftakt der Salüne nicht sehen. Aber Elke stand auch schon auf und ging mit dem Topf Richtung Küche.

»Helga!«, hörte sie in diesem Moment Eva von draußen rufen. »Kommst du mal bitte? Ich brauche deine Hilfe.«

Dankbar für die Ablenkung trottete Helga, die fast jeden Muskel in Beinen, Armen und Rücken spürte, in Richtung der Hintertür. Grinsend wartete draußen Eva.

»Was gibt es denn?«

»Ich glaube, du könntest tragen helfen.«

Stöhnend trat Helga nach draußen, wo die Junisonne den Horizont schon leicht rötlich gefärbt hatte. Kein Lüftchen wehte, aber es roch nach frischem Gras und Sommer. Als sie nach links blickte, glaubte sie ihren Augen nicht zu trauen. Das war doch Hans' Anhänger. Um nicht zu sagen, Hans' Anhänger hinter Hans' Wagen. Und in der Fahrertür lehnte doch lässig …

»Hans?«

Der schaute sie nur an wie ein zu groß geratener Hundewelpe und wischte mit seinen riesigen Händen über sein Gesicht. »Ich musste es vom Frachtzentrum in Hamburg persönlich abholen. Irgendwas lief schief beim Zoll«, sagte er nur und zeigte auf ein großes, längliches Etwas, das in Decken eingewickelt auf dem Anhänger festgezurrt war.

»Was ist das?«, fragte Helga.

»Musst du gucken«, erwiderte Hans fast verschämt.

Bedächtig ging Helga auf den Anhänger zu, begleitet von Evas und inzwischen auch Elkes neugierigen Blicken. Vorsichtig begann sie, die Schnüre zu lösen, wobei sie den rauen männlichen Duft von Hans einatmete, der neben ihr stand, jederzeit bereit, ihr zu helfen.

»Du musst ein bisschen vorsichtig sein, es ist zerbrechlich.«

»Ein Spiegel? Hast du einen Spiegel gekauft?«

»Einen Spiegel könnten wir gebrauchen«, kam es von hinten von Elke.

Langsam nahm sie die Decken von dem harten Gebilde, das darunter auch noch in Packpapier eingewickelt und mit diversen Scheinen und Papieren beklebt war. »Was ist das bloß?«, fragte sie völlig verwundert. Mehr über das Paket als über Hans. Jetzt, wo Hans da war, war wieder alles in Ordnung.

Hans hielt ein kleines Taschenmesser in die Höhe: »Soll ich?«, fragte er, fast begieriger, den Inhalt zu lüften, den er ja wohl kannte, als sie.

»Ja, bitte.«

Hans schnitt und riss ein wenig und hob dann das Bild oder was immer es war in die Höhe. Als sie es gleich darauf erkannte, entfuhr ihr ein spitzer Schrei. »Oh nein, das hast du nicht wirklich getan, oder?«

Doch Hans und Elke und Eva grinsten nur schweigend um die Wette.

Vor ihr eröffnete sich das schönste und wunderbarste Porträt von Edith Piaf, das vermutlich jemals im Großformat gedruckt worden war, und wenn Helga sich nicht täuschte, war unten rechts in der Ecke auch eine Unterschrift.

»Die ist aber nicht echt, oder?«, fragte sie, den Mund noch immer hinter ihrer Hand verborgen. »Ist die echt?«

»Warum, glaubst du, hatte ich wohl diese Probleme?«, fragte Hans und zuckte die Achseln. »Das gilt als Kunst, nicht als Warensendung, und das macht es sehr, sehr kompliziert.«

»Wirklich?«

»Wirklich.«

»Und das hast du extra meinetwegen besorgt? Und du bist extra meinetwegen nach Hamburg gefahren?«

Verständnislos sah Hans sie an. »Für wen denn sonst?«

»Jungs, Mädels, haben wir es jetzt mal? Die Sonne geht gleich unter. Also los!« Ein Kommentar, wie er nur von Elke kommen konnte. Sie gab ihrem Bruder einen freundschaftlichen Stupser.

»Lass das!«, wies er sie ab. »Ich schaff das schon.« Und dann lehnte er das Bild an den Anhänger, ging auf Helga zu und nahm ihr Gesicht in beide Hände. »Hättest du was dagegen, wenn ich künftig alles repariere, was es bei dir so zu reparieren gibt, so Regenrinnen, Wasserleitungen, Dachstühle, Steckdosen?«

Tonlos schüttelte Helga den Kopf.

»Aber nur unter einer Bedingung.«

Ängstlich sah Helga zu ihm auf. »Und die wäre?«

»Es gibt keine kaputten Herzen.«

Erleichtert atmete Helga auf. Nee, die gibt's nicht, dachte sie, als ihr Mund durch Hans' Kuss verschlossen wurde und sie sich ihm ganz und gar hingab.

Danksagung

Auch Band 2 von »Das Aroma des Salzes« hat nun seinen Weg zu euch, liebe Leser*innen gefunden. Das macht mich sehr glücklich, zumal es für mich nicht von Anfang an feststand, ob es einen Band 2 geben würde, aber was wären Lüneburg und die Saline ohne Helgas Bestimmung, oder?

So gilt mein Dank erneut dem Team von Amazon Publishing, insbesondere Katrin Bussac, die mit so viel Fingerspitzengefühl an diesen Text herangetreten ist.

Kanut Kirches und VLG Verlag & Agentur danke ich für ihr besonnenes Lektorat. Ohne beide hätte es Löcher in der Logikkette gegeben und es wären Worte benutzt worden, die man 1964 wirklich noch nicht kannte. »Mädelsabend« zum Beispiel.

Und ich danke euch, liebe Leser*innen, für euer Mitfiebern und Anteilnehmen. Ich bin glücklich, die Lüneburger Saline noch einmal zu neuem Leben erweckt haben zu dürfen.

Folge der Autorin auf Amazon

Wenn dir dieses Buch gefallen hat, folge Claudia Seidel auf Amazon. Dann erhältst du eine Benachrichtigung, wenn die Autorin ihr nächstes Buch veröffentlicht. Um der Autorin zu folgen, gehe bitte folgendermaßen vor:

Desktop:

1) Suche auf Amazon.de oder in der Amazon App nach dem Namen der Autorin.
2) Klicke auf den Namen der Autorin, um auf die Autorenseite zu gelangen.
3) Klicke auf den »Folgen«-Button.

Smartphone und Tablet:

1) Suche auf Amazon.de oder in der Amazon App nach dem Namen der Autorin.
2) Klicke auf einen Titel der Autorin.
3) Klicke auf den Namen der Autorin, um auf die Autorenseite zu gelangen.
4) Klicke auf den »Folgen«-Button.

Kindle eReader und Kindle App:

Wenn du dieses Buch auf einem Kindle eReader oder in der Kindle App liest, wird dir automatisch angeboten, der Autorin zu folgen, nachdem du die letzte Seite des Buches gelesen hast.

Printed in Poland
by Amazon Fulfillment
Poland Sp. z o.o., Wrocław

35564300R00165